VIES

DE

S. LOUIS DE GONZAGUE

ET DE

S. STANISLAS KOSTKA

De la Compagnie de Jésus

PAR

LE P. VIRGILE CEPRARI

Traduites par M. GALPIN

NOUVELLE ÉDITION

A. M. D. G.

TOURS

ALFRED MAME ET FILS

ÉDITEURS

VIES

DE

SAINT LOUIS DE GONZAGUE

ET DE

SAINT STANISLAS KOSTKA

———

3ᵉ SÉRIE IN-12

La sainte maison de Lorette.

VIES

DE SAINT

LOUIS DE GONZAGUE

ET DE SAINT

STANISLAS KOSTKA

DE LA COMPAGNIE DE JÉSUS

PAR LE PÈRE VIRGILE CEPARI

TRADUITE PAR M. GALPIN

———

NOUVELLE ÉDITION

A. M. D. G.

Consummatus in brevi, explevit
tempora multa.   (SAP. IV.)

TOURS

ALFRED MAME ET FILS, ÉDITEURS

———

1889

VIE

DE

SAINT LOUIS DE GONZAGUE

———

CHAPITRE I

Origine de saint Louis de Gonzague.

Saint Louis de Gonzague, dont nous donnons la vie,
eut pour père don Ferdinand de Gonzague, marquis de
Châtillon, et pour mère dona Martha de Thada, de l'une
des plus nobles familles de Chiéri en Piémont. Le marquisat de Châtillon est situé dans la Lombardie, entre
Vérone, Mantoue et Brescia, près du lac de Garda.

Le marquis don Ferdinand avait une charge à la cour du
roi catholique Philippe II; dona Martha était dame d'honneur de la reine d'Espagne Isabelle de Valois, fille de
Henri II, roi de France. Le marquis, ayant eu occasion de
connaître les bonnes qualités de cette dame, résolut de
l'avoir pour épouse. Après de mûres réflexions, il fit pres-
sentir sur cette alliance Leurs Majestés, qui l'approuvè-
rent. Pendant que cette affaire se traitait, il fut aisé de
juger, par la conduite de dona Martha, des fruits qu'une
pareille alliance semblait promettre. A peine la reine
l'eut-elle instruite du mariage dont il était question, qu'elle
fit dire plusieurs messes pour obtenir de Dieu ce qui serait
le plus avantageux pour son salut.

On était alors occupé à Madrid d'un jubilé. Ce fut le
jour de la Nativité de saint Jean-Baptiste, après avoir
gagné l'indulgence du jubilé, que don Ferdinand et dona
Martha reçurent la bénédiction nuptiale. On remarqua
que ce mariage fut célébré le premier en Espagne selon

les règles prescrites par le saint concile de Trente, dont
les ordonnances sur ce point venaient d'être publiées dans
ce royaume.

Après la cérémonie du mariage, le marquis obtint du
roi et de la reine la permission de retourner à son marquisat en Italie et d'y conduire son épouse.

La marquise, qui avait toujours conservé au milieu
des grandeurs du siècle une humble et solide piété, se
trouvant dégagée des occupations de la cour, exécuta la
résolution qu'elle avait prise en Espagne de servir Dieu
dans le mariage avec toute la ferveur dont elle serait capable. Elle sentit naître en elle un vif désir, et demanda
instamment à Dieu d'avoir un fils qui le servît dans l'état
religieux. Dieu bénit sa prière, puisqu'elle devint mère
d'un fils qui entra, qui vécut et qui mourut saintement
dans la compagnie de Jésus. Il ne doit pas paraître surprenant que le Ciel ait accordé aux prières d'une si pieuse
mère un fils aussi saint et si instamment demandé pour
une semblable fin, puisque l'Histoire sainte nous apprend
que Dieu s'est montré facile à exaucer de pareils désirs :
c'est ainsi que sainte Anne, mère du prophète Samuel,
se croyant stérile, demanda au Seigneur, en présence de
l'arche, un fils pour le consacrer à son service, et elle
l'obtint. La même chose arriva pour saint Nicolas de To-
lentin, qui fut pareillement accordé aux prières d'une
mère stérile. Ces exemples ne sont pas les seuls qu'on
pourrait citer.

Louis naquit à Châtillon, lieu principal du marquisat
de son père, dans le diocèse de Brescia, sous le pon-
tificat de Pie V, un vendredi 9 mars 1558. Dès qu'il
fut né, la marquise fit sur lui le signe de la croix et lui
donna sa bénédiction. Il demeura si immobile pendant
une heure entière, qu'on avait peine à distinguer s'il
était mort ou vivant; ensuite, comme s'éveillant d'un
profond sommeil, il poussa quelques cris; puis il resta
tranquille, et, différent des autres enfants, il ne fit
plus entendre aucune plainte, ce qui pouvait passer
pour des indices de la douceur extraordinaire de ses
mœurs.

La solennité des cérémonies du baptême lui fut sup-
pléée avec éclat le 22 avril de la même année 1558. On
lui donna le nom de Louis, que portait le père du mar-

quis. Il eut pour parrain Guillaume, duc de Mantoue, chef de la maison de Gonzague. On remarque dans le registre de la paroisse que tous les actes baptistères de ce temps-là sont uniquement en langue italienne; mais celui de Louis, soit par distinction pour sa personne, soit par une permission particulière de Dieu, est le seul où l'on trouve quelques paroles latines, qu'il a bien vérifiées dans la suite. En voici le sens: *Qu'il soit heureux ! qu'il soit agréable à Dieu ! et qu'il ne vive que pour l'avantage des hommes.*

CHAPITRE II

Éducation de Louis jusqu'à sept ans.

La marquise savait qu'une mère vraiment chrétienne fait de l'éducation de ses enfants le premier de ses devoirs; aussi fit-elle, pour ainsi dire, sucer à son fils la piété avec le lait. A peine il commença d'articuler quelques mots, qu'elle lui apprit à former le signe de la croix, à prononcer les saints noms de Jésus et de Marie, à réciter le *Pater* et l'*Ave Maria*. Le saint enfant profita si bien de ces premières leçons, que le goût de la piété se montra chez lui longtemps avant l'âge où se développe ordinairement la raison chez les autres enfants. Dès qu'il fut en état de marcher seul, on remarqua qu'il cherchait souvent à se cacher : et à quoi le trouvait-on occupé dans la retraite? A prier. Dès lors il se distingua par une tendre compassion pour les pauvres ; il n'en apercevait aucun qu'il ne voulût lui faire une aumône. Ses inclinations naissantes ne permettaient pas de douter qu'il ne fût un jour un grand saint. Quelques personnes ont déposé avec serment que, lorsqu'elles le portaient entre leurs bras, elles se sentaient touchées d'une dévotion particulière.

La pieuse mère voyait avec une joie sensible son fils croître en âge et en piété ; mais le père, qui était guerrier, avait bien d'autres vues. A peine Louis avait quatre ans, qu'il lui fit faire de petites armes proportionnées à sa taille et à ses forces. Étant même obligé d'aller passer quelques mois à Casal, où il devait rassembler un corps de troupes pour le service du roi catholique, qui préparait une expédition contre Tunis, il y mena Louis, le tirant dès lors d'entre les mains des femmes pour lui donner un gouverneur. Toutes les fois qu'on faisait la revue des troupes, il voulait que son fils y parût avec la pique et la cuirasse.

Louis fut quelques mois à Casal. Comme à cet âge enfantin on aime à faire tout ce qu'on voit faire aux autres, étant continuellement avec les soldats, il prit aisément l'esprit militaire; il parut même qu'il était naturellement porté à la gloire des armes, à laquelle son père l'excitait par ses exemples et par ses discours. Il lui arriva plus d'une fois, dans le maniement des armes, de courir les plus grands dangers; mais toujours la divine Providence, qui le réservait à un état de vie plus parfait, l'en garantit presque miraculeusement. Un jour, entre autres, déchargeant un fusil, il mit le feu à la poudre qu'il portait, et se brûla tout le visage. Une autre fois, le jeune Louis, profitant du temps où les soldats reposaient, prit de la poudre dans leurs gibernes, en chargea lui seul une petite pièce de campagne et y mit le feu; peu s'en fallut que, dans le recul de la pièce, l'affût ne lui passât sur le corps. Le marquis, éveillé au bruit, et craignant quelque soulèvement parmi ses troupes, envoya aux informations. Apprenant ce dont il s'agissait, il résolut de punir la témérité de son fils; mais les soldats, qui prenaient plaisir à voir cette ardeur guerrière dans un enfant, prièrent pour lui avec tant d'instance, qu'ils obtinrent sa grâce. Louis, dans la suite, racontait volontiers ce fait pour donner à entendre les soins particuliers que la Providence avait eus de sa conservation. Il lui restait encore alors quelque peine d'avoir pris cette poudre aux soldats; mais il se consolait dans la pensée que, s'il la leur eût demandée, ils la lui auraient donnée volontiers.

Le marquis, étant sur le point de partir pour Tunis avec ses troupes, renvoya Louis à Châtillon. Là on s'aperçut qu'il avait appris des soldats à dire des paroles trop libres; son gouverneur l'en reprit, et Louis fut si docile à ses remontrances, que jamais depuis il ne lui arriva de prononcer aucune parole qui ne fût hon-

nête et décente. Ce fut là la plus grande faute de toute sa
vie. Quoiqu'il eût prononcé ces paroles libres sans en
comprendre le sens, il en eut dans la suite tant de confusion, qu'il dut se faire une violence extrême quand il fut
question de s'en confesser. Il avait coutume, étant religieux, d'en faire confidence à ses meilleurs amis, pour
leur faire comprendre combien il avait été méchant dans
sa jeunesse. On peut croire que Dieu, par une providence
singulière, permit en lui cette légère tache afin que,
parmi tant de vertus et de dons surnaturels dont la divine
bonté avait enrichi son âme, il eût quelque motif de s'humilier en se reconnaissant coupable d'une faute que la
faiblesse de l'âge et le défaut de connaissance excusaient.
Peut-être aussi que, comme saint Grégoire l'écrit de saint
Benoît, Dieu voulut par là faire retirer à Louis le pied
qu'il avait déjà mis dans le monde.

Parvenu à l'âge de sept ans, il se donna entièrement
à Dieu et ne vécut plus que pour le service de sa divine
majesté; c'est ce qu'il appelait l'époque de sa conversion.
Aussi, quand il rendait compte de son intérieur aux pères
spirituels qui le dirigeaient, il comptait parmi les bienfaits les plus signalés qu'il avait reçus du Ciel, celui d'a-
voir commencé à connaître et à aimer Dieu dans un âge
si tendre.

Dès lors il eut ses heures de prières réglées, dont
faisaient partie l'office de la sainte Vierge et les sept
psaumes de la pénitence; il récitait toutes ses prières à
genoux, sans vouloir accepter ni coussin ni aucun autre
semblable soulagement. Ce fut dans ce même temps
qu'il fut attaqué d'une fièvre quarte qui lui dura dix-huit
mois et l'affaiblit beaucoup. Il supporta cette maladie
avec une patience inaltérable, sans jamais omettre
aucune de ses prières accoutumées. Quand il se trouvait plus mal qu'à l'ordinaire, il se faisait aider dans ses
dévotions par une des personnes attachées au service de
sa mère.

Tels furent les premiers fondements de l'édifice spirituel que Louis commença à élever à l'âge de sept ans.
On peut juger d'avance quelle sera la suite d'une vie si
saintement commencée.

Il sembla que Dieu voulût que les démons mêmes
rendissent témoignage de la sainteté de cet enfant et

de la gloire qui lui était préparée dans le ciel; car un religieux de l'ordre de Saint-François que tout le monde regardait comme un saint, passant alors par Châtillon, et s'étant arrêté quelque temps dans son monastère, une foule de peuple s'y rendit pour le voir et se recommander à ses prières. La persuasion où l'on était qu'il faisait des miracles fit qu'on lui amena des personnes obsédées des mauvais esprits, afin qu'il les en délivrât. Or, pendant que ce religieux faisait dans l'église les exorcismes en présence d'un peuple nombreux, les démons commencèrent à crier en montrant Louis, qui était présent: *Voyez-vous celui-là? il ira sûrement au ciel; et il y aura une grande gloire.* C'est ainsi que les démons, quoique pères du mensonge, sont quelquefois forcés, pour leur plus grande confusion, à dire la vérité. Au reste, ce qu'ils dirent alors ne surprit personne, puisque déjà tous les habitants de Châtillon considéraient ce tendre enfant comme un ange revêtu d'un corps mortel.

CHAPITRE III

Louis accompagne à Florence le marquis son père; il y fait vœu de chasteté et avance beaucoup dans la vie spirituelle.

L'expédition de Tunis étant terminée, don Ferdinand passa plus de deux années à la cour d'Espagne; puis il retourna à Châtillon. Il y trouva Louis, non plus avec des inclinations martiales, comme il l'avait laissé, mais fort recueilli et tout occupé d'exercices de piété et de dévotion. Surpris de voir tant de maturité dans un enfant de huit ans, il compta sur lui comme sur un héritier capable de faire un jour le soutien de sa maison. Mais Louis formait des projets bien différents; le soin de sa perfection absorbait toutes ses pensées. Il résolut de s'en ouvrir à la marquise sa mère. Il lui avait ouï dire plus d'une fois que, puisque Dieu lui avait donné plusieurs fils, elle s'estimerait heureuse d'en avoir un religieux. Se trouvant donc un jour avec elle, il lui dit : « Ma mère,

vous avez dit que vous souhaiteriez d'avoir un fils religieux, je crois que Dieu vous accordera cette grâce. »
Une autre fois, lui répétant les mêmes paroles, il ajouta:
« Je crois que ce sera moi. » Comme Louis était l'aîné,
la marquise ne parut pas faire attention à ce qu'il disait;
mais, faisant ensuite réflexion à l'éminente piété de ce
tendre enfant, elle commença à croire que Dieu avait sur
lui des desseins particuliers, et en mère véritablement
chrétienne elle se détermina à le seconder.

Le marquis, au contraire, qui le destinait au monde,
et qui voulait que rien ne manquât à son éducation,
résolut de le tirer de la maison paternelle. Il se mit en
route pour Florence, avec Louis et son jeune frère Rodolphe, au commencement de l'été de 1567, non sans
causer une vive douleur à la marquise, qui voyait avec
inquiétude ses enfants s'éloigner d'elle dans un âge si
peu avancé.

Le grand-duc de Toscane, François de Médicis, les
reçut avec beaucoup d'amitié, et voulut même leur donner un appartement dans son palais; mais le marquis,
qui voulait que ses enfants fissent de l'étude leur principale occupation, remercia le grand-duc, et le fit consentir
à ce qu'ils occupassent une maison particulière, qui les
éloignât du tumulte et de la dissipation inséparables des
cours.

Louis se trouvait avoir neuf ans quand le marquis le
laissa à Florence. Il y fit de grands progrès dans la vie
spirituelle; c'est pour cette raison qu'il regardait cette
ville comme la mère de sa piété. Il y conçut surtout
tant de dévotion pour la sainte Vierge, que, quand il en
parlait ou qu'il songeait à ses mystères, il paraissait se
consumer par la vivacité de sa tendresse pour Marie.
Cette dévotion particulière de Louis s'augmenta beaucoup par la vue d'une image miraculeuse de la mère
de Dieu, et par la lecture d'un livre du père Gaspard
Loarte, de la compagnie de Jésus, sur les mystères du
rosaire. Un jour qu'il lisait cet ouvrage, il se sentit un
vif désir de faire quelque chose qui pût plaire à la sainte
Vierge : le Seigneur lui inspira qu'il serait très agréable
à cette Reine du ciel, si, pour imiter autant qu'il pourrait sa pureté, il lui consacrait par vœu sa virginité. Se
trouvant donc un jour en prière devant l'image miracu-

leuse, il fit à Dieu, en l'honneur de la sainte Vierge, le
vœu de chasteté perpétuelle.

Il garda toute sa vie ce vœu si exactement et avec tant
de perfection, qu'il est aisé d'en conclure combien
cette offrande avait été agréable au Seigneur, et avec
quelle singulière affection la sainte Vierge avait pris
Louis sous sa protection. C'est pour cette raison que
ceux qui ont le mieux connu son intérieur, et particulièrement le cardinal Bellarmin, ont assuré avec serment que ce saint jeune homme, pendant toute sa vie,
n'éprouva jamais aucune révolte de la chair, que jamais il ne fut sujet à aucune pensée ni imagination contraire au vœu qu'il avait fait. Un pareil privilège est si
fort au-dessus des forces humaines, qu'on ne peut
douter un moment que ce ne fût une grâce particulière qui lui fut accordée par l'intercession de la sainte
Vierge.

Il est vrai que, de son côté, Louis fit ce qu'il put pour
coopérer à la conservation de cette insigne faveur.
Quoiqu'il n'éprouvât en ce genre aucune difficulté, cependant la grande affection qu'il avait pour la vertu de
pureté fit que, dès ce temps, il s'adonna à une grande
vigilance sur lui-même et sur ses sens, et particulièrement sur ses yeux, ne les portant jamais sur aucun objet
qui pût lui causer la moindre inquiétude. C'est pour
cette raison qu'en marchant dans les rues il les tenait
toujours baissés. Mais, de plus, il montra toujours toute sa
vie, et dans tous les endroits où il se trouvait, un grand
éloignement à s'entretenir avec les personnes du sexe,
et cela au point que ceux qui ne le connaissaient pas
pouvaient croire que c'était en lui l'effet d'une antipathie
naturelle. Si quelquefois la marquise sa mère, pendant
qu'il était à Châtillon, lui envoyait quelqu'une de ses
femmes lui porter quelque ordre de sa part, il s'avançait
à la porte, l'écoutait, et, les yeux baissés, lui donnait sa
réponse et la renvoyait.

Ce fut à Florence qu'il commença à se confesser plus
souvent qu'il ne le faisait à Châtillon. Le père de la
Tour, alors recteur du collège de la compagnie de Jésus, lui avait été assigné pour confesseur. Dès la première confession qu'il lui fit, il s'y prépara avec un soin
extrême, et à ses larmes, à sa confusion, on l'eût pris

pour le plus grand pécheur du monde. A peine se fut-il
mis à genoux, qu'il lui prit une faiblesse; son gouverneur vint à son secours et le reconduisit chez lui. Retournant une seconde fois à ce même confesseur, il fit
une revue générale de tous ses péchés; et on lui a souvent ouï dire depuis qu'à Florence il avait fait une confession générale de toute sa vie, dont il avait été fort
consolé.

Il apprit là à se mieux connaître et à démêler les
mouvements de son cœur. La première chose qu'il remarqua fut qu'il n'avait point encore assez amorti le feu
de la colère; quoiqu'il en fût assez maître pour n'en
rien laisser paraître au dehors, il ne laissait pas d'en
sentir une certaine émotion qui altérait un peu la paix
de son âme. Il se mit donc devant les yeux combien la
colère est un vice honteux, et combien il est déplorable
de se mettre dans un état où l'on ne peut plus répondre
de soi. Frappé de cette considération, il extirpa si bien
de son cœur tous les germes de ce vice, que jamais depuis, quoique naturellement prompt et bouillant, il ne
laissa apercevoir les moindres traces d'impatience ou de
vivacité.

Il observa encore que dans la conversation il lui échappait certains mots contre le prochain, quoique en matière très légère, mais dont l'exacte charité pouvait être
blessée. Il en fut si mortifié, que, pour n'avoir plus à se
reprocher de semblables fautes, il résolut de fuir la conversation de toutes sortes de personnes, même de ses
meilleurs amis, aimant mieux vivre seul et retiré que de
rien dire ou entendre qui pût altérer même légèrement
la pureté de sa conscience.

Quelques-uns trouvaient mauvais qu'un jeune prince
menât une vie si austère et, selon eux, si sauvage; mais
Louis, qui avait déjà toute sa joie dans le ciel, fit si peu
de cas de leurs discours, qu'il commença dès lors à ne
plus jouer à aucun jeu, coutume qu'il garda toute sa vie.

De plus, à l'exemple du Sauveur, il devint si obéissant à ses supérieurs, que jamais il ne lui arrivait de
s'écarter de leur volonté même dans les choses les plus
légères. S'il entendait Rodolphe, son frère, se plaindre
quelquefois d'être repris par le gouverneur ou par ses
maîtres, il l'exhortait avec amitié à leur être toujours

obéissant. Quand il commandait quelque chose à ceux qui le servaient, c'était toujours avec tant d'égards et de modestie, qu'ils en étaient confus. Avait-il quelque service à leur demander : « Pourriez-vous, leur disait-il, faire cela sans vous incommoder? » ou : « S'il ne vous était pas trop incommode, je souhaiterais.telle chose. » Et il prononçait ces paroles avec tant de douceur et de cordialité, que ses domestiques le chérissaient tendrement et le servaient avec un sensible plaisir. Ainsi, dans un âge si tendre, Louis était arrivé à un point de perfection auquel plusieurs arrivent à peine après bien des années passées en religion.

CHAPITRE IV

Louis, rappelé à Mantoue, prend la résolution d'être ecclésiastique.

Il y avait deux ans que Louis était à Florence, lorsque le marquis, ayant été fait par le duc de Mantoue gouverneur de Montferrat, voulut que ses deux enfants vinssent se fixer à la cour de son bienfaiteur, qui était en même temps le chef de la famille. Ce fut là que, voyant de plus près les grandeurs humaines, le jeune Louis sentit croître le mépris qu'il en avait; et une maladie dont il fut alors attaqué lui fournit l'occasion de rompre le reste des liens qui le retenaient encore dans le monde. Les médecins furent d'avis qu'il consumât par la diète les humeurs qu'on croyait être la cause de son mal. Louis s'astreignit à cette diète avec tant de rigueur, qu'il est surprenant qu'il n'en soit pas mort. Il continua dans la suite; et ce ne fut plus de l'avis des médecins ou par raison de santé, comme on le croyait, mais par dévotion, par mortification. Si un pareil remède lui enleva sa maladie, il fut d'un autre côté très nuisible à son estomac, qui s'affaiblit au point de ne pouvoir prendre ou retenir de nourriture. Aussi, de l'embonpoint qu'il avait toujours eu, il passa à une maigreur excessive; et, quoique d'une bonne complexion, on le vit peu à peu

tomber dans une extrême langueur. Mais l'avantage spirituel qu'il en retira, et qui était inappréciable à ses yeux,
c'est que son état lui servit d'excuse pour éviter plusieurs
amusements auxquels il aurait été obligé de se prêter si
sa santé lui eût permis d'accompagner partout le duc de
Mantoue, comme sa naissance lui en faisait le devoir.

Ce fut à Mantoue que Louis, âgé de onze ans seulement, prit la ferme résolution de renoncer à son droit
d'ainesse et d'embrasser l'état ecclésiastique, non assurément pour arriver aux dignités de l'Église, qu'il refusa toujours, mais seulement pour pouvoir, dans un
état qui le mettait hors du monde, s'employer avec plus
de liberté au service de Dieu. Dans cette pensée, il pria
son père, sans lui rien dire encore de son projet, de lui
permettre de quitter la cour, alléguant la faiblesse de sa
santé et le désir qu'il avait de s'adonner plus sérieusement à ses études. Le marquis, qui commençait à concevoir quelque inquiétude sur sa santé, le fit revenir à
Châtillon, dans l'espérance que l'air natal, joint aux soins
de sa mère, lui rendrait la santé, pour peu qu'il voulût
relâcher de la rigueur du régime qu'il gardait à Mantoue.
Mais Louis, moins soigneux de la santé de son corps que
de celle de son âme, ne voulut rien changer dans sa manière de vivre. A son extrême abstinence, il joignit une
plus grande solitude, pour avoir plus de temps à donner
à des exercices de piété.

CHAPITRE V

Louis reçoit de Dieu le don d'oraison, et fréquente
plus assidûment les sacrements.

A mesure que Louis se détachait du monde pour s'unir
à Dieu, le Seigneur, rémunérateur magnifique de ceux qui
le servent, se plaisait à faire connaître combien il agréait
la pieuse affection avec laquelle le servait un enfant de
douze ans seulement. Il n'avait eu jusque-là ni leçon ni
pratique de l'oraison mentale et de la contemplation. Le
Seigneur voulut bien être lui-même son maître. Trou-

vant cette âme innocente bien disposée, il éclaira son
esprit d'une manière surnaturelle, et lui enseigna une
façon de méditer et de contempler ses grandeurs au-dessus
de tout ce que peut faire l'industrie des hommes.

Louis, voyant que le Seigneur lui avait ouvert cette
porte et lui fournissait des moyens abondants de nourrir
son âme, donnait presque tout son temps à la méditation
des mystères sacrés de notre rédemption ou à la contemplation des attributs divins. Il vaquait à ce saint exercice
avec une satisfaction intérieure si sensible, que la douceur
que son âme en éprouvait lui faisait répandre des torrents
de larmes, dont il baignait ses habits et mouillait jusqu'au pavé de sa chambre. C'est pour cette raison qu'il
aimait la solitude et craignait d'en sortir de peur de perdre
quelque chose des sentiments affectueux de sa dévotion,
ou qu'on n'eût quelque indice de ses larmes. Ceux qui le
servaient, s'en étant aperçus, se plaisaient à l'épier par
les fentes des portes, et le voyaient avec admiration des
heures entières prosterné devant un crucifix, les bras
tantôt étendus, tantôt croisés sur la poitrine, les yeux
fixés sur l'image du Sauveur, et faisant entendre au loin
ses soupirs et ses sanglots. On le voyait ensuite comme en
extase, si immobile, qu'il n'avait pas plus de mouvement
qu'une statue. Il se trouvait alors tellement absorbé en
Dieu, que son gouverneur et ses valets de chambre, qui
l'ont raconté, traversaient sa chambre et faisaient du
bruit sans qu'il s'en aperçût. Ces grâces extraordinaires
ayant transpiré, plusieurs personnes qui n'étaient pas de
son service eurent la curiosité de le voir dans ces saints
ravissements, et se retirèrent pleines d'admiration et con-
vaincues de sa haute sainteté.

Louis n'eut donc d'autre maître dans l'exercice de l'o-
raison que l'onction du Saint-Esprit. Mais, quoiqu'il sût
méditer, il ne savait pas mettre d'ordre dans ses méditations, ni en choisir les matières. Le hasard lui procura
un petit livre du père Pierre Canisius, de la compagnie de
Jésus, où se trouvaient des points de méditation mis en
ordre. Ce livre non seulement servit à le confirmer dans
la résolution de faire oraison, mais lui apprit encore la
méthode qu'il devait tenir, et le temps qu'il y devait employer. Jusque-là il n'avait pas eu de temps fixé pour la
faire; il la faisait selon le loisir qu'il en avait, quelquefois

plus longue, quelquefois plus courte ; cependant il en
retirait toujours une grande abondance de lumières dans
l'esprit, et beaucoup de ferveur et d'affection dans le
cœur.

Ce fut ce même petit livre et les lettres écrites des Indes
qui l'affectionnèrent, comme il le raconta lui-même, à
la compagnie de Jésus : le livre, parce qu'il en goûtait
très fort la méthode, et plus encore l'esprit de piété avec
lequel il était écrit ; les lettres, parce qu'elles lui appre-
naient les travaux et les bonnes œuvres auxquelles les
pères de la compagnie se livraient dans les Indes pour la
conversion des gentils : ce qui faisait aussi naître en lui
le désir d'employer sa vie à de pareilles œuvres, pour
travailler au salut des âmes, auquel il cherchait déjà à
concourir, malgré la faiblesse de son âge. Dans cette intention il assistait les dimanches et les fêtes au catéchisme,
et il se faisait ensuite un devoir d'enseigner aux autres enfants la doctrine chrétienne en ce qui regarde la foi et les
bonnes mœurs. Il remplissait ces fonctions avec tant de
modestie et d'humilité vis-à-vis de ses vassaux, et surtout
des pauvres, qu'il inspirait la dévotion à tous ceux qui en
étaient témoins.

De plus, s'il apprenait qu'il y eût quelque différend
parmi les domestiques de sa cour, il s'appliquait à les ré-
concilier. S'il entendait quelqu'un prononcer des paroles
ou peu chrétiennes ou peu modestes, il les reprenait. S'il
venait à sa connaissance qu'il y eût dans ses terres quelque
personne de mauvaise vie, il l'avertissait d'abord avec douceur, et faisait tous ses efforts pour la porter à se corriger.
Jamais il ne put souffrir que Dieu fût offensé en sa présence ; tous ses discours roulaient sur des choses de piété.
Ayant un jour accompagné la marquise sa mère à Tortone,
pour faire une visite à la duchesse de Lorraine, les courtisans de la princesse furent si émerveillés des pieuses
conversations de Louis, qu'ils disaient que celui qui l'aurait entendu sans le voir aurait sûrement cru que c'était
un vieillard consommé, et non un enfant, qui parlait
ainsi de Dieu avec tant d'onction et d'autorité.

Cela se passait en 1580, temps auquel le saint cardinal
Borromée, archevêque de Milan, fut nommé par le pape
Grégoire XII visiteur apostolique des évêchés de sa pro-
vince. Se trouvant alors dans le diocèse de Brescia, il vint

à Châtillon au mois de juillet. Quoiqu'on l'eût pressé d'accepter un logement dans le château, il s'en défendit; il voulut loger de préférence chez l'archiprêtre, dont la maison était près de l'église. Il y reçut la visite de Louis, qui avait alors douze ans et quatre mois.

Le saint archevêque eut une consolation particulière de voir ce petit ange si favorisé du Ciel. Il s'entretint longtemps seul avec lui des choses de Dieu, de manière que ceux qui attendaient audience en furent surpris. Le saint cardinal était comblé de joie de trouver une jeune plante si bien cultivée au milieu des épines des cours du monde et qui, sans le secours d'aucune main mortelle, s'était élevée à la perfection chrétienne. Louis, de son côté, se félicitait d'avoir trouvé un confident dans le sein duquel il pût répandre son cœur, et déposer les doutes qu'il rencontrait dans la vie spirituelle. Comme il avait ouï parler du cardinal comme d'un saint, il regardait comme autant d'oracles les avis qu'il recevait pour sa conduite.

Le cardinal lui demanda s'il avait fait sa première communion. Le saint jeune homme lui ayant répondu qu'il n'avait point encore eu ce bonheur, le cardinal, qui ne pouvait se lasser d'admirer la pureté de sa vie, la maturité de son jugement, et les grandes lumières que le Seigneur lui donnait sur les choses célestes, non seulement l'exhorta à communier, mais voulut encore le communier lui-même pour la première fois; ensuite il lui recommanda la communion fréquente, lui traça dans une courte instruction la conduite qu'il pouvait tenir pour se bien préparer à puiser dans cette source de grâces, et lui recommanda encore de lire souvent le catéchisme romain, que le pape Paul V venait de faire imprimer selon les vœux du saint concile de Trente.

Louis grava profondément dans son esprit les avis de saint Charles. Il lut le catéchisme avec goût, non seulement parce qu'il y trouvait des instructions chrétiennes relevées par une sainte doctrine, mais encore parce que ce livre lui était conseillé par un homme qu'il tenait avec raison pour un saint : il portait tout le monde à lire ce catéchisme, faisant valoir l'autorité de celui qui le lui avait recommandé. Depuis ce temps ses communions devinrent fréquentes. Il serait difficile de se figurer quelle préparation il apportait pour recevoir dignement ce grand sacrement; il la commençait par un examen exact et détaillé de sa conduite, pour voir s'il s'y trouvait quelque chose qui pût déplaire aux yeux du divin hôte qu'il attendait; ensuite il se confessait; et sa confession était ordinairement accompagnée de tant de larmes, que son confesseur ne pouvait qu'être infiniment édifié. D'ailleurs ses fautes, qu'il pleurait si amèrement, étaient moins des fautes d'action que d'omission, parce qu'il ne croyait jamais avoir fait une action d'une manière proportionnée aux lumières que Dieu lui donnait pour s'avancer dans une grande perfection.

Les jours qui précédaient sa communion, ses discours, ses pensées étaient sur le saint Sacrement; ses lectures avaient le même objet, ainsi que ses méditations et ses oraisons jaculatoires. Quels furent ses sentiments de dévotion, et quels actes n'en produisit-il pas la première fois qu'il s'approcha de la sainte table, et toutes les fois qu'il eut ce même bonheur, Dieu seul, scrutateur des cœurs, pouvait les connaître et les apprécier. Mais ce que tout le monde put remarquer, c'est que depuis sa première communion Louis conçut des sentiments si tendres envers le saint Sacrement de l'autel, que tous les matins entendant la messe, dès que le prêtre avait fait la consécration de l'hostie, il fondait en larmes. On les voyait couler sur ses habits et même jusqu'à terre. Ces sentiments affectueux lui durèrent toute sa vie; ils augmentaient tous les jours de fête quand il communiait.

CHAPITRE VI

Louis va à Casal. — Il est exposé dans ce voyage au danger de perdre la vie. — Il prend la résolution de se faire religieux.

Pendant que le marquis continuait de demeurer à Casal, résidence ordinaire des gouverneurs de Montferrat, on lui écrivit de Châtillon que, quoique Louis fût guéri, comme on le croyait, de sa première indisposition, il s'était si fort affaibli par ses abstinences excessives, qu'à peine pouvait-il prendre la moindre nourriture, et que, ne faisant rien pour remédier à ce mal, il n'y avait pas d'espérance de le voir diminuer. Le marquis, qui avait fort à cœur la vie et la santé de son fils, se flatta que, s'il l'avait auprès de lui, il pourrait soulager son indisposition, ou du moins en empêcher les progrès; il ordonna donc que Louis et son frère Rodolphe vinssent le trouver. Ainsi ils partirent de Châtillon sur la fin de l'année 1580, pour se rendre à Casal.

Ce fut dans ce voyage que Louis courut un grand danger de la vie. Passant un bras du Tessin que les pluies avaient beaucoup grossi, il se trouvait dans une même voiture avec son frère et son gouverneur; au milieu du trajet le carrosse se rompit et se partagea en deux : le devant, où se trouvait Rodolphe, fut emporté par les chevaux, et on eut bien de la peine à le retirer du fleuve; quant au fond du carrosse, où se trouvait Louis avec son gouverneur, il fut porté au loin par la violence du courant, avec un danger évident pour la vie de l'un et de l'autre. Mais la divine Providence, qui veillait avec un soin particulier sur les jours de ce saint jeune homme, voulut que ce fond de carrosse rencontrât au milieu du fleuve un gros tronc d'arbre qui l'arrêta. On fit entrer dans le fleuve un homme à cheval, qui, prenant Louis en croupe, le mit à terre, et retourna ensuite prendre le gouverneur. Tous ensemble entrèrent dans une église voisine pour y remercier le Seigneur d'avoir si heureusement échappé à un si grand péril.

Le jeune Louis passa plus de six mois à Casal. Pendant ce temps il fit beaucoup de progrès dans la langue latine, mais il en fit bien plus encore dans la vie intérieure. Il acquit de plus abondantes lumières pour s'avancer dans les voies de Dieu; sa fidèle correspondance aux grâces le disposait tous les jours à en recevoir de nouvelles. Dieu s'insinuait de plus en plus dans son âme par de nouvelles communications, lui inspirait des désirs d'une plus haute perfection, et le détachait de plus en plus de toutes les choses d'ici-bas.

En vain le marquis cherchait-il à le distraire en lui fournissant plusieurs occasions de divertissements et de dissipation, jamais il ne fut possible de lui faire abandonner ses exercices spirituels. Sa récréation était d'aller

à une église de la sainte Vierge célèbre par le concours et
la dévotion des peuples, et d'y approcher des sacrements;
ses plaisirs étaient de converser avec les pères capucins ou
avec les pères barnabites: Il trouvait tant de plaisir à ces
pieux entretiens, qu'il ne les quittait jamais sans se faire
beaucoup de violence. Il était surtout frappé de la joie
qu'il voyait dans ces religieux, de leur détachement des
choses de la terre, de l'ordre qui régnait dans leurs prières
et dans leurs offices, du mépris qu'ils faisaient de la vie,
et du désir qu'ils avaient de mourir. Tout cela faisait
naître en lui l'envie d'embrasser un pareil état.

Un jour, étant chez les barnabites, il réfléchissait sur
le bonheur de ces religieux, qui, ayant renoncé aux soins
des choses temporelles pour s'attacher uniquement à
Dieu, avaient mis ce même Dieu dans une espèce d'obligation de s'en occuper pour eux. « Considère, Louis, se
disait-il à lui-même, quel grand bien procure la vie religieuse. Ces pères sont détachés de tous les liens du monde,
et vivent loin des occasions du péché. Le temps que les
mondains emploient inutilement à la recherche des biens
périssables et des faux plaisirs, ils l'emploient, et avec
mérite, à l'acquisition des biens solides, des biens éter-
nels. Ils sont assurés que leurs fatigues ne resteront pas
sans récompense. Les religieux sont donc vraiment de
tous les hommes ceux qui sont le plus sûrement guidés
par la raison, et qui se laissent le moins tyranniser par
les sens et par les passions. Ils n'ambitionnent point les
honneurs; ils estiment peu ce qui passe; ils ne sont pas
dévorés par l'ambition; l'un n'envie rien à l'autre: toute
leur satisfaction est de servir Dieu. Peut-on après cela
être surpris s'ils sont dans la joie, s'ils ne redoutent ni
la mort ni l'enfer, ayant une conscience exempte du péché? Le témoignage d'une bonne conscience les main-
tient dans la paix et dans cette tranquillité intérieure d'où
naît cette sérénité qu'on voit briller sur leur visage. L'espérance fondée qu'ils ont des biens célestes, la vue de
Dieu, au service duquel ils sont engagés, les consolent de
tout ce qui pourrait les affliger. Et toi, Louis, que fais-
tu? A quoi penses-tu? Si, cédant ton marquisat à ton
frère Rodolphe, comme tu l'as résolu, tu demeures dans
le monde avec lui, combien de choses verras-tu qui te
déplairont? Si tu te tais, tu sentiras les remords de ta

conscience; si tu parles., tu passeras pour incommode, et
l'on ne t'écoutera pas; et quand même tu deviendrais
prêtre séculier, obtiendrais-tu ce que tu désires? Tu te
mettras dans une obligation plus étroite de mener une vie
plus parfaite que celle des mondains; mais ne seras-tu
pas exposé à de plus violentes tentations que les mondains
eux-mêmes? Seras-tu affranchi de la servitude du respect
humain? N'en sentiras-tu pas tout le poids? Si tu ne fréquentes pas les seigneurs tes parents, de quel œil te ver-
ront-ils? Si tu les fréquentes, que deviendra ta première
résolution? Si tu consens à accepter des prélatures, ne te
trouveras-tu pas encore plus embarrassé d'affaires que tu
ne l'es actuellement? Si tu les refuses, tes parents te re-
garderont comme un homme qui n'est bon à rien; ils
diront que tu fais le déshonneur de ta famille. Au contraire, si tu te fais religieux, tu tranches d'un seul coup
tous les obstacles, tu te délivres du respect humain, et
tu te mets dans un état de paix et de tranquillité où tu
serviras Dieu avec plus de perfection. »

Telles furent les réflexions qui occupèrent alors l'esprit
de Louis, comme il le racontait ensuite. Il en était si rempli, que les personnes de la maison s'en aperçurent et
conclurent qu'il avait en tête quelque grand projet; mais
personne n'osait lui demander de quoi il s'agissait. Enfin,
après avoir longtemps conjuré le Seigneur de l'éclairer,
et avoir fait plusieurs ferventes communions à cette intention, persuadé que Dieu l'appelait en cet état de vie, il
résolut de quitter tout à fait le monde, d'entrer dans un
ordre dans lequel il eût non seulement le vœu de chasteté
à garder, mais encore ceux d'obéissance et de pauvreté
évangélique. Comme il n'avait pas encore treize ans accomplis, et qu'ainsi il ne pouvait point exécuter son projet,
il ne voulut se décider pour aucun ordre religieux en particulier, ni faire part de sa résolution à personne.

Mais il commença à mener au milieu du monde la vie
d'un religieux. Il se tenait retiré dans sa chambre, où il
avait toujours du feu à cause de sa faible santé; mais alors
il défendit d'en allumer dans son appartement. Cependant, quand la bienséance l'obligeait de se chauffer avec
la compagnie, il savait se placer toujours de façon à n'en
point profiter. Si quelqu'un lui apportait quelque remède
contre l'enflure de ses mains causées par le froid, il en

témoignait beaucoup de reconnaissance, et n'en usait
point, afin de ne pas perdre l'occasion de souffrir quelque
chose pour l'amour de Dieu. Il évitait avec soin les lieux
d'assemblée, et surtout les spectacles et les grands repas,
quoique, pour le distraire, le marquis son père ne manquât pas de l'y inviter, et témoignât quelque mécontentement quand il ne s'y trouvait pas. Tandis que toutes les
personnes du palais se rendaient aux invitations du marquis, Louis restait seul : il s'occupait à méditer ou à s'entretenir, avec quelques savants, de dévotion ou de littéra-
ture.

Un jour, le marquis son père voulut le conduire à
Milan pour lui faire voir la revue qu'on y faisait de la
cavalerie de l'État. Louis, n'ayant pu se dispenser d'y accompagner son père, après les ordres qu'il en avait reçus,
trouva moyen de s'en dédommager. D'abord il refusa la
place qu'on lui présentait, d'où il pût voir plus commodément cette revue; ensuite, autant qu'il lui fut possible,
il tint les yeux fermés ou fixés d'un autre côté.

On peut donc assurer que Louis passa tout le temps de
sa première jeunesse sans être enfant, puisqu'à cet âge
on n'eut jamais occasion de remarquer en lui aucune
légèreté. Il eut toujours en horreur la lecture des livres
peu honnêtes ou frivoles ; la Vie des saints écrite par
Surius ou par Lipponan, Sénèque, Plutarque et Valère-
Maxime, étaient ses auteurs favoris. Dans l'occasion, pour
exhorter les autres à une vie chrétienne, ou du moins
moralement bonne, il se servait des exemples qu'il avait
lus dans ces auteurs. Les discours qu'il tenait sur la vertu
et sur les matières de piété étaient si judicieux, et l'on
était si surpris de l'éloquence et de la ferveur avec lesquelles il en parlait, qu'on ne doutait pas que le savoir
de ce jeune homme ne fût surnaturel, tant sa capacité
surpassait son âge. Il arrivait de là que des gens de son
palais, témoins de ses actions, auraient souhaité trouver
en lui une conduite moins austère et moins éloignée du
monde. Cependant, admirant en lui une prudence singulière, accompagnée d'une si rare vertu, ils avaient pris le
parti de le laisser faire, sans oser lui demander raison
d'aucune de ses actions.

1*

CHAPITRE VII

Louis retourne avec son père à Châtillon, où il continue à
mener une vie très mortifiée : il est préservé presque miraculeusement d'un incendie.

Quand le marquis eut fini le temps de son gouvernement de Montferrat, il revint à Châtillon avec toute sa
famille. Louis continua les exercices de son austère pénitence; il les augmenta même au point qu'on était surpris qu'il ne contractât pas quelque grande infirmité qui
achevât de l'abattre, et que ses parents, témoins de ces
pieuses rigueurs, ne songeassent point à modérer son
amour excessif pour la mortification. Outre l'incroyable
abstinence que nous l'avons vu commencer à Mantoue,
il s'imposa plusieurs jeûnes dans la semaine, savoir : le
samedi, en l'honneur de la sainte Vierge, et le vendredi
au pain et à l'eau, en mémoire de la passion du Sauveur. Ces jours-là il ne prenait pour son dîner que trois
tranches de pain bien légères trempées dans l'eau, et
rien de plus; le soir, une tranche de pain rôti, aussi
trempée dans l'eau, était toute sa collation. Les mer-
credis, s'il ne jeûnait pas au pain et à l'eau, il suivait
au moins la pratique de l'Eglise. Outre ces trois jours
de jeûne, il en avait encore d'extraordinaire, selon que
l'occasion ou la dévotion les lui inspirait.

Il mangeait ordinairement si peu, que quelques personnes de la cour, surprises qu'il pût vivre, prirent un
jour, sans qu'il s'en aperçût, le parti de peser la nourriture qu'il avait coutume de prendre dans un repas : ces
personnes ont déposé juridiquement que le pain et le
reste n'allaient pas à une once, ce qui est si fort au-
dessous du besoin ordinaire de la nature, qu'on est forcé
de dire que Dieu le soutenait miraculeusement pour le
faire vivre, comme nous lisons de quelques autres saints,
puisqu'il n'est pas possible qu'un homme, sans un secours extraordinaire, conserve sa vie en prenant si peu
de nourriture.

Il avait encore coutume de choisir à table, par préférence, les mets qui lui semblaient les moins bons; et,
après en avoir un peu goûté, il les laissait sans toucher
aux autres. Il voulut même, les dernières années de sa
vie, qu'on pesât le peu qu'il prenait quand il ne jeûnait
pas, assurant qu'il n'en fallait pas davantage pour sa sub-
sistance, et laissant le reste comme superflu.

A de si rigoureuses abstinences il joignait bien d'autres austérités : il prenait la discipline jusqu'au sang au
moins trois fois la semaine, et les dernières années qu'il
passa dans le siècle, cela lui arrivait tous les jours,
même plusieurs fois par jour. N'ayant pas d'abord de
discipline, il se servait, pour la remplacer, de tout ce
qui se trouvait sous sa main : d'une corde, et même,
comme on l'assure, d'une chaîne de fer. Il n'était pas
rare de trouver, en faisant son lit, des instruments de
pénitence cachés sous les oreillers, et plus d'une fois on
montra à la marquise sa mère des disciplines tout en-
sanglantées. Le marquis, l'ayant su, lui en fit de vifs
reproches, et dit avec émotion à la marquise : « Cet enfant veut se donner lui-même la mort. » Souvent Louis
mettait sous les draps de son lit quelques morceaux de
bois, afin de souffrir, même en dormant. Pour tenir le
jour son corps dans une mortification continuelle, au
lieu de cilice, il s'était fait une ceinture de molettes
d'éperons, dont les pointes, pénétrant dans sa chair
délicate, lui causaient un cruel tourment. On peut conclure de tout cela quelle était l'application de Louis à
s'avancer dans la vie spirituelle, puisque sans aucune
instruction humaine, à l'âge de treize ans et demi, dans
le sein des délices, il traitait son corps avec tant de rigueur.

Sa ferveur ne se contentait pas de ses mortifications
corporelles, il s'appliquait aussi aux exercices spirituels,
et surtout à l'oraison. A son lever il en faisait une heure,
qu'il mesurait plus par sa dévotion que sur sa montre. Il
récitait ensuite ses prières vocales accoutumées; il entendait une messe et quelquefois plusieurs ; il les servait
avec un goût et une satisfaction sensibles. Il assistait aux
offices divins chez les religieux du lieu où il se trouvait,
et les édifiait par son exemple. Le reste de la journée
il se tenait ordinairement renfermé, lisant et méditant
quelques livres spirituels. Le soir, sa coutume était,

avant de se mettre au lit, de passer une heure en oraison, quelquefois deux. Ses valets de chambre, qui attendaient dehors, loin de s'ennuyer, restaient dans l'admiration, et, regardant quelquefois par les fentes de la
porte ce que leur maître faisait, ils étaient excités par
son exemple et se mettaient eux-mêmes à prier.

Il ne se contentait pas de l'oraison du matin et du soir,
il en faisait encore la nuit. Sortant de son lit tandis que
tout le monde reposait, il se mettait à genoux en chemise
au milieu de sa chambre, et passait une bonne partie de
la nuit en contemplation. Cela lui arrivait non seulement
pendant l'été, mais encore au plus fort de l'hiver, qui
dans la Lombardie est très rude et très piquant. Transi
de froid, il tremblait des pieds jusqu'à la tête, de façon
que son recueillement en était troublé; mais, s'imaginant
que ce trouble était une imperfection, il prit la résolution de le surmonter, et se fit à cet effet tant de violence
que, presque privé de sentiment, il ne s'apercevait plus
du froid. Il est cependant vrai que son corps demeurait
si abandonné des esprits vitaux et si affaibli, que, n'ayant
pas la force de rester à genoux, et ne voulant pas s'as-
seoir et s'appuyer, il tombait sur le plancher de sa
chambre, et ainsi prosterné il continuait sa méditation.

Il est étonnant que ces excès ne lui aient pas occasionné quelque grande maladie, ou qu'on ne l'ait pas
trouvé mort de froid. C'est de cette violence que Louis
se fit pour se maintenir dans le recueillement qu'il con-
tracta le mal de tête qui lui dura sans relâche le reste de
sa vie. Pour pouvoir souffrir à l'imitation de Jésus-Christ,
et se former en partie à son couronnement d'épines, non
seulement Louis ne chercha aucun remède pour diminuer ce mal de tête, il s'étudiait même à le conserver et
à l'augmenter pour que cette douleur le fît souvenir de la
passion du Seigneur, et fût pour lui une occasion de
mériter, sans être un empêchement à tout ce qu'il avait
d'ailleurs à faire.

Un jour il lui arriva qu'accablé de ses douleurs il fut
obligé de se mettre au lit plus tôt qu'à l'ordinaire; se
souvenant alors qu'il n'avait pas dit, selon sa coutume,
les sept Psaumes pénitentiaux, il prit la résolution de ne
point fermer l'œil qu'il ne les eût récités. A peine eut-il
fini, que, vaincu par le mal de tête et par le besoin de

sommeil, il s'endormit sans penser à éteindre sa lumière, laquelle en se consumant mit le feu au lit; insensiblement le feu se communiqua des rideaux à la paillasse et au matelas; or, pendant que tout cela brûlait, Louis s'éveilla, et, sentant une excessive chaleur, il crut d'abord avoir la fièvre, d'autant plus qu'il s'était couché avec un grand mal de tête. Il chercha donc à se rendormir, ce qui ne lui fut pas possible; enfin, se sentant suffoqué par la fumée et par la chaleur, il fut obligé de se lever et de sortir de sa chambre pour appeler du monde. A peine fut-il sur le seuil de sa porte, que la flamme s'éleva et brûla le reste du lit.

Les soldats de la garde, qui accoururent, jetèrent par la fenêtre, dans les fossés, les restes du lit enflammé, et empêchèrent ainsi l'incendie de tout le palais. Il n'est pas douteux que, si Louis eût différé un moment de plus à sortir du lit, il y aurait péri, brûlé par les flammes ou étouffé par la fumée, d'autant plus que la chambre était petite et fermée; mais Dieu, qui l'avait choisi pour la religion, sachant ce qui avait donné occasion à ce danger, voulut l'en garantir par une providence singulière. Tout le monde fut persuadé que dans le fait il y avait eu quelque chose de miraculeux.

Il avait déjà éprouvé la protection particulière de Dieu sur lui pour des choses qui le touchaient personnellement ou qui intéressaient sa famille; aussi avait-il d'abord recours à la prière, remettant le tout entre les mains de la Providence, et conjurant le Seigneur, à qui tout est connu, de vouloir bien conduire les choses selon qu'il jugerait être le mieux. Son espérance ne fut jamais trompée; il en racontait lui-même une preuve qui tient du merveilleux. « Je n'ai jamais recommandé d'affaire à Dieu, disait-il, grande ou petite, qui n'ait été terminée comme je l'avais souhaité, quoique ce que je demandais eût de grandes difficultés, et parût, au jugement des autres, absolument désespéré. »

Cette sainte habitude de traiter avec Dieu valut à Louis un don qu'il estimait par-dessus tout : la facilité avec laquelle il méprisait et comptait pour rien tout ce qui frappe le monde. Ainsi, quand il voyait briller l'or et l'argent dans les palais des princes, quand il remarquait dans leurs cours les servitudes des courtisans et autres choses pareilles, il était obligé de se faire violence pour ne point éclater de rire, tant il trouvait cela vil, méprisable, et absolument indigne d'être si fort estimé des hommes. Quelquefois, s'entretenant confidemment avec la marquise sa mère, il lui témoignait sa surprise de ce que tous les hommes n'embrassaient pas l'état religieux. Il ne voyait pas, disait-il, la raison qui les en empêchait, puisque les avantages qu'on trouve dans l'état religieux, · non seulement pour la vie présente, mais encore pour l'autre, sont clairement démontrés, tandis qu'au contraire les biens du monde ne produisent que des peines pour le présent et des regrets pour l'avenir. C'est de ces discours avec sa mère qu'il concluait ce qu'il exécuta dans la suite, sans vouloir alors s'en ouvrir davantage avec elle.

Louis n'avait d'autres entretiens qu'avec quelques ecclésiastiques et quelques religieux de Châtillon. Dès qu'il apprenait l'arrivée d'un religieux, il s'empressait de l'aller voir, pour s'entretenir avec lui des choses de Dieu. Il était surtout bien satisfait quand il arrivait quelque père bénédictin de la congrégation du Mont-Cassin ; il avait une égale estime pour plusieurs pères de l'ordre de Saint-Dominique, qui pendant l'été venaient passer leurs vacances à Châtillon.

L'un d'entre eux, le R. P. Claude Fini, professeur de théologie et célèbre prédicateur, ayant été juridiquement interrogé au tribunal de l'évêque de Modène peu de temps avant de mourir, s'exprima ainsi : « A l'occasion des vacances que mes confrères et moi venions passer à Châtillon, j'ai connu le seigneur Louis de Gonzague, à qui le marquisat de Châtillon appartenait ; la marquise sa mère prenait même plaisir à le faire converser avec nous, et avec moi en particulier. Je sortais toujours ravi et édifié de ses discours et de toute sa personne. On voyait briller en lui une sainteté exemplaire, une humilité admirable. Il faisait souvent l'éloge du détachement des grandeurs et des dignités mondaines. Un jour il me dit : *Il ne convient pas qu'à cause de notre naissance nous fassions si fort les grands, car enfin les cendres d'un prince ne se distingueront pas de celles d'un pauvre, si ce n'est peut-être par une plus grande puanteur.* Dans un âge si tendre il ne laissait rien voir d'enfant. Souvent il avait à la bouche ces paroles : *O Dieu, je vou-*

drais *vous avoir aimé avec toute la ferveur que mérite votre souveraine majesté, et je suis fâché que les chrétiens vous témoignent tant d'ingratitude.* Sa joie éclatait quand on lui apprenait que quelqu'un avait embrassé le parti de la religion ; elle allait même au point que son visage, par sa sérénité, paraissait changé. Quelquefois on l'entendait crier avec des sanglots entrecoupés : *Oh! quelles délices doit-on goûter dans le ciel, puisqu'on en trouve tant à en parler ici-bas!* Je l'ai de temps en temps accompagné à l'église; quelque jeune qu'il fût, il paraissait plus édifiant encore que d'anciens religieux. S'il fixait ses regards sur quelque tableau de saint ou de sainte, c'était avec une telle attention, qu'il semblait presque hors de lui-même, de manière que, si on l'appelait dans ce moment, il n'entendait pas et ne répondait rien, à moins qu'on ne revînt à la charge. Il m'a dit plusieurs fois qu'il avait une dévotion particulière à la très sainte Vierge, et qu'il lui suffisait de l'entendre nommer pour sentir son cœur ému de tendresse. Je ne l'ai point vu depuis qu'il s'est fait religieux; mais à sa conduite on connaissait aisément qu'il voulait quitter le monde. »

CHAPITRE VIII

Louis accompagne le marquis son père en Espagne. — Vie qu'il mène à la cour.

Dans l'automne de l'an 1581, Marie d'Autriche, fille de l'empereur Charles V, et femme de l'empereur Maximilien II, passa par l'Italie pour se rendre en Espagne, à la cour de Philippe II, son frère. L'impératrice ayant désiré que le marquis et la marquise l'accompagnassent dans ce voyage, ils menèrent avec eux trois de leurs enfants : Louis, Rodolphe, et une fille nommée Isabelle. Louis avait alors treize ans et demi. Dans son voyage d'Italie et d'Espagne, il fit régulièrement ses méditations accoutumées, et ne relâcha rien de sa ferveur. Par mer comme par terre, son esprit était toujours occupé de Dieu. Un jour il entendit dire, sur la galère qu'il montait, qu'on

avait à craindre d'être pris par les Turcs ; il s'écria :
« Plût au ciel que nous eussions l'occasion de souffrir le
martyre ! »

Arrivés à la cour, Louis et son frère furent nommés
pages d'honneur du prince don Jacques, fils du roi catholique Philippe II. Pendant que Louis fut en Espagne
(il y fut plus de deux ans), il s'appliqua à l'étude des
belles-lettres. Un prêtre fort savant lui enseigna la logique. Un mathématicien du roi lui donnait des leçons
de la sphère. L'après-dîner il s'appliquait à l'étude de la
philosophie et de la théologie naturelle. Il fit de si grands
progrès dans toutes ces sciences, qu'à son retour d'Espagne, passant par Alcala, et se trouvant à une thèse de
théologie à laquelle présidait le père Gabriel Vasquez (qui
fut dans la suite son professeur de théologie au collège
Romain), invité à argumenter, il s'en acquitta, malgré sa
jeunesse, de manière à étonner les auditeurs.

Le saint jeune homme s'aperçut que ses devoirs de
cour et ses études l'empêchaient de vaquer comme il le
souhaitait à ses exercices spirituels. Dans les commencements il ne trouvait pas même le temps pour faire ses
oraisons ordinaires et fréquenter les sacrements selon sa
coutume ; d'où il arrivait que l'ardent désir qu'il avait
d'abandonner le monde semblait, comme sa ferveur, se
refroidir. Il résolut donc, aidé de la grâce divine, de ne
point se rendre esclave du respect humain et de mener
à la cour une vie sainte et religieuse. Il choisit pour son
confesseur le père Ferdinand Paterno, jésuite sicilien,
qui se trouvait alors à Madrid, et sous sa direction il se
confessait et communiait fréquemment.

Sa modestie dans les rues était si parfaite, qu'il ne
levait jamais les yeux, de façon qu'étant religieux il
n'aurait pu aller seul ni à Châtillon, où il était né, ni à
Madrid, où il avait longtemps vécu. Il se faisait toujours
accompagner, pour ne pas être obligé de se distraire
dans ses oraisons en demandant les rues où il voulait
aller. Un fait qui prouve encore combien Louis était
maître de lui-même et retenu dans ses regards, c'est que
dans le voyage qu'il fit d'Italie en Espagne avec l'impératrice, et pendant tout le temps qu'il la servit à la cour,
où il avait occasion de la voir presque chaque jour, soit
de loin, soit de près, sa modestie fut telle, et son empire

si parfait sur ses yeux, qu'il avoua n'avoir pas envisagé une seule fois cette princesse, de sorte qu'il lui eût été impossible de la reconnaître parmi les dames de la cour. Tout le monde sait cependant combien il est naturel de chercher à connaître certains personnages, et avec quel empressement on court aux lieux où ils passent pour satisfaire sa curiosité.

Dès lors Louis prenait plaisir à porter des habits usés, chose dont les gens de la plus basse classe auraient eu honte; mais notre saint, qui méprisait le monde, s'inquiétait fort peu de ce que le monde pouvait dire de lui: au contraire, quand par l'ordre du marquis son père on lui avait fait quelque habit neuf, il différait tant qu'il pouvait de le porter; et quand il l'avait mis une fois ou deux, il ne manquait pas de prétexte pour ne plus s'en servir, et reprenait ses anciens habits. Il ne portait point de collier d'or ni d'autres ornements pareils en usage à la cour d'Espagne, parce que, disait-il, ce sont des pompes du monde, et qu'il ne voulait pas être au monde, mais à Dieu. Cette façon de penser lui occasionna quelques désagréments de la part de son père; dans les commencements surtout il ne pouvait lui passer ces singularités, persuadé qu'elles lui faisaient honte, ainsi qu'à sa maison; mais, vaincu par la constance de son fils, il admira lui-même ce qu'il n'avait pas la force d'approuver.

Les discours de Louis avec les seigneurs de la cour étaient graves et religieux. Quand on le voyait arriver, chacun se composait. Ils savaient que, soit par badinage, soit autrement, on ne pouvait rien dire en sa présence qui ne fût décent; aussi avaient-ils coutume de dire de lui, et ce mot était passé en proverbe, que le petit marquis de Châtillon n'était pas un composé de chair. Un jour, le jeune prince don Jacques, étant à une fenêtre et se trouvant incommodé d'un grand vent, se tourna du côté d'où il soufflait, et, par une vivacité puérile, s'écria: « Vent, je t'ordonne de ne plus m'incommoder. » Louis, qui l'accompagnait, lui dit sagement à cette occasion : « Votre Altesse peut bien commander aux hommes, et ils lui obéiront, mais elle ne peut commander aux éléments, parce qu'ils n'appartiennent qu'à Dieu, à qui Votre Altesse elle-même est obligée d'obéir. »

Pendant son séjour en Espagne, il lui tomba sous la

main un ouvrage du père Louis de Grenade, qui enseignait la méthode de faire l'oraison mentale. La lecture
de cet excellent livre lui fit prendre la résolution de ne
quitter jamais l'oraison qu'il n'en eût fait une de suite
sans aucune distraction. Il se mettait donc à genoux
selon sa coutume, sans jamais s'appuyer, et commençait
sa méditation. Si après une demi-heure ou trois quarts
d'heure son esprit se laissait aller à une distraction, il
regardait comme non advenu tout le temps écoulé, et
recommençait sa méditation. Il lui arriva plus d'une fois
de passer ainsi cinq heures et plus en oraison. Pour n'être
point détourné, soit par les siens, soit par d'autres personnes, il se retirait dans une chambre obscure où l'on
renfermait ordinairement le bois de chauffage ; s'il n'y
était pas commodément, il s'y tenait du moins avec beaucoup de plaisir, parce qu'il pouvait s'y appliquer à la
prière sans être interrompu. Cette conduite lui attira des
reproches de ses parents ; mais Louis, qui estimait plus
les visites célestes dont Dieu le favorisait que les visites de
ses parents et amis, tint bon contre le respect humain, et
jamais il ne voulut consentir à interrompre ses exercices
spirituels. Il aima mieux passer pour incivil, pour sauvage auprès des hommes, que d'être moins dévot auprès
de Dieu. Ses amis, s'en étant aperçus, cessèrent de lui
rendre certains devoirs de civilité ; et Louis, délivré des
visites inutiles, suivit avec plus d'application et de tranquillité les exercices que lui inspirait sa piété. Selon quelques historiens, on a converti en chapelle cette chambre
obscure qui servait d'oratoire à notre saint durant son
séjour à Madrid.

CHAPITRE IX

Louis déclare à ses parents sa résolution de se faire jésuite.

Un an et demi s'était écoulé depuis que Louis était en
Espagne. L'Esprit divin qui le gouvernait l'attirant tous
les jours à lui de plus en plus, il crut qu'enfin le temps
était venu d'entrer dans quelque ordre religieux, comme

il l'avait résolu étant encore en Italie. Avant de fixer son choix, il redoubla ses prières, conjurant le Seigneur de vouloir bien l'éclairer dans une affaire si importante. L'esprit d'austérité qui régnait en lui lui donna d'abord quelque penchant pour les carmes déchaussés. La marquise sa mère, à qui il s'en ouvrit, l'en détourna, lui faisant observer qu'étant si délicat, il ne lui serait jamais possible de continuer le genre de vie qu'on y menait, ni de tenir dans une religion si austère. Il abandonna donc cette première idée, et se mit à penser qu'il ferait peut-être mieux d'entrer dans quelque ordre où l'observance fût déchue : il pensait que ce pourrait être un moyen de le réformer peu à peu, et par là de rendre un grand service à l'Église de Dieu; mais d'un autre côté, ne se croyant pas assez de vertu pour cela, il craignit de n'y pas réussir, et de se trouver lui-même sans aide et sans secours au milieu d'un ordre dégénéré.

Il se détermina donc à en chercher un qui fût encore dans sa première ferveur et où l'on vécût dans une observance régulière. Parmi le grand nombre d'ordres qui font l'ornement de l'Église de Dieu, laissant de côté ceux qui sont purement appliqués à la vie active et aux œuvres de miséricorde corporelle, il s'arrêta à ceux qui, tout à fait retirés du commerce du monde, jouissent, au milieu des forêts, d'une paix inaltérable, ou qui, dans le sein même des villes, uniquement occupés de leurs règles, emploient leur temps à la psalmodie, à la lecture, à la contemplation des choses célestes. Il ne sentait aucune répugnance à entrer dans de pareils ordres ; son goût, son inclination, lui en auraient facilité les pratiques : puisque au milieu même des cours et du tumulte du monde il savait si bien trouver la solitude du cœur et la paix de l'esprit, à plus forte raison pouvait-il se flatter de goûter ces avantages dans un cloître, séparé du monde et loin de tout commerce des hommes.

Cependant, comme il ne voulait pas seulement sa propre tranquillité, mais encore la gloire de Dieu, et même sa plus grande gloire, il voyait que dans la solitude il enfouirait le peu de talents que Dieu lui avait donnés, et dont il pouvait se servir pour le bien des âmes. D'ailleurs il avait lu dans la Somme de saint Thomas, qu'au sentiment de plusieurs les ordres qui l'emportent sur les autres sont ceux qui sont institués pour enseigner, pour prêcher, pour travailler au salut du prochain, parce que cet état de vie approche davantage de celui que le Fils de Dieu mena sur la terre, lui qui est la règle de toute perfection. En effet, Jésus-Christ ne fut pas toujours livré dans la solitude à la contemplation; il ne fut pas non plus toujours occupé à enseigner et à prêcher, mais de temps en temps il se retirait dans la solitude ou sur les montagnes pour prier; puis il retournait converser avec les hommes, instruire les ignorants et prêcher les choses nécessaires au salut.

Louis pensa donc que, pour l'amour de Dieu, il devait se détacher du goût qu'il avait pour la tranquillité spirituelle que goûtent les religieux dans le silence et la solitude, et faire choix d'une religion qui fût mixte, d'un état où l'on fît profession d'aider le prochain, et où en l'aidant on eût en vue sa propre perfection. L'Église ne manquant point d'ordres religieux institués pour cette fin, il fit la comparaison des uns avec les autres, et considéra très attentivement les moyens, les secours, les exercices que chacun de ces différents ordres employait pour réussir. Enfin, après une mûre délibération et de ferventes prières, il se décida pour la compagnie de Jésus, et résolut de s'y consacrer au service du prochain, persuadé que c'était là que Dieu l'appelait, d'autant plus que son institut était tout à fait conforme à ses vues.

Quatre choses surtout l'attachèrent à cette compagnie : d'abord parce que son observance était dans toute sa vigueur, et que son institut n'était en rien altéré; en second lieu, parce qu'on y faisait un vœu particulier de ne point rechercher les dignités ecclésiastiques, et même de n'en point accepter, si ce n'est d'après un commandement exprès du pape; en troisième lieu, parce qu'il voyait dans la compagnie plusieurs sortes de moyens pour former la jeunesse : des écoles, des congrégations propres à élever dans la crainte de Dieu et dans l'innocence des mœurs; en quatrième lieu enfin, parce que la compagnie s'occupait à ramener au sein de l'Église les hérétiques, et à convertir les gentils dans les Indes, le Japon et le nouveau monde, ce qui lui faisait espérer qu'un jour il pourrait être envoyé dans ces missions pour y travailler au salut des âmes.

Après avoir fait ainsi son choix, Louis chercha à s'assurer, autant que la chose était possible, que telle était la volonté de Dieu. Il résolut donc de communier à cette intention, de prendre pour cela un jour consacré par quelque fête à la sainte Vierge, et de demander par l'intercession de cette Reine du ciel que Dieu voulût bien lui faire connaître sa volonté. La fête de l'Assomption de la sainte Vierge approchait : Louis se trouvait cette année, 1583, à l'âge de quinze ans et demi. Il se disposa donc à cette communion par plusieurs ferventes prières et par d'autres préparations extraordinaires. Il communia le jour de cette fête. Tandis qu'il demandait avec instance au Seigneur, par l'intercession de sa sainte Mère, de vouloir bien lui faire connaître ce qu'il attendait de lui dans le choix d'un état, il entendit une voix claire et distincte qui lui dit de se faire religieux dans la compagnie de Jésus, lui ordonnant en même temps d'aller en parler à son confesseur. Louis, assuré de la volonté de Dieu, courut plein de joie trouver son confesseur, auquel il raconta ce qui s'était passé, le priant de vouloir bien s'intéresser auprès des supérieurs afin qu'il fût reçu sans délai. Le confesseur, après avoir examiné les commencements et les progrès de ce choix, lui répondit qu'il lui paraissait que la vocation était bonne et venait de Dieu, mais que, pour la remplir, il était nécessaire qu'il eût le consentement du marquis son père, sans quoi jamais les pères de la compagnie ne le recevraient.

Ce même jour Louis fit part de son dessein à la marquise sa mère. Cette nouvelle lui fit tant de plaisir, qu'elle en remercia Dieu, et, comme Anne, mère de Samuel, elle lui offrit de grand cœur ce cher fils. Elle fut la première à en parler au marquis ; elle réprima ses premiers transports de colère sur un événement si peu attendu, et servit si bien Louis dans cette affaire, que le marquis, qui n'avait jamais eu connaissance du désir ardent qu'elle avait d'avoir un fils consacré à Dieu dans la religion, soupçonna que trop de penchant pour le cadet lui faisait désirer que la succession lui tombât, et non à l'aîné, et que par ce motif elle se prêtait avec tant de zèle à ce qu'il se fît religieux. Après les ouvertures faites par la marquise, Louis vint lui-même, avec le plus grand respect et la plus grande modestie, exposer au marquis la résolution où il était de renoncer au monde pour se faire religieux. A cette déclaration, le marquis se mit en grande colère, et, après avoir parlé à son fils avec beaucoup de dureté, il le chassa de sa présence, le menaçant de le faire maltraiter de coups. Louis répondit humblement à cette menace : « Que je serais heureux, si j'avais à souffrir quelque chose pour Dieu! » Et il se retira.

Le marquis, dans la vivacité de sa douleur, tourna tout son mécontentement contre le confesseur de Louis ; il fit et dit alors tout ce que la passion lui suggérait. Il passa même plusieurs jours sans pouvoir se calmer, tant était profonde la blessure que la résolution de son fils avait faite à son cœur. Peu de jours après il fit appeler le confesseur de Louis, lui fit des plaintes amères d'avoir suggéré une pareille pensée à son fils aîné, à un fils sur lequel reposaient toutes les espérances de sa maison. Le père répondit qu'il n'y avait que peu de jours que son fils lui avait fait part de cette résolution, comme il pouvait s'en informer lui-même ; qu'au reste, par la vie que menait son fils, il eût bien pu prévoir qu'un jour il en viendrait à une pareille détermination. Alors le marquis s'adoucit un peu, et, se tournant vers Louis, il lui dit que le mal eût été plus supportable s'il eût choisi quelque autre religion que la compagnie de Jésus, parce qu'au moins il ne se serait pas fermé la porte à des dignités ecclésiastiques qui auraient fait honneur à sa maison. A quoi Louis répondit : « C'est précisément par ce motif que j'ai préféré la compagnie de Jésus à toutes les autres religions. Si j'étais curieux des grandeurs et des dignités, je garderais le marquisat que Dieu m'a donné comme premier-né, et je ne laisserais pas le certain pour l'incertain. »

Quand le confesseur se fut retiré, le marquis, tout rempli d'une multitude d'idées que cet événement lui suggérait, s'imagina que ce pourrait bien être là un stratagème de Louis pour l'obliger de renoncer au jeu, qui faisait sa passion, et auquel peu de jours auparavant il avait perdu des sommes assez considérables. Il est vrai que cette fureur du jeu déplaisait à Louis. Souvent, tandis que le marquis jouait, il se retirait dans la chambre, où il gémissait non pas tant sur les sommes que perdait son père que sur les offenses de Dieu que le jeu occasionne. Le soupçon du marquis ne paraissait donc pas absolument dénué de fondement, et toute la cour le crut de même. Dès qu'on y sut la scène qui s'était passée entre le marquis et son fils, on loua beaucoup la prudence de Louis, qui, dans la crainte de plus grandes pertes, avait fait en sorte de faire renoncer son père au jeu ; mais la conduite de Louis fit tomber toutes ces conjectures, et montra bien que rien n'entrait dans le dessein qu'il avait formé que le désir d'être pleinement à Dieu.

Le marquis, voyant la constance de son fils dans sa résolution et les circonstances de sa vocation, commença à croire que la chose était sérieuse et que l'inspiration était divine. D'ailleurs le souvenir de la vie angélique que son fils avait menée dès l'âge le plus tendre achevait de le convaincre. Cependant il voulut avoir l'avis du révérend père François de Gonzague, général des pères de l'observance de Saint-François. Ce père, parent et ami intime du marquis, faisait alors la visite des maisons de son ordre en Espagne ; le marquis le pria d'examiner avec toute l'attention possible la vocation de Louis. Ayant mis deux heures à cet examen, ce père, qui était un saint religieux, ne put s'empêcher d'assurer le marquis qu'il n'y avait aucun doute que la vocation de son fils ne fût toute divine.

Quoique le marquis fût lui-même très persuadé que c'était le Seigneur qui appelait ainsi son fils, il ne pouvait, malgré cela, se résoudre à lui accorder la permission qu'il sollicitait, et il l'amusait par de belles paroles. Louis s'en aperçut et désira de ne plus différer à suivre sa vocation, surtout après la mort de don Jacques, qui lui rendait sa liberté. Ayant donc assisté avec toute la cour aux funérailles qu'on fit à ce prince à l'Escurial, il résolut d'essayer si une nouvelle tentative lui réussirait. Il alla un jour chez les Jésuites avec son frère Rodolphe ; lorsqu'il fut question de s'en retourner, Louis, adressant la parole à son frère et à tous ceux de sa suite, leur dit qu'ils pouvaient retourner au palais sans lui, parce qu'il était décidé à demeurer où il se trouvait sans en sortir. Tous lui ayant fait d'inutiles instances pour le ramener, ils se retirèrent et vinrent raconter le tout au marquis. Il était alors au lit, travaillé de la goutte. A cette nouvelle, il envoya ordonner à son fils de revenir au palais. Louis répondit que, puisque la chose devait se faire un jour, il valait autant que ce fût ce jour-là même, et que, son intention le portant à demeurer où il se trouvait, il priait qu'on n'y mît pas d'opposition. Quand cette réponse fut rendue au marquis, il dit que son honneur serait blessé si la chose finissait ainsi, et que toute la cour en parlerait, qu'il fallait donc absolument que son fils revînt au palais. Alors Louis obéit.

Un autre jour, le marquis s'entretenait avec le père général de Gonzague : il le conjura, par le sang et par l'amitié qui les unissaient, que, puisqu'il voyait quelle perte ce serait pour lui et pour ses États d'être privé d'un fils si propre à gouverner, il daignât faire ses efforts pour le détourner d'entrer en religion, et pour lui persuader qu'il servirait également Dieu en vivant dans le monde. Le père général répondit qu'il le priait de le dispenser d'une pareille commission, à laquelle sa conscience et son état s'opposaient. Le marquis insista, et il lui demanda de persuader au moins à Louis de ne pas prendre l'état religieux en Espagne, mais de retourner avec lui en Italie, ce qui ne tarderait pas ; et il lui promit qu'alors ses oppositions cesseraient. Le père général se souvint qu'il avait eu les mêmes oppositions à surmonter quand il voulut quitter la cour du roi catholique pour se faire religieux de l'ordre de Saint-François : on avait cherché à le ramener en Italie pour lui faire perdre toute idée de sa vocation ; à quoi il n'avait eu garde de consentir. Il déclara donc au marquis qu'il ne pouvait encore l'obliger en cela, qu'il en aurait du scrupule ; que cependant il en parlerait à Louis, pourvu que le marquis engageât sa parole qu'il donnerait son consentement aussitôt après leur retour en Italie. Louis, à qui le père François de Gonzague alla faire part de cette promesse, répondit au père général qu'il était disposé à donner au marquis cette satisfaction ; qu'il n'aurait en cela aucune peine, ayant déjà prévu tout ce qui pourrait arriver ; qu'il était d'ailleurs si ferme dans sa résolution, que, par la grâce de Dieu, il lui semblait ne pouvoir changer, et qu'ainsi il ne craignait rien. Le père général rapporta le tout au marquis, et l'on en demeura d'accord.

CHAPITRE X

Louis retourne en Italie; il éprouve de grandes oppositions
par rapport à sa vocation.

Jean-André Doria, nommé par le roi catholique général de la marine, devait passer en Italie avec les galères,
l'an 1584. Le marquis don Ferdinand résolut de profiter
de cette occasion pour ramener en Italie son épouse et
ses enfants. Le père général de Gonzague, ayant fini les
affaires de sa visite en Espagne, fit avec eux le voyage.
Louis fut bien charmé d'avoir à faire le trajet avec un si
digne religieux. Il ne pouvait le voir sans trouver en lui
un vrai modèle de la plus parfaite observance régulière.
Dans une si sainte compagnie, Louis fit son voyage avec
satisfaction; ses entretiens roulaient tantôt sur quelques
passages de l'Écriture, tantôt sur d'autres matières spirituelles, sur lesquelles il proposait ses doutes et ses difficultés.

On arriva ainsi en Italie au mois de juillet; Louis avait
alors seize ans et quatre mois. Il s'attendait qu'à son arrivée le marquis son père lui tiendrait parole en lui accor-
dant la permission tant désirée; mais le marquis lui fit
entendre qu'il prétendait l'envoyer auparavant, avec son
frère Rodolphe, rendre visite de sa part à tous les princes
d'Italie. Le but du marquis était de lui faire perdre peu
à peu l'idée de se faire religieux. Louis partit donc avec
son frère et un nombreux cortège, il vit tous les princes
de l'Italie; Rodolphe marchait avec toute la pompe qui
convenait à sa naissance, mais Louis n'avait qu'un habit
de serge noire : jamais il ne consentit à rien porter qui
sentît la vanité.

Pendant cette tournée d'Italie, Louis continua ses jeûnes
et ne négligea aucun de ses exercices accoutumés. Arrivé
aux auberges, il se retirait dans une chambre particulière, et commençait par examiner s'il y trouverait quelque image du Sauveur crucifié; s'il n'en trouvait point, il
formait sur du papier une croix, devant laquelle il pas-

sait plusieurs heures à genoux en oraison. Dans les villes
où il y avait quelque maison ou collège de la compagnie,
il avait soin, après avoir rempli ses devoirs envers les
princes qu'il devait visiter, de venir adorer le saint Sacrement dans l'église de la compagnie ; après quoi il s'entretenait avec les pères, suivant le temps qu'il lui restait.
Dans la visite qu'il fit au duc de Savoie, il eut occasion
de montrer combien il méprisait toute considération humaine lorsqu'il s'agissait de venger les bonnes mœurs. Un
jour il s'entretenait dans une salle avec plusieurs jeunes
seigneurs et un gentilhomme de soixante-dix ans ; ce vieillard ayant tenu quelques propos peu honnêtes, Louis,
indigné, l'apostropha hardiment, et lui dit : « N'avez-
vous pas honte à votre âge de tenir de pareils discours à
ces jeunes gentilhommes? C'est un scandale et un mauvais exemple que vous leur donnez. Saint Paul nous dit
que les mauvais discours corrompent les bonnes mœurs. »
Après avoir ainsi parlé, il prit un livre et passa dans un
autre appartement, témoignant par là son mécontentement. Ce vieillard fut humilié de la réprimande, les autres
en furent très édifiés.

Ce fut durant son séjour à la cour de Turin que son
oncle maternel, le seigneur Tani, le pria instamment de
venir jusqu'à Chieri avec son frère, pour y voir ses parcs ;
il y consentit. On avait préparé à cette occasion une grande
fête qui devait se terminer par un bal; Louis refusa de
s'y trouver ; mais comme on lui représenta que la fête ne
se faisait que pour lui, il promit d'y paraître, à condition
qu'il ne danserait pas ; mais à peine fut-il assis, qu'une
dame vint l'inviter à danser : sur-le-champ Louis, sans
rien dire, se lève et quitte l'assemblée. Il n'y parut plus.
Son oncle le chercha longtemps, et ne le trouva que par
hasard : passant dans la chambre des domestiques, il
l'aperçut entre le lit et la muraille, qui priait à genoux ;
aussi édifié que surpris, il n'eut pas le courage de l'interrompre.

CHAPITRE XI

Nouveaux combats livrés à Louis par différentes personnes.

Quand Louis eut terminé les visites que le marquis avait exigées, il revint à Châtillon, persuadé que son père allait acquitter la parole qu'il avait donnée. Mais il fut bien trompé dans son attente. Le marquis ne voulait plus que son fils parlât de se faire religieux; il s'étudia même à lui en faire perdre toute pensée, dans la persuasion que la vocation de son fils n'était ni mûre ni solide, mais seulement une ferveur de jeune homme, qui devait avec le temps se dissiper et s'éteindre. Plusieurs personnes distinguées par leur alliance et par leur amitié avec le marquis s'unirent à lui pour livrer à Louis des assauts auxquels il ne s'attendait guère. Le duc de Mantoue envoya à Châtillon un évêque célèbre par son éloquence pour lui représenter de sa part que, si la vie du siècle ne lui plaisait pas, il devait chercher dans l'Église un poste digne de sa naissance ; que dans le clergé séculier il pourrait s'employer plus utilement à la gloire de Dieu et au salut du prochain ; que l'histoire fournissait assez d'exemples d'hommes sanctifiés dans cet état ; que notre siècle nous en offrait même un beau modèle dans le cardinal Charles Borromée et dans plusieurs autres qui, élevés en dignité, avaient été plus utiles à l'Église que bien des religieux. Il finissait par lui promettre de ne rien négliger pour lui procurer ces mêmes dignités ecclésiastiques.

L'évêque remplit sa commission avec zèle ; il fit son possible pour réussir. Louis, dans sa réponse, pria l'évêque de remercier Son Altesse de la bonté qu'elle lui avait toujours témoignée, ajoutant qu'il était persuadé que c'était par un effet de cette même bonté qu'elle lui faisait faire de semblables propositions; mais qu'ayant déjà renoncé à tout ce que sa famille pouvait faire en sa faveur, il croyait ne pouvoir accepter les offres obligeantes de Son Altesse ; que la raison pour laquelle il faisait choix de la compagnie de Jésus était précisément parce qu'on y re-

nonçait à toute dignité ecclésiastique ; que Dieu dans cette
vie lui suffisait.

Un autre personnage de ses parents, après avoir dit à
Louis tout ce qu'il put imaginer de plus capable de le faire
changer de résolution, crut mieux réussir en lui parlant
mal de la compagnie. Il l'exhorta donc, ayant résolu de
quitter le monde, à ne pas faire choix d'une compagnie
qui vivait au milieu du monde, à entrer plutôt dans une
de ces religions éloignées de tout commerce, comme sont
les capucins, les chartreux ou autres semblables. Peut-être
ce seigneur ne parlait-il ainsi que pour avoir occasion de
condamner absolument la vocation de Louis, s'il eût montré quelque inconstance ; ou parce qu'il eût été plus aisé
de le détourner des autres ordres religieux, comme peu
proportionnés à la délicatesse de sa complexion; ou encore
parce qu'il eût été plus facile de l'enlever à ces ordres,
pour le faire monter aux dignités ecclésiastiques. Mais
Louis, sans prendre le change, lui répondit en peu de mots
qu'il ne voyait pas de moyen plus efficace de s'éloigner du
monde que d'entrer dans la compagnie de Jésus; parce
que, si par le monde on entendait les richesses, dans
la compagnie on observait la pauvreté la plus parfaite,
n'ayant rien et ne pouvant rien garder en propre ; que si
par le monde on entendait les honneurs et les dignités, la
porte leur en était fermée dans la compagnie par le vœu
qu'on fait de ne point les accepter, à moins que le pape
n'en fasse un commandement absolu. Il n'en fallait pas
davantage pour réduire au silence ce seigneur et bien
d'autres qui eurent connaissance de cette conversation.
Louis fit comprendre par là combien sa vocation était solide.

Cependant le marquis n'en demeura pas là ; il voulut
que Louis eût encore quelques combats à soutenir, et en
particulier celui que lui livra l'archiprêtre de Châtillon,
qu'il estimait beaucoup. Ce prélat le sollicita, le pressa de
demeurer pour gouverner le marquisat; mais Louis sut
lui donner de si bonnes raisons de son refus qu'il en fit
son avocat auprès de son père, à qui le prélat s'efforça de
persuader que la vocation de Louis était une vocation divine. Depuis ce temps il ne parlait de Louis que comme
d'un saint. Malgré tout cela, le marquis ne se rendit pas;
il pria encore un religieux de ses amis, grand prédicateur
et qui mourut évêque, de faire tous ses efforts, de ne rien

négliger pour détourner Louis de sa vocation. Ce religieux n'eut pas la force de refuser la commission, et la remplit de la manière la plus insinuante; mais il ne réussit pas mieux que les autres. S'entretenant ensuite avec un cardinal de cette commission qu'on lui avait donnée, voici l'éloge qu'il lui fit de la constance de Louis : « On m'avait fait faire, disait-il, l'office du diable auprès de ce jeune homme; m'en étant mal et méchamment chargé, je m'en suis acquitté de mon mieux; j'ai mis tout en œuvre; mais avec tout cela je n'ai pu seulement l'ébranler, tant il était ferme dans sa résolution. »

Le marquis se flattait toujours que son fils se rendrait enfin à tant d'assauts. Pour sonder l'effet qu'ils avaient produit, un jour que la goutte le retenait au lit, il fit venir Louis et lui demanda quelles étaient ses pensées; Louis lui répondit modestement, mais clairement, que ses pensées étaient de servir Dieu dans la religion qu'il savait. A cette réponse, le marquis entra en fureur, et avec des termes injurieux chassa son fils de sa présence, lui défendant de reparaître. Louis, prenant ces paroles pour un commandement, se retira au monastère des cordeliers, qui était peu éloigné de Châtillon. Il se logea dans l'appartement que le marquis y avait fait construire pour lui et pour le divertissement de ses enfants. Il y fit porter son lit et ses livres : il mena une vie encore plus solitaire et plus mortifiée, pratiquant des macérations plusieurs fois le jour, et donnant presque tout son temps à l'oraison. Personne n'osait parler au marquis en sa faveur, de crainte de l'irriter. Cependant, quelques jours après, le marquis, continuant de garder le lit, demanda ce qu'était devenu Louis. Apprenant alors où il s'était retiré, il ordonna qu'on le fît sur-le-champ revenir au palais; et, l'ayant fait entrer dans sa chambre, il le réprimanda en termes très durs de la hardiesse qu'il avait eue de sortir de la maison, sans doute pour l'insulter. Louis, sans s'émouvoir, répondit avec modestie qu'il n'était sorti de la maison que pour faire un acte d'obéissance, puisque le marquis lui avait défendu de se présenter devant lui. Le marquis, continuant ses reproches, réitéra ses menaces, et lui ordonna de se retirer dans son appartement. Louis, baissant la tête, dit à son père : « Je vous obéis. »

Dès qu'il fut dans sa chambre, il en ferma la porte et

se mit à genoux devant le crucifix ; là, versant un torrent de larmes, il demanda à Dieu la constance, la force et le soutien dans ses combats ; puis, s'étant dépouillé, il se mit à faire une rude mortification. Dans le même temps le marquis n'était guère tranquille : il se sentait à la fois combattu et par l'affection naturelle qu'il portait à son fils et par les remords de sa conscience. D'un côté il n'aurait pas voulu déplaire à Dieu, d'un autre il ne pouvait se résoudre à se priver d'un fils si parfait et si chéri. Se sentant attendri, il fit appeler le gouverneur de Louis, et il lui commanda d'aller voir ce qu'il faisait dans son appartement. Le gouverneur trouva un valet de chambre qui lui dit que Louis s'était enfermé et ne voulait voir personne. Le gouverneur, ayant répondu que c'était par ordre du marquis qu'il venait s'informer de ce que faisait Louis, s'approcha de la porte, où, ayant fait une petite ouverture, il aperçut Louis dépouillé, à genoux devant un crucifix, pleurant, gémissant et se déchirant impitoyablement. A ce spectacle, il fut si pénétré, si fort attendri, qu'il s'en retourna dire au marquis, les larmes aux yeux : « Seigneur, si vous étiez témoin de ce que fait votre fils, il est sûr que vous ne chercheriez pas davantage à le détourner du pieux dessein qu'il a de se faire religieux. — Eh bien, qu'avez-vous vu ? demanda le marquis. — Ce que j'ai vu, seigneur ! j'ai vu dans votre fils des choses propres à toucher, à attendrir les cœurs les plus durs. » Et il lui raconta ce qu'il venait de voir. Le marquis ne put l'entendre sans émotion : ce récit lui paraissait incroyable.

Le jour suivant et à la même heure, le marquis, ayant aposté des personnes pour l'avertir, se fit porter en chaise à la porte de la chambre de Louis ; et, par la même ouverture par laquelle le gouverneur avait tout vu, il examina lui-même ce que faisait son fils ; il le vit donc à genoux, pleurant et se déchirant le corps avec une rude discipline. A cette vue, le marquis demeura quelque temps dans un étonnement qui le mit comme hors de lui-même ; mais, dissimulant, il ordonna qu'on fit du bruit à la porte pour le faire ouvrir ; il entra avec la marquise ; ils trouvèrent plusieurs gouttes de sang sur le plancher, et l'endroit où Louis avait été à genoux encore tout mouillé de ses larmes. Cet événement, joint aux instances continuelles de Louis, détermina enfin le marquis à donner le consentement tant désiré. Il écrivit donc à Rome, à son cousin Scipion de Gonzague, qui fut depuis cardinal, afin qu'il allât de sa part offrir son fils aîné au général de la compagnie de Jésus, qui était alors le père Claude Aquaviva. C'était, comme il l'écrivait, ce qu'il avait au monde de plus cher, un fils sur lequel il fondait ses plus flatteuses espérances. On ne tarda pas à recevoir de Rome une réponse favorable.

Il serait difficile de concevoir la joie que causa à Louis la nouvelle de son admission. Il voulut écrire lui-même sur-le-champ au père général. Il le remercia dans les termes les plus expressifs de la grâce qu'il lui faisait en l'admettant dans sa compagnie ; et, comme il ne croyait pas pouvoir exprimer par sa lettre toute la satisfaction qu'il éprouvait, il priait le père général d'agréer qu'il se donnât tout à lui. Le père Aquaviva fut sensible à la lettre de Louis, et lui répondit qu'il acceptait de tout son cœur la donation qu'il lui faisait, et qu'il l'attendait avec empressement.

On commença pour lors à traiter de la renonciation au marquisat, dont Louis avait déjà reçu de l'empereur l'investiture. Le marquis voulant qu'il passât à Rodolphe, son second fils, Louis y consentit avec plaisir et laissa dresser l'acte qu'il devait signer, prêt à tout ce que voudrait son père, pourvu que l'affaire ne tirât pas en longueur et qu'il pût bientôt partir. L'acte fut donc dressé de façon que Louis renonçât entièrement à toute la juridiction qu'il pouvait avoir sur son marquisat, et à la succession de tous les autres biens qui pouvaient lui appartenir. Quand l'acte fut dressé, on le fit examiner par plusieurs doctes jurisconsultes, et même par le sénat de Milan, pour s'informer s'il était dans les formes prescrites et s'il ne donnerait point occasion à quelques procès. Ensuite on l'envoya à la cour de l'Empereur, afin de le faire confirmer par Sa Majesté Impériale, sans l'agrément de qui l'on ne pouvait rien conclure, parce que le marquisat de Châtillon était un fief de l'Empire.

CHAPITRE XII

Louis est envoyé à Milan pour des affaires; comment
il s'y comporte.

Pendant qu'on attendait le consentement de l'Empereur
pour la renonciation , le marquis eut à Milan quelques
affaires d'importance, qu'il ne pouvait aller terminer par
lui-même à cause de ses indispositions. Il songea donc à
y envoyer Louis, sur la prudence et la sagesse duquel il
comptait beaucoup, comme l'ayant déjà éprouvée ; car,
l'ayant chargé de traiter certaines affaires avec différents
princes, il les lui avait toujours vu terminer à sa satisfaction. Louis partit donc pour obéir à son père. Ces affaires
le retinrent huit à neuf mois à Milan. Il les traita toutes
avec tant d'adresse et de prudence, qu'il en vint à bout
au gré du marquis.

Ce temps ne fut pas perdu pour Louis. Il avait étudié en
Espagne la logique; il voulut prendre une teinture de la
physique au collège de Milan, où les Jésuites enseignaient.
Comme il avait l'esprit excellent, il y fit de merveilleux
progrès. Tous les matins il se trouvait aux leçons, et
quand ses affaires l'en empêchaient, il faisait prendre la
leçon par quelqu'un, et l'étudiait ensuite en son particulier. Il ne manquait aucune des disputes académiques,
argumentant et soutenant à son tour, comme tous les
autres écoliers, sans vouloir qu'on fît pour lui aucune distinction. Quoique la subtilité de son esprit perçât dans
tout ce qu'il disait, il parlait cependant avec tant de circonspection, que, de l'aveu de ses maîtres , on ne l'entendit jamais prononcer une parole qui ne fût à sa place
ou qui sentît le jeune homme.

Il ne se borna pas à l'étude de la physique; il y ajouta
celle des mathématiques, qu'on enseignait au même collège. On ne dictait rien sur cette science; Louis pour ne
rien perdre de ce qu'il entendait, dictait, aussitôt qu'il était
de retour chez lui , à un valet de chambre ce qu'il avait
retenu, mais avec tant de précision, que ce même domes-

tique, qui conservait ces récits comme autant de reliques, me les ayant fait voir à Châtillon, je fus surpris de leur exactitude. Il se rendait au collège avec un air de modestie qui charmait, et presque toujours à pied; il ne portait qu'un habit de serge noire et sans épée, ne disant mot aux personnes qui l'accompagnaient. Il ne prit point d'autre récréation pendant son séjour à Milan que de s'entretenir tantôt de science, tantôt de spiritualité; et ce n'était pas seulement les pères et les étudiants qu'il fréquentait, mais encore les frères coadjuteurs du collège, et surtout le portier. C'était pour lui une vraie satisfaction quand ce portier, allant appeler quelqu'un qu'on demandait, lui laissait les clefs de la porte. Louis se regardait alors comme s'il eût été de la compagnie.

Dans le temps de carnaval, tandis que la foule courait aux spectacles, il se rendait au collège, et il disait que ses spectacles étaient les pères de la compagnie, dans la conversation desquels il goûtait une satisfaction qu'il ne trouvait dans aucun des amusements du monde. Un jour de carnaval qu'on faisait à Milan un fameux tournoi, où toute la jeune noblesse, superbement montée, se trouvait, Louis, saisissant cette occasion de fouler aux pieds les vanités du monde et de se mortifier publiquement, résolut de s'y montrer, quoiqu'il eût de fort beaux chevaux, monté sur un mulet vieux et petit, accompagné seulement de deux domestiques. Ce fut dans cet équipage qu'il parut dans les rues les plus fréquentées, s'exposant à la risée du monde, qu'il méprisait souverainement. Les personnes religieuses témoins de cette action héroïque ne durent qu'en être très édifiées.

Les promenades de Louis, pendant le séjour qu'il fit à Milan, consistaient à visiter souvent les lieux où la sainte Vierge était particulièrement honorée. Tous les dimanches et fêtes, il communiait dans l'église Saint-Fidèle, qui appartenait aux pères de la compagnie de Jésus. Le père Charles de Reggio, qui prêchait alors dans cette église, a assuré que, quand il voulait s'exciter à la ferveur en prêchant, il n'avait qu'à jeter les yeux sur Louis, qui, ne manquant aucun de ses discours, avait coutume de se placer devant la chaire; ce père, à la seule vue de ce saint jeune homme, se sentait intérieurement attendri, comme quand on considère quelque objet de dévotion;

tant était grande l'idée qu'on avait de la sainteté à laquelle on le croyait déjà parvenu!

CHAPITRE XIII

Louis éprouve de nouvelles difficultés de la part de son père.

Louis entrait dans sa dix-huitième année. La réponse de l'Empereur et son agrément pour la cession du marquisat étant arrivés, il s'attendait d'un jour à l'autre que son père le rappellerait à Châtillon, et qu'enfin dégagé des liens du siècle, il pourrait prendre son vol vers la sainte religion; mais une nouvelle tempête faillit le rejeter du port en pleine mer. Le marquis s'imagina que Louis, fatigué des délais et des oppositions qu'il éprouvait, ou ébranlé par la tendresse de sa famille et par d'autres motifs humains, pourrait bien n'avoir plus la même fermeté dans ses résolutions. Il résolut donc de se rendre à Milan, et de faire de nouveaux efforts, tant par lui-même que par d'autres personnes, afin de se convaincre si véritablement c'était la volonté de Dieu ou non que ce jeune homme fût si constant dans sa résolution.

Arrivé à Milan, sans être attendu par Louis, le marquis commença par lui demander quelle était enfin sa détermination. Le trouvant toujours également ferme et décidé, il en fut vivement pénétré. Après lui avoir témoigné sa peine et son mécontentement, il prit le ton de la tendresse et de l'amitié; il lui remontra qu'il n'était pas assez mauvais chrétien pour offenser Dieu en s'opposant à sa volonté, mais que la raison lui faisait craindre qu'il n'y eût plus d'amour-propre dans son dessein que de vocation divine, parce que les égards qu'on doit avoir pour un père semblaient lui dicter de faire tout le contraire de ce qu'il méditait. Que ne lui dit-il pas pour le persuader qu'en cela il n'était conduit que par l'affection qu'il lui portait! Il lui représenta que son entrée en religion serait infailliblement la ruine de sa maison; qu'avec un caractère aussi ferme que le sien il n'avait pas à craindre de se perdre dans ce monde; qu'il y aurait trouvé

toute la facilité pour mener une vie chrétienne et religieuse, et de plus pour affermir dans la piété, par ses
bons exemples, les vassaux que Dieu lui avait donnés;
que par cette route enfin il pouvait sûrement arriver au
ciel. Il lui rappela encore l'affection qu'on lui portait, le
respect qu'on avait pour lui; qu'il n'y avait personne qui
ne désirât de vivre sous son gouvernement; que par sa
sage conduite il avait gagné l'amitié des princes avec lesquels il avait eu à traiter; que depuis longtemps il était
généralement estimé. Il lui dépeignit le caractère de son
cadet, auquel il voulait remettre ses États; que, quoique
le jeune prince eût de l'esprit et semblât beaucoup promettre, cependant sa grande vivacité et son peu d'expérience faisaient craindre avec raison qu'il ne fût moins
propre que lui au gouvernement.

« Enfin, ajouta-t-il, tu me vois infirme et en proie à
des douleurs de goutte qui me dévorent; à peine puis-je
me soutenir; j'ai besoin d'être déchargé des sollicitudes
du gouvernement. Tu pourrais dès ce moment me délivrer de ce fardeau : au contraire, si tu entres en religion, si tu m'abandonnes, il peut arriver des affaires
importantes auxquelles je ne pourrais vaquer; et, ainsi
accablé d'ennuis et de douleurs, je succomberai, et tu
seras cause de ma mort. » Il dit encore bien d'autres
choses propres à exprimer sa douleur et sa tendresse, et
finit par verser un torrent de larmes.

Louis, après avoir entendu tout ce qu'il plut au marquis de lui dire, le remercia humblement de la tendresse
qu'il lui montrait; puis il répondit qu'il avait tout bien
examiné; qu'il savait tout ce que le devoir exigeait de lui;
que, s'il ne se croyait pas appelé de Dieu même à un autre
genre de vie, il serait coupable de se refuser aux demandes d'un père à qui, après Dieu, il avait tant d'obli-
gations; que, puisque ce n'était point par caprice qu'il
voulait entrer en religion, mais uniquement pour obéir
à Dieu, qui l'appelait à son service, il avait tout lieu d'espérer que ce Dieu, qui voit tout et qui peut tout, ordonnerait toutes choses selon son bon plaisir et pour le plus
grand avantage de sa maison, et qu'il ne pouvait attendre
autre chose de sa divine bonté.

Le marquis, voyant que Louis persistait à se croire
appelé de Dieu à l'état religieux, et que sa détermination

ne portait que sur cette persuasion, n'oublia rien pour
la lui ôter. Il se flatta d'y réussir par le moyen de différentes personnes, tant séculières qu'ecclésiastiques, qu'il
chargea d'examiner la vocation de son fils. Chacun fit
son possible pour complaire au marquis. On exagéra à
Louis les rigueurs de la vie qu'il voulait embrasser, mais
il n'en fut point épouvanté. Ces nouveaux assauts n'abou-
tirent qu'à faire admirer sa fermeté, et tous les exami-
nateurs attestèrent au marquis que la vocation de Louis
venait de Dieu, ajoutant mille choses à sa louange. Le
marquis, ne recevant que des relations uniformes, mais
absolument opposées à ses desseins, fit une dernière tentative. Sous prétexte de se bien convaincre que la vocation de Louis venait de Dieu, il se fit porter un jour à
l'église de la compagnie, et ayant demandé le père Gagliardi, qui jouissait de la plus grande réputation, il lui
proposa ce qui regardait son fils comme la chose du monde
la plus intéressante pour lui, puisqu'il s'agissait de faire
le sacrifice de ce fils, son aîné, et d'un fils tel que Louis,
assurant ce père qu'il s'en remettrait absolument à sa
décision ; mais qu'il le priait d'avoir la bonté de l'examiner en sa présence, de lui proposer ce qu'il croirait le
plus propre à le faire changer de résolution, et de lui
soumettre ses difficultés avec toute l'énergie dont il était
capable, promettant qu'après cette dernière tentative il
consentirait à tout ce que son fils désirait.

Le père, pour ne pas désobliger le marquis, se chargea
de la commission. Louis vint le voir ; il l'examina scrupuleusement pendant une heure entière, lui fit les plus
fortes objections, et n'omit rien pour bien connaître quel
esprit conduisait Louis, et si sa vocation à la compagnie
venait effectivement de Dieu. Comme le père proposait
ses difficultés en homme qui semblait persuadé de tout ce
qu'il objectait, Louis s'imagina d'abord que ce père croyait
les choses comme il les disait, personne ne lui ayant
jamais parlé d'une manière si persuasive, mais la réputation de ce père et le respect que Louis avait pour lui
dissipèrent bientôt ses préventions et l'encouragèrent à
lui répondre ; il le fit avec tant de présence d'esprit,
opposa de si bonnes raisons aux doutes que le père lui
avait proposés, appuyant ses raisons de l'autorité de l'É-
criture, des docteurs et des Pères, que le père Gagliardi

fut non seulement édifié de ses réponses, mais encore
enchanté de voir un jeune homme aussi ferme dans sa
vocation, et déjà si bien instruit de l'Écriture et des
Pères : il crut même que Louis avait lu ce que dit saint
Thomas dans sa Somme sur l'état religieux, tant il trouvait ses réponses conformes aux écrits de ce saint docteur.
Ne pouvant donc plus revenir de sa surprise, il s'écria :
« Seigneur Louis, vous avez sûrement raison, les choses
sont comme vous le dites, on ne saurait en douter ; et je
suis aussi édifié que convaincu de la solidité de vos réponses. » Ces paroles consolèrent Louis ; il reconnut alors
que ce père pensait comme lui, et que le personnage qu'il
venait de jouer n'avait été que pour l'éprouver.

Le marquis, ayant fait retirer un moment son fils,
avoua qu'il était lui-même convaincu que sa vocation ne
pouvait venir que de Dieu. Il se mit à raconter au père
la vie que Louis avait menée dès sa plus tendre jeunesse,
et l'assura qu'il ne s'opposait plus à son entrée en religion.
Peu de jours après le marquis partit pour Châtillon, et
laissa Louis à Milan pour finir une affaire ; après quoi il
devait revenir à Châtillon mettre la dernière main à sa
renonciation au marquisat. Louis fit son possible pour terminer promptement l'affaire qui le retenait à Milan, tant
il était empressé de quitter le monde et de se mettre à
l'abri de ses dangers.

CHAPITRE XIV

Louis, avant de se rendre à Châtillon, va faire une retraite à Mantoue.

Sur le point de retourner à Châtillon, Louis, qui jugeait
de l'avenir par ce qui lui était arrivé à Milan, s'attendait
à avoir encore quelque nouvel assaut à soutenir. C'est
pourquoi, avant de partir de Milan, il écrivit au général
de la compagnie, et lui demanda si, dans le cas où le
marquis son père chercherait encore à combattre sa vocation, il pourrait sans autre permission de son père se
retirer dans quelque maison de la compagnie. Quelque

compassion qu'eût le père général pour ce saint jeune homme, et quelque sensible qu'il fût aux dangers qu'il courait, il répondit qu'il ne jugeait pas à propos qu'il partît sans une permission expresse du marquis son père; qu'il pensait que de cette façon sa démarche tournerait davantage à la gloire de Dieu, à son propre intérêt et à l'honneur de la compagnie.

Louis se rendit au sentiment du père général; mais, en quittant Milan pour se rendre à Châtillon, il passa par Mantoue, où il voulait faire les exercices de saint Ignace, tant pour sa consolation que pour se confirmer dans sa vocation, et prendre de nouvelles forces contre les assauts qu'il redoutait. Il fit donc les exercices dans le collège de la compagnie. On était alors au mois de juillet de l'année 1585, temps auquel on attendait de jour en jour les ambassadeurs du Japon, qui venaient à Rome des extrémités de l'Asie pour reconnaître la chaire de saint Pierre, et rendre, au nom de leurs rois et du peuple fidèle de ces contrées, leur obéissance au vicaire de Jésus-Christ. Après avoir rempli leur commission auprès du pape Grégoire XII, qui régnait quand ils arrivèrent à Rome, ces ambassadeurs, retournant dans leur patrie, passèrent par la sainte maison de Lorette, et virent une grande partie de la Lombardie; ils arrivèrent à Mantoue au mois de juillet, où ils furent reçus par le duc avec une magnificence royale.

Or, pendant que tout le monde était occupé à voir les préparatifs et les fêtes qu'on donnait à ces ambassadeurs qui en étaient eux-mêmes émerveillés, Louis, peu curieux de fêtes et de spectacles, resta dans sa solitude; et, malgré les grandes chaleurs de l'été, il passa deux à trois semaines renfermé dans une petite chambre avec tant de ferveur, que tous ses moments étaient consacrés à des prières vocales ou mentales, ou à la lecture de quelques livres de piété. Pendant tout ce temps, sa nourriture était si peu de chose qu'on pourrait dire qu'il ne mangeait rien; aussi ceux qui étaient chargés de le servir s'étonnaient qu'il pût se soutenir. Ce fut le père Antoine Valentino qui commença à lui donner des exercices spirituels. Ce jésuite était très versé dans ces matières, ayant été pendant vingt-cinq ans recteur et maître des novices dans la province de Venise. Louis fit une confession de toute sa

vie, et la fit avec de grands sentiments de douleur et de
dévotion.

Pendant ces exercices, on fit lire à Louis les constitutions et les règles de la compagnie; après avoir bien examiné le tout avec attention, il déclara qu'il n'avait rien
trouvé qui l'arrêtât. En partant du collège, il demanda
en grâce une copie des méditations de la Passion du Sauveur, voulant s'en entretenir de temps en temps. Arrivé
enfin à Châtillon, Louis était bien déterminé à presser son
départ. Cependant, par ménagement pour le marquis, il
passa quelques jours sans parler de rien; il menait une
vie si exacte et si sainte, qu'il était l'admiration de la cour
et du peuple. S'il paraissait en public, c'était toujours les
yeux baissés; il ne les levait que pour rendre le salut à
quelqu'un de ses vassaux, à quoi il ne manquait jamais,
marchant toujours la tête découverte. Quand il allait à
quelque église pour y entendre la messe, il trouvait un
prie-Dieu préparé avec des coussins pour lui et pour son
frère, qui en profitait; mais Louis n'usa jamais de coussins ni à l'église ni à la maison; accoutumé à se mettre
à genoux où il se trouvait, il y demeurait des heures
entières. Avant d'entendre la messe, il récitait l'office, ou
faisait l'oraison mentale. Les jours de fête et de dimanche
auxquels il communiait, il était si long dans son action
de grâces, que son frère Rodolphe sortait pour aller se
promener, et, venant ensuite le reprendre, le trouvait
encore en oraison. Aux vêpres, auxquelles Louis se faisait un devoir d'assister, jamais on ne le voyait assis, mais
toujours à genoux; ce qui édifiait beaucoup tous ceux qui
en étaient témoins. Il faisait au palais ses abstinences ordinaires et ses oraisons, et demeurait une grande partie du
temps seul en sa chambre. Il passait quelquefois plusieurs
jours sans proférer une parole; il parlait si peu, qu'il
nous assura que, depuis qu'il était religieux, il en disait
plus dans un jour qu'il ne faisait dans plusieurs mois
étant séculier; que si par hasard il avait jamais à retourner
dans sa famille, il serait obligé de changer de façon de
vivre et de veiller davantage sur lui-même, de crainte de
scandaliser ceux qui l'auraient autrefois connu, et qui
pourraient croire que dans la religion il se serait émancipé.
Nous savons cependant que dans la religion il fut observateur exact du silence; jamais il ne le rompit que quand

les supérieurs, pour le distraire de sa grande application à l'oraison, l'obligèrent de parler.

De retour à Châtillon, Louis augmenta ses pénitences corporelles au point qu'on ne savait pas comment il pouvait y tenir, tant il était exténué. Il faut convenir qu'emporté par sa ferveur, il commit en cela des excès. Il croyait pouvoir faire ce qu'il faisait, et, n'ayant point de guide spirituel, il suivait les mouvements d'une ferveur indiscrète. Ce fut là une des raisons dont la marquise sa mère se servit pour engager le marquis à donner enfin à Louis la permission de se faire religieux, lui disant que, s'il s'obstinait à le retenir plus longtemps, on le perdrait infailliblement, parce qu'il était impossible qu'il pût résister à la vie qu'il menait; qu'au contraire, en religion, les supérieurs y veilleraient; qu'ils sauraient modérer sa ferveur, et qu'il leur obéirait, comme en effet cela arriva. Lui-même avouait que la religion lui avait été salutaire non seulement pour l'âme, mais aussi pour la santé du corps, la charité des supérieurs ayant mis un frein à ses indiscrétions.

Pendant ce dernier séjour à Châtillon, Louis s'appliqua particulièrement à former à la piété ses jeunes frères. Entre ses frères, celui pour lequel il montrait le plus de tendresse était François, peut-être parce que sa grande jeunesse le rendait plus capable d'instruction, ou parce qu'il montrait un jugement plus solide, ou enfin parce que Louis prévoyait quel honneur il ferait un jour à sa famille. En effet, la marquise sa mère avait coutume de raconter qu'un jour, François encore enfant se divertissant avec les pages de la maison, elle l'entendit crier. Louis se trouvant alors avec elle à la porte de sa chambre, elle lui dit : « J'ai peur qu'on ne fasse du mal à cet enfant; » et Louis lui répondit : « Soyez tranquille, Madame, François saura bien se défendre; » puis il ajouta : « Souvenez-vous bien de ce que je vous dis : François sera le soutien de votre maison. » La marquise n'oublia jamais ces paroles. Tout le monde sait combien parfaitement elles se sont vérifiées. Cette prédiction ne fut pas la seule que fit Louis : son gouverneur racontait que Louis, encore séculier, annonça à plusieurs de ses vassaux des choses qui dans la suite arrivèrent précisément comme il les avait prédites.

CHAPITRE XV

Nouvelles difficultés que Louis a à essuyer de son père. —
Il obtient enfin la permission d'entrer en religion.

Depuis plusieurs jours Louis était à Châtillon, et le
marquis ne lui disait mot de l'affaire qui l'intéressait le
plus. Impatient de la voir finir, Louis résolut de lui en
parler. Il lui rappela donc, avec tous les égards conve-
nables, qu'il croyait toucher au moment de voir enfin ses
désirs accomplis. Mais il fut bien étonné de voir que le
marquis, prenant tout à coup un air extraordinaire de
hauteur et d'autorité, lui dit ces paroles : « Vous vous êtes
trompé, mon fils, quand vous vous êtes imaginé que je
consentirais au choix que vous faites ; on y pensera quand
vous aurez vingt-cinq ans : néanmoins, s'il vous plaît de
partir à présent, vous en êtes bien le maître ; mais, si vous
le faites, ne vous regardez plus comme mon fils. »

Cette déclaration fut un coup de foudre pour Louis, et
il en fut d'autant plus accablé, que le marquis ne lui
donna pas le temps de consulter le père général : de sorte
que, pressé de prendre un parti sur plusieurs propositions
qu'on lui fit, il crut que le moins mauvais, dans la con-
joncture où il se trouvait, était de consentir à attendre un
certain temps qu'on lui marquait pour exécuter son dessein, à condition toutefois qu'il passerait ce temps à Rome,
et qu'on donnerait dès lors parole au père général de n'opposer plus d'obstacle à sa réception quand il aurait subi
cette dernière épreuve. Le marquis s'irrita d'abord de ces
conditions, et les rejeta comme absolument contraires à
ses volontés ; mais Louis, animé d'une sainte hardiesse,
déclara à son père que rien au monde ne l'obligerait à
passer ses jours dans le siècle, et que si, à l'expiration
du terme, on avait assez de crédit pour empêcher les jésuites de le recevoir, il se réduirait plutôt à vivre errant
par toute la terre qu'à jouir d'une fortune à laquelle il
était convaincu que Dieu voulait qu'il renonçât.

Ces paroles, dites avec une liberté qu'il n'avait pas
coutume de prendre, frappèrent le marquis. Vaincu par

la constance de Louis et par la justice de sa cause, craignant d'ailleurs de l'aigrir à l'excès et de le porter à quelque résolution qui lui déplairait encore davantage, il se
laissa fléchir, et consentit à ce qu'on lui demandait. Louis
l'écrivit sur-le-champ au père général, et lui détailla les
raisons qui l'avaient forcé de proposer ce parti à son père ;
il finissait sa lettre en lui témoignant combien il souffrait
de ces retardements que l'on mettait à la chose du monde
qu'il désirait le plus.

Louis passa ce jour et les suivants dans l'affliction ; il
déplorait amèrement sa disgrâce d'être né d'une famille
si noble et fils aîné ; il portait envie à ceux qui, étant
d'une moindre naissance, n'éprouvaient pas tant d'opposition à se consacrer à Dieu dans l'état religieux. Dieu,
qui console les affligés et se rend facile aux prières de ceux
qui sont dans la tribulation, trouve les moyens de les consoler lorsqu'ils s'y attendent le moins, en levant tout à
coup les obstacles. C'est ce qu'éprouva Louis. On était à
délibérer sur le lieu où il devait demeurer à Rome, lorsqu'un jour, ayant passé quatre à cinq heures en oraison,
demandant à Dieu d'abréger le temps de son exil dans un
lieu où il ne le servait pas avec toute la perfection qu'il
désirait, il se sentit tout à coup inspiré d'aller trouver son
père, qui était au lit, extrêmement travaillé de la goutte,
et de faire un dernier effort pour le fléchir. Le saint jeune
homme, ne doutant point que cette pensée ne lui vînt de
Dieu, se lève sans balancer, va droit à la chambre du marquis, et d'un ton également ferme et respectueux il lui
dit : « Mon père, je me remets entre vos mains : faites de
moi ce qu'il vous plaira ; mais je vous proteste que je suis
appelé à la compagnie de Jésus, et qu'en vous opposant
à ma vocation vous vous opposez à la volonté de Dieu. »
Après avoir parlé ainsi, il se retira sans attendre la réponse.

Le marquis se trouva si ému de ce discours, qu'il ne
put proférer une parole. Réfléchissant ensuite sur les ré-
sistances qu'il avait faites jusqu'alors à la vocation de son
fils, il eut quelque scrupule d'avoir en cela offensé Dieu.
D'un autre côté, vivement pénétré de ce qu'il en coûte-
rait à son cœur pour faire le sacrifice d'un fils tel que
Louis, il s'attendrit au point que, se tournant du côté de
la muraille, il commença à verser un torrent de larmes ;
pendant un temps assez considérable, il fit entendre ses

soupirs et ses sanglots, de sorte que tout son monde cherchait à savoir ce qui pouvait lui être arrivé de fâcheux. Quelque temps après il fit appeler Louis, et lui parla ainsi : « Mon fils, vous venez de faire une blessure bien saignante à mon cœur. Vous savez combien je vous aime ; je fondais sur vous mes espérances et celles de notre maison ; mais puisque Dieu vous appelle, comme vous le dites, je ne veux plus m'y opposer. Allez, mon fils, où il vous plaira, je vous donne ma bénédiction. » Il prononça ces paroles avec une si grande tendresse de sentiment, qu'il recommença de nouveau à verser des larmes en abondance, sans qu'il fût possible de le consoler. Louis, après un court remerciement, se retira pour ne point entretenir par sa présence la douleur de son père. Rentré dans son appartement, qu'il ferma sur lui, il se prosterna par terre ; puis, les bras étendus, les yeux levés vers le ciel, et fondant en larmes, il remercia le Seigneur de l'inspiration qu'il avait eue et du succès qui l'avait couronnée. Il s'offrit en holocauste à sa divine Majesté avec tant de ferveur et de dévotion, qu'il ne pouvait cesser de le louer et de le bénir.

CHAPITRE XVI

Louis renonce au marquisat et prend l'habit ecclésiastique.

A peine le marquis eut-il donné à Louis la permission de suivre sa vocation, que le bruit s'en répandit dans tout Châtillon. Ses vassaux, en apprenant cette nouvelle, témoignèrent leur douleur par les larmes les plus sincères ; et dès qu'il se montrait au dehors, pendant le peu de jours qu'il fut obligé de rester encore à Châtillon, tout le monde s'attroupait pour le voir et le saluer. Les personnes qui avaient les entrées les plus libres au palais ne purent s'empêcher de lui dire, les larmes aux yeux : « Seigneur Louis, pourquoi nous abandonnez-vous? Vous avez un si bel État et des vassaux qui vous sont si dévoués! Outre l'amour naturel qu'ils ont pour leur prince, ils en ont un tout particulier pour votre personne. Tous tant que nous sommes nous n'avons d'espérance qu'en vous, et, au moment où nous croyons entrer sous votre gouvernement, vous nous quittez! » A quoi Louis se contenta de répondre : « Je vous dis à tous que je veux me retirer pour gagner une couronne dans le ciel. Il est difficile à un grand de la terre de se sauver. On ne saurait servir deux maîtres, Dieu et le monde. Je pense à assurer mon salut, faites-en tous de même. »

Louis aurait bien souhaité pouvoir sortir au plus tôt de la maison paternelle, pour se retirer dans la maison de Dieu; mais il fut obligé de différer encore pendant quelques semaines, soit pour attendre le retour de la marquise sa mère, qui était allée à Turin rendre visite à l'infante duchesse de Savoie, soit pour terminer l'affaire de sa renonciation, à laquelle, par ordre de l'Empereur, les plus proches parents de la maison de Gonzague devaient assister, parce qu'en cas que la ligne du marquis vînt à manquer d'héritiers directs, ils pouvaient avoir des prétentions à ce marquisat. Comme la plupart de ces seigneurs demeuraient à Mantoue, le marquis, par égard pour eux, quelque malade qu'il fût, s'y fit transporter. A son départ de Châtillon avec Louis, non seulement on vit tous ceux de la cour fondre en larmes, mais encore le deuil fut universel. Partout où les voitures passaient, comme on savait que Louis ne reviendrait plus à Châtillon, on s'empressait de le voir pour la dernière fois. Chacun rapportait quelque trait de vertu qu'il avait admirée en lui, et tous s'accordaient à le regarder comme un saint.

Louis fut environ deux mois à Mantoue. La cause du long séjour qu'il fut obligé d'y faire vint de ce que dans l'acte de renonciation il y avait une réserve de 400 écus à sa disposition : or le marquis son père ayant su du recteur du collège que chez les jésuites on ne permettait pas qu'aucun particulier gardât rien pour son usage personnel, ne voulut plus que Louis fît cette réserve, disant qu'il n'y avait consenti qu'autant qu'il avait cru que son fils aurait la disposition entière de la pension. Louis s'embarrassait peu de ce que l'on mettrait dans l'acte; mais quelques docteurs firent observer au marquis que l'Empereur ayant passé la renonciation avec cette charge, on ne pouvait l'anéantir sans risquer d'infirmer le reste de l'acte. Tandis qu'on s'occupait de part et d'autre de cette discussion, plusieurs jours précieux s'écoulèrent au grand regret de Louis.

Il obtint enfin que l'acte fût dressé sans cette clause, consentant qu'on y insérât pour sa validité toutes les conditions qu'on voudrait. Tout le monde étant d'accord, on s'assembla, le matin du 2 novembre 1585, au palais de Saint-Sébastien, où le marquis avait son logement. Le prince don Vincent, fils du duc de Mantoue, et le seigneur Prosper de Gonzague, en qualité de parents les plus proches, se trouvèrent à cette assemblée, ainsi que plusieurs autres seigneurs alliés à la famille. L'acte de renonciation fut dressé en présence de toute cette assemblée, où se trouvèrent aussi d'autres personnes et tous les témoins requis. C'est sur les rapports de ces témoins oculaires qu'on sait que, pendant tout le temps que l'on mit à dresser et à lire cet acte, le marquis, accablé de sa douleur, ne cessa de pleurer amèrement, et qu'au contraire on lisait sur le visage de Louis la satisfaction qu'il goûtait d'être enfin parvenu au terme de ses désirs. Le seigneur Prosper de Gonzague assurait ne l'avoir jamais vu si gai, quoique un moment auparavant il eût essuyé bien des railleries de la part de ceux qui accompagnaient le prince Vincent.

A peine l'acte fut-il revêtu de toutes ces formalités, que Louis, dégagé des pensées des choses terrestres, se retira dans sa chambre, et passa plus d'une heure à genoux à remercier le Seigneur, qui l'avait rendu digne de posséder enfin le trésor de la pauvreté qu'il avait tant désiré. Il se sentit alors comblé de tant de douceurs et de consolations spirituelles, qu'il avait coutume de compter cette faveur parmi les grâces les plus singulières qu'il eût reçues de la bonté de Dieu.

Quand Louis eut fini de remercier le Seigneur, il appela dans son appartement un prêtre très respectable qu'il avait amené de Châtillon, et lui fit bénir un habit de jésuite; alors il se dépouilla lui-même de ses vêtements séculiers, et, s'étant revêtu de ce nouvel habit, il entra dans la salle où les seigneurs ses parents étaient à table. A ce spectacle tous s'attendrirent jusqu'aux larmes; le marquis surtout, malgré les efforts qu'il faisait, ne put arrêter les siennes tout le temps que dura le repas. Louis, avec une modestie pleine de satisfaction, prit de là occa-

2*

sion de dire un mot des périls que l'on court dans le
monde, de la vanité des biens passagers de cette vie, des
difficultés que rencontrent les grands et les princes à faire
leur salut ; il parla avec tant de sagesse et d'autorité, que
tous ces seigneurs l'écoutèrent avec vénération, et longtemps après on se rappelait encore les discours qu'il tint
alors.

CHAPITRE XVII

Louis prend congé de ses parents, part pour Rome, et entre au noviciat.

Le 3 novembre, Louis prit congé du duc de Mantoue et
de toute sa cour. Le même jour au soir, il demanda à genoux avec beaucoup d'humilité au marquis son père et à
la marquise sa mère leur bénédiction. On peut se figurer
combien une telle cérémonie leur dut coûter, surtout à
son père. Le lendemain matin il prit la route de Rome
avec le cortège que le marquis lui avait donné. Il est difficile d'imaginer combien peu Louis parut tenir à la chair
et au sang dans les adieux qu'il faisait. Quoique touché
de voir tout le monde en larmes, il n'en répandit aucune.
Son frère Rodolphe, auquel il venait de céder le marquisat,
alla le conduire jusqu'au Pô, où, après s'être embrassés,
ils se séparèrent.

Louis, s'étant embarqué pour Ferrare, quelqu'un dans le
trajet lui disait que son frère Rodolphe avait assurément
été bien content de lui succéder. « Je doute beaucoup,
répondit Louis, que la satisfaction qu'il peut avoir égale
celle que j'ai de lui avoir tout abandonné. » De Ferrare,
Louis prit la route de Bologne. Son intention était de visiter le sanctuaire de Lorette, soit par dévotion à ce saint
lieu, où il n'avait jamais été, soit aussi pour acquitter le
vœu que la marquise sa mère avait fait lors de sa naissance, quoique à l'occasion d'un jubilé on eût commué
ce vœu pour de bonnes raisons. Malgré cela, Louis, voulant accomplir la première intention de sa mère et satisfaire en même temps sa propre dévotion, songeait à

prendre sa route par Florence, où il se proposait de voir
le grand-duc François de Médicis, pour aller de là à
Lorette. Mais, ayant trouvé les chemins rigoureusement
fermés à cause des soupçons de peste, il fut obligé de
retourner à Bologne, d'où il écrivit au grand-duc pour
s'excuser de n'avoir pu exécuter le dessein qu'il avait de
le voir.

De Bologne il se rendit droit à Lorette. On ne saurait
exprimer les consolations que le Seigneur et la sainte
Vierge lui firent éprouver dans ce saint lieu. Au souvenir
de l'immense bienfait que le genre humain avait reçu, et
de cette majesté divine qui avait daigné y faire sa demeure, ses larmes coulèrent en abondance, et il ne pouvait se résoudre à en sortir. Pour être plus libre de passer
tout ce jour en prières, il ne voulut pas accepter l'invita-
tion que lui fit le père recteur de Lorette de prendre un
logement au collège. Le bruit de la haute naissance du
seigneur Louis et du motif qui le conduisait à Rome s'étant
répandu dans la ville, tout le monde fut aussi surpris qu'é-
difié qu'un jeune homme qui n'avait rien à désirer pour
la noblesse et pour la fortune, eût fait plus d'instance pour
arriver à un état humble et pauvre que n'en font les autres
pour parvenir aux richesses et aux dignités. Le lendemain, avant de partir, Louis voulut encore entendre la
messe et communier dans la sainte chapelle; il y demeura
quelque temps en oraison, après quoi il partit pour Rome.

Voici l'ordre qu'il garda pendant toute sa route. Dès
qu'il était levé, il faisait un quart d'heure d'oraison mentale, puis il récitait les heures canoniales, prime, tierce,
sexte et none avec son directeur, qui lui apprit à dire le
grand office, dont il n'avait aucun usage. Les heures
finies, on lisait l'itinéraire, et l'on montait à cheval. Louis
marchait seul pendant quelques lieues, récitant alors différentes prières et méditant. Ceux qui l'accompagnaient,
instruits du plaisir qu'il goûtait dans ce pieux exercice,
n'avaient garde de l'interrompre; ils avaient soin de ne
le suivre qu'à quelque distance. Lorsqu'il voulait parler,
il faisait approcher son directeur, et il s'entretenait avec
lui des choses de Dieu. Quand il était temps de faire halte,
il prenait quelque peu de nourriture, récitait vêpres et
complies, et remontait à cheval. Il employait donc une
partie du temps du voyage à parler de mortifications, pour

lesquelles il avait beaucoup de penchant, et s'imaginant qu'étant religieux il aurait plus de facilité à les pratiquer; ou bien, s'il s'entretenait des Indes et de la conversion des gentils, il espérait pouvoir être un jour au nombre des pères qu'on y envoyait chaque année d'Europe.

Arrivé le soir à l'hôtellerie, quoiqu'on fût au plus fort de l'hiver et qu'il se sentît pénétré de froid, jamais il ne se chauffait; mais, se renfermant aussitôt dans une chambre, il se mettait à faire oraison, et passait ainsi deux heures devant son crucifix avec tant de larmes et de soupirs, que ceux de sa suite qui l'entendaient en étaient dans 'admiration. Il terminait toujours cette méditation par une rude discipline, après laquelle il récitait les matines et les laudes du jour suivant. Il voulait continuer pendant la route ses jeûnes accoutumés du mercredi, du vendredi et du samedi; mais son directeur, le voyant si faible et si fatigué de la route, s'y opposa, lui ordonnant ne n'y point penser. Louis obéit pendant le voyage; mais, arrivé à Rome, il eut grand soin de les reprendre. N'ayant jamais porté de bas de drap que depuis qu'il avait pris l'habit de jésuite à Mantoue, il avait beaucoup de peine à les quitter. Un jour son directeur, touché de compassion, se présenta pour l'aider; il s'aperçut, en lui rendant ce service, qu'il avait les jambes et les pieds glacés, et il ne put lui persuader de se chauffer.

Louis descendit à Rome chez le patriarche Scipion de Gonzague. Après un moment de repos, il alla trouver le père Claude Aquaviva, général de la compagnie, qui vint à sa rencontre dans le jardin. Louis se jeta à ses pieds, s'offrit à lui pour son fils et son sujet. Il s'acquitta de cette cérémonie avec tant d'humilité et de dévotion, qu'on eut peine à le faire relever.

Au sortir de la maison professe, Louis alla visiter les cardinaux Farnèse, d'Este, de Médicis et quelques autres que la bienséance voulait qu'il vît. Puis il vint recevoir la bénédiction du pape Sixte V, et lui remit les lettres du marquis son père. Comme on n'ignorait pas à la cour de Sa Sainteté le sujet qui amenait Louis à Rome, aussitôt qu'il fut entré dans les appartements, il se vit entouré de personnes qui l'admiraient comme un prodige. Le pape lui fit plusieurs questions sur sa vocation, lui demandant particulièrement s'il avait bien pensé aux travaux de la religion. Louis répondit que depuis longtemps il avait tout considéré et tout examiné. Le saint-père loua beaucoup sa résolution et sa ferveur, lui donna sa bénédiction et le congédia avec des démonstrations particulières de bienveillance et d'amitié. Ceci se passait un samedi; or, soit parce que Louis avait jeûné ce jour-là, sans rien prendre jusqu'à quatre heures du soir qu'il eut audience, soit par quelque autre cause, à peine fut-il de retour chez lui qu'il se trouva mal. Il craignit les suites de cette incommodité, mais heureusement elle n'en eut pas.

Le dimanche suivant il se rendit à la maison professe pour y entendre la messe et communier. Ensuite, accompagné du patriarche de Gonzague, il entendit le sermon dans une tribune, à l'issue duquel le père général les invita à dîner au réfectoire de la communauté.

Enfin le lundi 25 novembre, jour dédié à sainte Catherine, Louis, âgé de dix-sept ans huit mois, monta au Quirinal et entra à la maison du noviciat. Il était accompagné de Scipion de Gonzague, qui lui dit la messe et le communia. Aussitôt que Louis fut entré au noviciat, il se tourna du côté de ses gens et des personnes qui étaient venues de Mantoue avec lui; il les exhorta tous à penser à leur salut, et pria son directeur de dire au marquis de sa part ces paroles : « Oubliez votre peuple et la maison de votre père; » voulant par là faire entendre que dès ce moment il oubliait et la maison paternelle, et le monde, et l'état qu'il venait de quitter. On lui demanda s'il ne faisait rien dire à son frère Rodolphe : « Dites-lui, répondit-il, ces paroles : Qui craint Dieu fait de bonnes actions. » Après quoi il se retira, et ils partirent en pleurant la perte qu'ils faisaient d'un si bon maître. Louis fit ensuite d'humbles remerciements au patriarche de Gonzague, comme à celui qui avait traité l'affaire de sa vocation; il lui promit de prier le Seigneur pour lui. Ce peu de paroles attendrirent tellement le patriarche, qu'il ne put retenir ses larmes: il avoua qu'il lui portait une sainte envie, et dit aux pères, en les quittant, que ce jour ils avaient reçu parmi eux un ange envoyé du ciel.

Louis, dégagé de toutes les choses du monde, fut conduit par le maître des novices dans la chambre qu'il devait occuper pendant quelques jours de solitude. Cette espèce de retraite d'usage est ce qu'on appelle dans la compagnie la première probation. En y entrant, Louis crut entrer dans un paradis, et s'écria : « C'est ici le lieu de mon repos éternel, j'y demeurerai, puisque je l'ai choisi : » *Hæc requies mea in sæculum sæculi; hic habitabo, quoniam elegi eam.* Aussitôt qu'il fut seul, il se mit à genoux, et, versant des larmes de joie, il remercia Dieu de l'avoir fait sortir de l'Egypte pour le conduire dans une terre de promission, dans une terre où coulaient le miel et le lait des consolations célestes. Il s'offrit et se consacra tout entier en sacrifice à la divine Majesté, et demanda instamment la grâce d'habiter dignement dans la maison de Dieu, d'y persévérer et d'y mourir dans son saint service.

Tout le temps qu'il vécut, il célébra toujours avec une dévotion particulière l'anniversaire de son entrée dans la religion, et il garda pour patronne spéciale sainte Catherine, dont on faisait ce jour-là la fête.

CHAPITRE XVIII

Avec quelle perfection Louis commença son noviciat.

Jusqu'à présent j'ai décrit la vie que Louis mena dans le siècle, et les vertus qu'il pratiqua avant son entrée en religion. Je vais raconter maintenant la vie sainte qu'il mena après avoir été reçu dans la compagnie. On peut dire qu'il y fut comme une lumière ardente qui, cachée dans l'ombre de la discipline régulière, cessa d'être exposée à la vue du monde et de l'éclairer. Cette espèce d'obscurité religieuse vint de ce que Louis mourut fort jeune et avant d'avoir fini ses études de théologie. Le défaut d'âge n'avait pas même permis de lui faire recevoir les ordres sacrés. D'ailleurs, pendant le peu d'années qu'il vécut dans la compagnie, l'attention paternelle de ses supérieurs le contraignit beaucoup en modérant son goût excessif pour la mortification. Il l'avait portée si loin dans le siècle, que dans la religion on fut obligé d'arrêter les rigueurs qu'il exerçait sur son corps, et de l'astreindre à une vie moins austère et plus discrète; de sorte qu'à ne juger de sa conduite que par ce qui en pa-

raissait au dehors, on pourrait être tenté de croire que
Louis, en se soumettant à l'obéissance religieuse, avait
mis fin aux actions héroïques qu'il avait coutume de pratiquer dans la maison paternelle; mais les personnes versées dans les voies de Dieu, et qui sont au fait de la perfection religieuse, conviendront que Louis, n'agissant en
religion que par obéissance, donnait à toutes ses actions
un degré de perfection qu'elles ne pouvaient avoir dans
le siècle. Il ne faisait plus alors sa propre volonté, mais
uniquement celle de Dieu : quelque communes que fussent ses actions, il les ennoblissait beaucoup en les ani-
mant du motif de la plus grande gloire de Dieu, qu'il
avait toujours en vue.

Parmi les vertus qu'il pratiqua à son entrée en religion,
nous en remarquerons particulièrement deux : la première,
c'est qu'étant né prince, et d'ailleurs ayant une complexion délicate et faible, il s'accommoda cependant à la
vie commune et à la discipline domestique comme tous les
autres novices, et cela sans aucun ménagement; car jamais il ne voulut profiter des petits adoucissements que
les supérieurs eux-mêmes lui offrirent, surtout dans les
commencements. Il s'appliquait avec une satisfaction particulière aux exercices domestiques les plus vils et les
plus humiliants pour un homme de sa condition, comme
si toute sa vie il n'eût fait que servir. La chose à remarquer est qu'il se persuada que, pour être parfait religieux,
on doit observer à la lettre toutes les règles de son institut, et mettre tous ses soins à s'acquitter exactement des
exercices journaliers que la religion prescrit, quelque
petits qu'ils puissent être. Il s'appliqua donc avec tout le
zèle possible à garder ponctuellement toutes les règles et
toutes les observances communes à la religion. C'est par
une telle conduite qu'il arriva à une si haute perfection,
et qu'il mérita d'être proposé comme un modèle parfait
de la sainteté à laquelle doivent aspirer tous les religieux,
et spécialement ceux de la compagnie de Jésus, que j'ai
particulièrement eus en vue dans cette seconde partie. Je
m'applique à l'écrire avec exactitude, afin de leur fournir
un modèle accompli jusque dans les plus petites fonctions.

Ce fut donc pendant son noviciat que Louis jeta les fondements solides de toutes les vertus; il passa le temps
prescrit pour la première probation dans un grand recueil-

lement, une paix parfaite et des consolations sensibles. Il
lui survint dans ce même temps une indisposition : peut-
être fut-elle occasionnée par le changement d'air et de
nourriture, ou plutôt par les pénitences auxquelles il
s'exerça pour lors avec encore plus de ferveur, ou enfin
par la contention avec laquelle il s'appliquait à l'oraison
mentale. Cette indisposition obligea les supérieurs de lui
abréger cette première épreuve. Ils le firent d'autant plus
volontiers, qu'il était entré bien instruit, ayant fait peu
de mois auparavant les exercices spirituels à Mantoue, où
on lui avait donné à lire les règles et les constitutions.
Quant à sa vocation, elle avait été éprouvée par tant de
contradictions, qu'il paraissait inutile de le soumettre à
de nouvelles épreuves.

C'est le sentiment des saints Pères, confirmé par l'É-
criture, que Dieu, par de secrets conseils et par une providence particulière, éprouve quelquefois ceux qui se con-
sacrent à son service et le servent fidèlement. Tantôt il
se sert, pour cette épreuve, du démon, sans qu'il y ait
aucune faute de la part de ses serviteurs; tantôt il le fait
immédiatement par lui-même. Il en use particulièrement
ainsi avec les personnes les plus avancées, les sevrant
quelquefois de toutes les consolations spirituelles dont il
a coutume de les favoriser. Saint Bernard assure que c'est
là une conduite ordinaire de Dieu, et il prouve par de
solides raisons que cette conduite est nécessaire. Dieu ne
voulut pas priver son serviteur Louis de cette faveur. Il
éprouva donc dans les commencements une désolation
d'esprit extraordinaire, sans cependant qu'elle lui causât
ni trouble ni inquiétude, ni qu'elle le portât à aucun
mal; mais elle le privait de cette douceur et de cette joie
spirituelle qu'il avait coutume de goûter dans le siècle.
Il se plaignait à Dieu de l'avoir perdue, et Dieu, pour le consoler, permettait qu'aussitôt qu'il se mettait en oraison
il se sentait fortifié, et tous les nuages de tristesse dispa-
raissaient. C'est ainsi que Dieu, pour se faire désirer par
son serviteur et pour l'éprouver, se cachait à lui pour un
temps, et ne tardait pas à reparaître et à le consoler par
des grâces particulières, qui le rétablissaient dans la paix
et dans la satisfaction dont il jouissait auparavant. Un jour,
pour le décourager, le démon lui mit en tête qu'il ne serait bon à rien dans la compagnie; mais, s'apercevant que

cette pensée n'était qu'une tentation, il la rejeta promptement, et dans moins d'une demi-heure il en triompha parfaitement. Il avoua que dans tout le temps de son noviciat il n'avait eu que ces deux tentations, et que tout le reste du temps il avait toujours joui de la paix. Cela ne paraîtra point surprenant, si l'on fait attention que Louis s'était mis au-dessus de tous les accidents humains, qu'il rapportait tout à la volonté de Dieu; ce qui le rendait, pour ainsi dire, imperturbable.

CHAPITRE XIX

Comment Louis se comporte en recevant la nouvelle
de la mort du marquis son père.

Louis fit connaître combien il était au-dessus de tous les événements humains en apprenant la mort du marquis son père. Cette mort arriva deux mois après son entrée dans la compagnie. Il reçut cette triste nouvelle avec une si grande tranquillité, qu'on eût dit qu'il n'y prenait aucun intérêt. On l'exhorta le même jour à écrire à la marquise sa mère pour la consoler. Voici comment il commença sa lettre : « Je remercie le Seigneur de pouvoir dire à présent avec plus de liberté : Notre Père, qui êtes au ciel. » Cette conduite surprit tout le monde, et surtout ceux qui savaient quelle était la tendresse de Louis pour son père. Elle allait au point qu'il avait coutume de dire qu'après ce qu'il devait à Dieu il n'avait rien de plus cher au monde que son père. Il avoua à un de ses amis que, s'il n'eût regardé la mort de son père qu'en elle-même, il en eût été sûrement très affligé; mais que réfléchissant qu'elle venait de la main de Dieu, il ne pouvait s'attrister de ce qu'il savait plaire à sa divine Majesté. Cette mort arrivée si promptement lui donna occasion de reconnaître l'amour particulier que Dieu lui portait, parce que, si le marquis fût mort deux à trois mois plus tôt, il aurait été fort à craindre que le père général n'eût refusé de le recevoir dans la compagnie pour ne pas priver cette maison d'un chef si propre à la gouverner, ou que ses vassaux eux-mêmes, qui l'aimaient, n'eussent fait des efforts extraordinaires pour le retenir ; ou enfin que Louis, pour ne pas laisser le gouvernement à un frère encore trop jeune et sans expérience, ne se fût déterminé à demeurer, du moins pour quelque temps encore, appliqué au gouvernement de ses États : or qui sait ce qui serait ensuite arrivé ? Mais Dieu, qui aimait Louis, voulut finir l'affaire de sa vocation avant de lui enlever le marquis son père.

Le Seigneur, dans cette occasion, usa encore d'une grande bonté à l'égard du marquis. Celui-ci avait toujours été rempli de l'idée des honneurs du monde et tout occupé de la recherche des grandeurs humaines pour lui, pour ses enfants, pour sa maison ; mais l'entrée de son fils en religion fit dans ses mœurs un tel changement, qu'il s'adonna tout entier à la dévotion. Il renonça au jeu, qu'il aimait éperdument. Forcé par ses infirmités de garder le lit, il se faisait apporter tous les jours un crucifix que Louis avait laissé, et il récitait les sept psaumes de la pénitence avec les litanies ; la marquise et ses fils répondaient aux litanies. Les larmes que le marquis répandait alors en abondance, ses soupirs, ses sanglots, prouvaient combien il était touché. A la fin de ses prières, il prenait en main le crucifix, et, se frappant la poitrine, il s'écriait : « Seigneur, ayez pitié de moi ! Seigneur, j'ai péché, ayez pitié de moi ! » Surpris lui-même de sa facilité à verser des larmes, il disait : « Je sais bien d'où proviennent ces larmes, elles sont l'effet des prières de Louis ; c'est Louis qui me les a obtenues du Seigneur. » En même temps il se prépara à une confession générale de toute sa vie, qu'il fit avec beaucoup d'exactitude et de contrition. Il se soutint dans cette ferveur. Son mal augmentant sensiblement tous les jours, il se fit transporter à Milan, pour voir si la faculté de cette ville pourrait le guérir, ou du moins le soulager ; mais peu de jours après il fut à la dernière extrémité.

Le père François de Gonzague, encore alors général de son ordre, se trouvant à Milan, se transporta un soir chez le marquis pour lui annoncer sa fin prochaine. Ce dernier, devinant aisément le motif de la visite qu'il lui rendait à une pareille heure, le pria de lui faire venir un confesseur de son ordre, tel qu'il lui plairait. Ce confes-

seur vint ce soir-là même ; le marquis se confessa et fit
son testament le lendemain. Ayant fait ainsi toutes ses
dispositions, il consola sa famille et ses gens qui fondaient
en larmes. Il leur disait qu'au lieu de pleurer ils devaient
plutôt se réjouir de ce que Dieu l'appelait à lui dans les
dispositions où il se trouvait. C'est dans ces sentiments
qu'il mourut, le 13 février 1586 ; son corps, suivant ses
ordres, fut porté à Mantoue et inhumé dans l'église Saint-
François. Louis apprit du père François de Gonzague
toutes les circonstances de cette mort chrétienne : ce fut
une consolation pour lui ; il en bénit et remercia le
Seigneur.

CHAPITRE XX

Combien Louis est porté à la mortification pendant son noviciat.

Louis avait coutume de dire qu'il avait reçu cette leçon
du marquis son père, que, quand une personne prend un
état, elle doit le remplir le plus parfaitement qu'il lui est
possible. « Puisque mon père, ajouta-t-il, a mis en pratique cette leçon pour les choses du monde, n'est-il pas
de mon devoir de la pratiquer moi-même quand il s'agit
des choses de Dieu ? » Toute sa conduite montra combien
il était pénétré de ce principe, puisqu'il s'appliqua avec
toute l'ardeur possible à acquérir toutes les vertus propres
à son état. Nous ne rapporterons que tout ce que le monde
admirait en lui avec surprise.

Dès qu'il fut entré au noviciat, il perdit tellement la
pensée de ses parents, qu'il semblait les avoir absolument
oubliés. D'où il arriva qu'un jour, étant interrogé combien il avait de frères dans le monde, il ne put répondre
sur-le-champ ; il fallut qu'auparavant il les comptât secrètement. Un autre jour on lui demanda si la pensée de
ses parents ne l'importunait pas quelquefois. « Jamais,
répondit-il, parce que je n'y pense que quand il est question de les recommander à Dieu en général. » Il était

maître de ses pensées, parce qu'il l'était de ses sens. Il usait de la plus grande attention à les garder, et ne perdait aucune occasion de les mortifier. Jamais en religion on ne le vit sentir une fleur, ni s'arrêter à savourer quelque odeur agréable. Quand il allait aux hôpitaux pour servir les malades, il s'attachait pour l'ordinaire à ceux qui étaient les plus rebutants : il supportait toutes leurs infections, sans jamais donner aucun signe qui fît connaître qu'il eût quelque répugnance.

Il mortifiait son corps par de fréquentes disciplines, par des jeûnes au pain et à l'eau, et par quantité d'autres pénitences qu'il pratiquait sans jamais trouver qu'il en fît assez. La délicatesse de son tempérament ne permettait pas de se rendre toujours facile à ses demandes. La seule chose dont il se plaignait était la retenue des supérieurs en ce point. Un jour il dit en confidence à un père que, depuis qu'il était dans la religion, il ne faisait plus de pénitences ni de mortifications en comparaison de ce qu'il avait fait dans le monde, mais que sa consolation était que la religion est comme un vaisseau dans lequel ceux qui, par l'obéissance, ne font rien, avancent autant dans la route que ceux qui y travaillent beaucoup. Un jour de vigile il demanda au maître des novices la permission de jeûner au pain et à l'eau; celui-ci le lui permit; mais, s'étant aperçu qu'il n'avait presque rien mangé, il l'appela au sortir de table, et, pour le mortifier, il lui ordonna d'aller à la seconde table et de manger tout ce qu'on lui servirait. Louis obéit ponctuellement. Après ce second dîner, quelqu'un qui s'en était aperçu lui dit en badinant : « C'est bien, frère Louis; ô la bonne invention ! manger peu à la première table pour retourner bien manger à la seconde ! » A quoi Louis répondit en riant : « Que voulez-vous que je fasse ? Le prophète dit : *Et jumentum factus sum apud te :* Je suis devenu comme une bête de somme en votre présence. »

Si quelqu'un racontait des nouvelles ou quelque autre chose de peu d'utilité, il changeait les discours s'il le pouvait, et si les personnes qui parlaient lui imposaient par leur âge ou leur dignité, il se tenait dans un tel silence, qu'on pouvait conclure qu'il n'écoutait pas volontiers ce qui se disait.

Il gardait soigneusement dans le siècle la modestie des

yeux ; il porta cette vue encore plus loin dans la religion.
Les novices allaient quelquefois dans l'année se récréer à
une maison de campagne : Louis était allé plusieurs fois
avec les autres novices. Il arriva qu'un jour ils furent en-
voyés à une autre campagne : de retour à la maison, on
demanda à Louis laquelle des deux maisons lui plaisait
davantage. Cette demande l'étonna fort ; car il avait cru
jusque-là avoir été à la campagne ordinaire, quoique le
chemin qui y conduisait et les appartements fussent tout
différents ; réfléchissant ensuite, il se souvint que dans la
dernière maison il avait trouvé une chapelle qu'il n'avait
pas vue dans la première. Depuis trois mois il mangeait
dans le réfectoire du noviciat, et il ne savait pas encore
l'ordre des tables, de sorte qu'un jour étant envoyé par
le père ministre prendre un livre à la place du recteur, il
fut obligé de prier quelqu'un de lui enseigner cette place.
Une autre fois, après plusieurs mois de noviciat, il rapportait au maître des novices, comme un scrupule qui
l'inquiétait beaucoup, que, par hasard et sans le vouloir,
ses regards s'étaient portés deux ou trois fois vers un de
ses compagnons qui était assis auprès de lui, qu'il craignait que ce ne fût un acte de curiosité ; et, ce qui est
encore plus surprenant, il ajouta que c'était là le premier
scrupule qui lui fût venu dans la compagnie en matière
de regards.

On eût dit qu'il avait tout à fait perdu le sentiment du
goût. Il ne trouvait aucune saveur aux mets. Que la chose
fût bonne ou mauvaise, bien ou mal apprêtée, tout lui
était égal ; s'il montrait quelque préférence, c'était toujours pour le plus mauvais. Tandis qu'il mangeait, son
esprit était attentif à la lecture ou occupé à quelque
pieuse méditation. Le matin il pensait au fiel dont le Seigneur fut abreuvé sur la croix, et le soir il méditait sur
les merveilles de la dernière cène que le Seigneur fit avec
ses disciples. Son plus grand soin était de veiller sur sa
langue. Si l'on ignorait quels maux elle occasionne, et
combien il est ordinaire de pécher en parlant, on accu-
serait Louis d'avoir porté la délicatesse au delà des bornes.
Il avait souvent pour oraison jaculatoire ces paroles du
roi-prophète : « Seigneur, mettez une garde à ma bouche. »
*Pone, Domine, custodiam ori meo, et ostium circumstantiæ
labiis meis.* Et dans la conversation il avait coutume de

dire : « Celui qui ne pèche point dans ses paroles est un homme parfait. » *Qui non offendit in verbo, hic perfectus est vir.*

Un jour, il eut ordre d'accompagner un des pères, et ayant ouï dire que, quand on donnait la permission de sortir, on ne donnait pas toujours pour cela celle de parler, il porta avec lui un livre de piété : en sortant de la maison il commença sa lecture, et il la continua tout le temps que dura sa sortie, sans proférer une parole. Le père, prenant plaisir à cette délicatesse de conscience, le laissa faire, et s'occupa de son côté de quelque pieuse méditation. La raison pour laquelle Louis aimait si fort le silence était non seulement parce qu'il craignait d'offenser Dieu en parlant, mais aussi parce que l'attrait intérieur qui l'unissait incessamment au Créateur lui ôtait tout le goût qu'il aurait pu avoir à s'entretenir avec les créatures. Aux heures de la récréation du matin et du soir, où il est permis de se récréer un peu en conversant, il parlait avec ses amis, mais toujours de Dieu. Quelquefois il commençait un discours ; puis, faisant réflexion qu'il serait mieux de ne pas continuer, il brisait là, et quelque envie qu'il se sentît de continuer, il ne le faisait pas, et demeurait quelque temps en silence.

Pour ce qui était de l'habillement, il priait instamment qu'on lui donnât ce qu'il y avait de plus usé : et parce que le supérieur ordonna une fois qu'on lui fît une soutane neuve, il montra tant de répugnance en la prenant, que le tailleur s'en aperçut, ainsi que les autres personnes présentes. Un jour qu'il rendait compte de la répugnance qu'il avait eue à ce sujet, le supérieur lui répondit qu'elle pouvait venir de l'amour-propre et du désir de conserver une certaine réputation parmi les autres. Ces paroles lui donnèrent occasion d'examiner pendant plusieurs jours toutes ses pensées, pour voir s'il découvrirait en lui le germe de ces sentiments ; mais, quelque rigoureux que fût son examen, il ne put jamais se trouver coupable ; au contraire, il se rappela que, si au commencement de son noviciat il lui était venu quelque pensée de complaisance, il avait, par la grâce de Dieu, fidèlement rejeté toutes ces pensées. Cependant, pour se prémunir encore davantage contre ce sentiment subtil d'amour-propre, il prit pour sujet de toutes ses méditations, pendant plusieurs mois, l'obligation d'anéantir jusqu'au germe de sa propre estime, et d'acquérir un saint mépris de lui-même.

Par rapport aux mortifications, il était surtout exact à celles qui touchent l'honneur, persuadé que ces sortes de mortifications sont encore plus utiles et plus nécessaires que les austérités du corps. L'usage continuel qu'il en avait fait l'avait amené au point de ne plus éprouver aucune répugnance à les pratiquer, soit en public, soit en particulier. Il demandait souvent à son supérieur d'aller dans Rome avec des habits déchirés, une besace sur l'épaule, et demandant l'aumône. Interrogé s'il éprouvait en cela quelque sentiment de honte et de répugnance, il répondit que non, parce qu'il avait pour lors devant les yeux l'exemple du Sauveur, le mérite et la récompense attachés à ces actions, qu'il n'en fallait pas davantage pour lui faire trouver du plaisir à ces pratiques, qu'humainement parlant il ne voyait pas même comment il pouvait y avoir en cela de la mortification : « Car enfin, disait-il, ou ceux qui me voient ainsi me connaissent, ou non. S'ils ne me connaissent pas, je dois peu me soucier de ce qu'ils diront ou penseront ; s'ils me connaissent, ils seront édifiés, et je ne perdrai rien auprès d'eux : au contraire, peut-être porteront-ils de moi un jugement plus propre à nourrir mon amour-propre qu'à m'humilier ; car, même aux yeux du monde, c'est une gloire de renoncer aux avantages d'une condition noble et aisée pour embrasser la pauvreté de Jésus-Christ. »

De même aussi, quand les dimanches et fêtes ses supérieurs l'envoyaient dans les rues de Rome et dans les places publiques enseigner la doctrine chrétienne et catéchiser les pauvres et les gens de la campagne, il s'en acquittait avec tant de satisfaction et de charité, que quiconque le voyait en était édifié. Dans une de ces occasions, ayant rencontré un homme qui depuis six ans ne s'était pas confessé, il fit tant auprès de ce pécheur, qu'il le détermina à venir se confesser, et il le conduisit à un père de la maison professe. Ce ne fut pas la seule fois qu'il exerça son zèle pour le salut des pécheurs.

Il avouait cependant qu'une chose était pour lui un peu mortifiante : c'était quand on le reprenait publiquement de ses défauts, soit au réfectoire, soit ailleurs ; sa peine ne venait pas de l'opinion que les autres pourraient avoir de lui, mais uniquement du déplaisir que lui causaient par eux-mêmes les défauts qui lui étaient reprochés. C'est pour cette raison qu'il demandait souvent et instamment qu'on le reprît en public, et il avoua que cela lui était fort utile. Quoiqu'il fût tellement maître de son imagination qu'il eût pu facilement la distraire à quelque autre objet, de façon qu'il n'entendît pas même ce qu'on lui disait en le reprenant, il se gardait bien de le faire, afin que l'obéissance eût son cours, et parce que c'était pour lui une source de nouveaux mérites. Quand on l'humiliait ainsi en public, il s'en réjouissait, dans la pensée qu'il souffrait quelque chose, et qu'ainsi il se conformait en quelque manière à Notre-Seigneur Jésus-Christ, ce qui lui fournissait assez souvent matière à de longues méditations.

Le maître des novices, voyant Louis si circonspect dans toutes ses actions, voulut l'éprouver dans une chose dont il n'eût aucun usage. Il le nomma pour quelques jours compagnon du réfectorier, lui donnant le soin de préparer le réfectoire, de le balayer, de le nettoyer; il ordonna en même temps au réfectorier, quelque chose que fît Louis, d'affecter de ne rien trouver de bien fait, et de ne lui point épargner les reproches. Ce réfectorier fit exactement tout ce que le maître des novices désirait; mais jamais il ne put réussir à obliger Louis de s'excuser ou de justifier ce qu'il avait fait; de sorte que, plein d'admiration pour l'humilité et la patience de Louis, il pouvait à peine croire ce qu'il voyait.

Le patriarche de Gonzague vint un jour au noviciat rendre visite à Louis. En sortant il prit à part le père recteur et lui demanda comment se comportait Louis dans son noviciat. A quoi le recteur répondit : « Je ne saurais rien dire autre chose à Votre Grandeur, sinon que tous tant que nous sommes nous avons beaucoup à apprendre d'un pareil exemple. » En effet, Louis était si bien composé dans tout son extérieur, si parfaitement maître de tous ses mouvements, si porté à la mortification, si parfait observateur de toutes les règles, quelque petites qu'elles fussent; si humble d'esprit et de cœur, si affable envers les autres, si respectueux pour ses supérieurs, si obéissant à leurs ordres, si pieux à l'égard de Dieu, si dégagé de toute affection aux choses du monde, si embrasé de charité, si parfait, en un mot, dans la pratique de toutes les vertus, que tous les novices le regardaient comme un saint et baisaient par dévotion les choses qu'il avait touchées. On avait pour lui une telle vénération, qu'on recherchait tout ce qui avait été à son usage, pour le garder comme des reliques.

On lui enleva l'Office de la Vierge qu'il avait dans le siècle, pour l'emporter en Sicile et le conserver par dévotion. Un père prédicateur gardait précieusement et comme une relique le bréviaire que Louis apporta dans la religion. C'est ainsi que, dès le temps de son noviciat, on avait la plus haute idée de sa sainteté et de sa perfection.

CHAPITRE XXI

Louis est envoyé à la maison professe pour y servir les messes.

Après quelques mois de noviciat, on avait coutume d'envoyer à la maison professe les novices pour y servir la messe pendant quelques semaines. Ils occupaient dans cette maison un logement séparé et s'y acquittaient des exercices propres au noviciat. On donnait la qualité de chef à l'un d'entre eux. Ce chef était chargé d'avertir les autres de ce qu'ils avaient à faire. Un des plus graves pères de la maison avait soin de les confesser, de les gouverner, et de remplir à leur égard les devoirs de maître des novices. Louis était depuis trois mois au noviciat, quand le père recteur le nomma pour aller à la maison professe. Deux raisons lui firent recevoir cet ordre avec un grand plaisir : la première, c'est qu'il se persuadait qu'il lui serait facile de profiter des bons exemples que lui donneraient les anciens pères, qui, après avoir passé une partie de leur vie dans le gouvernement de la compagnie et dans les saints ministères de la religion, n'avaient plus d'autre occupation que d'achever de se sanctifier eux-mêmes. L'autre raison était la grande dévotion qu'il avait pour le très saint Sacrement de l'autel.

C'était pour satisfaire cette dévotion que dans la maison paternelle il avait autrefois montré tant de zèle à servir la messe. Or il pensait qu'il allait faire par office ce qu'il ne faisait auparavant que par dévotion. C'est ce qui lui donna une consolation très sensible. La tendre affection qu'avait Louis pour le saint Sacrement était si connue de tout le monde, que quelqu'un voulant avoir son portrait, il lui vint en pensée de le faire peindre dans la situation d'adorateur devant le très saint Sacrement. Cette dévotion particulière naissait en lui des nobles et grands sentiments qu'il concevait dans la communion. Ce qui ne doit pas surprendre, si l'on fait attention à la pureté de son âme et au soin qu'il apportait pour se bien préparer à recevoir son Dieu. Une communion lui servait de préparation à la suivante. Il avait tellement distribué la semaine, que les premiers jours, savoir, le lundi, le mardi et le mercredi, étaient assignés à la très sainte Trinité : il remerciait chaque personne divine du bienfait qu'il avait reçu en communiant, et les trois autres jours, le jeudi, le vendredi et le samedi, il les offrait encore à cette Trinité sainte, priant chacune de ces divines personnes de lui accorder la grâce de faire, le dimanche suivant, une sainte communion.

De plus il avait chaque jour ses heures déterminées pour aller à l'église visiter le très saint Sacrement, et y prier pendant quelque temps. Le jour qui précédait sa communion, tous ses discours roulaient sur ce divin mystère ; il en parlait avec une si grande ferveur, que quelques prêtres de la compagnie recherchaient le samedi l'occasion de prendre la récréation avec lui, pour l'entendre discourir d'une façon si relevée de cet ineffable mystère. Ces pères assuraient qu'ensuite ils ne célébraient jamais la sainte messe avec plus de dévotion que le dimanche, tant les discours de Louis leur faisaient d'impression. Cela était si connu, que, quand quelqu'un voulait communier ou dire la messe dans la semaine avec plus de ferveur et de recueillement, il faisait en sorte, la veille, de se trouver avec Louis, et de faire adroitement tomber le discours sur cette matière. Le samedi soir, Louis se couchait tout occupé de ses pensées ; et le dimanche dès son réveil il commençait sa méditation sur la communion, après laquelle il allait avec les autres entendre la messe. Après la communion il se retirait dans un coin ; pendant un espace de temps assez considérable on l'y

voyait comme abstrait des sens; son âme et son cœur
étaient pleins d'affections amoureuses et d'une douceur
toute céleste. Il passait le reste de la matinée en silence,
priant vocalement et mentalement, et lisant quelques
morceaux choisis de saint Bernard.

CHAPITRE XXII

Témoignage que le père Jérôme Piatti a rendu de Louis.

Louis, entrant dans la maison professe, y trouva le
père Jérôme Piatti chargé du soin des novices. C'était un
homme de grande vertu, très versé dans la spiritualité et
dans la perfection religieuse, comme le prouvent les livres
qu'il a mis au jour et les manuscrits qu'il a laissés sur ces
matières. Une mort trop précipitée a privé les personnes
religieuses d'une partie des avantages qu'elles auraient
pu en retirer. Il leur apprenait avec une merveilleuse facilité la manière de se détacher des affections du monde,
de mortifier le corps, de réformer le cœur, de réprimer
et régler les passions, de déraciner les vices et les mauvaises habitudes, en un mot, d'acquérir toutes les vertus
nécessaires à un religieux.

Ce père si judicieux et si religieux se réjouit beaucoup
de se voir chargé du soin de Louis; il s'en était formé
d'avance une idée très avantageuse; mais quand il eut
pénétré son intérieur, il trouva tant d'innocence et tant
de lumières dans les voies de Dieu, une perfection si sublime, que dès lors il le tint pour un grand saint. Il en
parlait ainsi toutes les fois que l'occasion s'en présentait.
Un jour surtout, discourant de la céleste patrie avec un
autre père, et disant que les saints dans le paradis se
transforment dans la volonté divine, qu'ils n'aiment et ne
veulent autre chose que ce que Dieu aime et veut : « Il
me semble, ajouta-t-il, en avoir un vrai portrait dans
notre Louis; je me figure que les saints du ciel sont occupés à orner son âme des dons célestes et des grâces les
plus abondantes. Je croirais même qu'il y a entre eux une
sainte émulation à qui il procurera plus de bien, tant

ils le voient favorisé de Dieu et comblé de vertus. » Le
même père, passant par Sienne et racontant les vertus
héroïques de Louis, ajouta qu'il était étonné, attendu la
sainteté qu'il lui connaissait, qu'il ne fît pas de son vivant de grands miracles. Je me souviens encore d'avoir
entendu le cardinal Bellarmin tenir le même langage.

CHAPITRE XXIII

Comment Louis se comporte pendant son séjour à la maison professe.

Louis demeura à la maison professe plus longtemps
que les novices n'y demeuraient ordinairement. Tous les
matins, après avoir fini son heure d'oraison, il allait à la
sacristie, et n'en sortait qu'après avoir servi cinq ou six
messes avec sa dévotion ordinaire. Il était si complaisant
pour ses confrères, et particulièrement pour deux qui lui
paraissaient plus faibles, qu'il allait prier les supérieurs
d'avoir soin de leur santé et de leur défendre de servir
tant de messes. Pendant le temps qui s'écoulait entre les
messes, il gardait un profond silence et se tenait à l'é-
cart, s'occupant à méditer ou à lire l'office de la sainte
Vierge, ou quelque livre spirituel. Quand il convenait
de demander quelque chose au sacristain, il se présentait toujours à lui la tête découverte, les mains sur la
poitrine, et lui parlait avec tant de respect, que le sacristain s'en étonnait. Aux ordres qu'il recevait de lui ou de
ses aides, il obéissait comme si le Seigneur lui-même lui
eût commandé la chose. Le jeudi saint, le sacristain le
chargea de rester au sépulcre et d'avoir soin des lumières :
il y passa plusieurs heures, sans jamais porter les yeux
sur l'ornement de l'autel, que tout le monde venait voir
par curiosité. Un des novices lui demandant ce qu'il pensait de cet ornement, il lui répondit qu'il ne l'avait point
vu, parce que, le sacristain l'ayant chargé d'une autre
besogne, il ne croyait pas qu'il lui fût permis de se distraire à autre chose.

Il portait encore un si grand respect au novice qui était

nommé chef des autres, qu'il n'aurait pu en marquer davantage au général même de la compagnie. S'il passait, Louis se levait aussitôt, se découvrait, et lui donnait toutes les marques de déférence. Enfin cela allait si loin, que le novice, confus, en porta ses plaintes au supérieur, qui ordonna à Louis de modérer ses témoignages de respect, et il obéit. Il n'est pas surprenant qu'il eût tant d'attention pour les autres et qu'il leur obéît si ponctuellement, parce qu'en obéissant il ne regardait jamais la personne à qui il obéissait comme un homme, mais comme celui qui lui tenait la place de Dieu. Il disait qu'il agissait ainsi, non pas tant à cause du grand mérite qui se trouve dans une telle obéissance, que pour une certaine douceur particulière qu'il trouvait dans la pensée que c'était Notre-Seigneur qui lui commandait, et qu'il avait ainsi la satisfaction d'obéir à sa divine Majesté. Il ajoutait encore qu'il trouvait plus de plaisir à obéir aux supérieurs subalternes qu'aux premiers supérieurs, parce qu'à regarder la chose humainement, on se résoudrait difficilement à obéir à un autre homme, surtout si cet homme nous était inférieur en savoir, en naissance ou en d'autres qualités; au lieu que de se soumettre à Dieu ou de se soumettre à un homme et de lui obéir pour Dieu, c'était tout ce qu'on pouvait imaginer de plus glorieux; cette obéissance étant d'autant plus méritoire, qu'il s'y trouve moins d'humain, et que celui qui ordonne n'a rien qui le rende recommandable.

Quand les messes étaient finies, les novices lisaient à table et servaient à la cuisine, chacun à leur tour. Louis passa comme les autres par ces différents emplois; et, quelque bas qu'ils fussent, il s'en acquittait comme s'ils avaient été faits pour lui. Un jour qu'il lisait, il se fit près du réfectoire un bruit qui empêchait le lecteur d'être entendu de tous; alors le novice admoniteur prit occasion de reprendre le lecteur, comme si c'était sa faute que les pères et les frères n'entendissent point sa lecture; il exagéra même beaucoup la perte spirituelle que chacun faisait, pour voir ce que Louis répondrait. Louis, sans se justifier, fit des excuses à l'admoniteur, et promit de se corriger. Il répéta donc ce qu'il avait lu, et que le bruit avait empêché d'entendre.

Le père Jérôme Piatti, croyant Louis trop appliqué à

l'oraison et à ses autres exercices, jugea à propos, pour
le distraire de cette grande application, de lui ordonner
de rester, le matin et le soir, en récréation avec ceux qui
avaient mangé à la seconde table, quoi qu'il eût mangé à
la première. Le père ministre, qui ne savait rien de cet
ordre, trouvant Louis à la seconde récréation, lui donna
une pénitence publique au réfectoire pour avoir contre-
venu à une règle qui commande que, hors le temps de
la récréation assignée à tous, chacun garde le silence.
Louis fit la pénitence sans s'excuser et sans rien dire de
l'ordre que le père Piatti lui avait donné; et il continua
comme auparavant à rester à la seconde récréation. Le
père ministre, qui s'en aperçut, en fut surpris, et lui
donna une seconde pénitence : Louis la reçut et s'en acquitta encore sans rien dire. Alors le père Piatti l'appela,
et lui témoigna qu'il était un peu scandalisé dè ce qu'il
avait eu deux pénitences pour la même faute. Il lui demanda pourquoi il n'avait pas averti le père ministre de
la permission qu'il lui avait donnée. Louis répondit qu'effectivement la pensée lui était venue qu'en se taisant il
pouvait scandaliser, mais qu'ayant craint quelque ruse de
l'amour-propre, qui lui eût fait éviter la pénitence, il
s'était déterminé à ne rien dire et à la faire; cependant
qu'il était résolu, si le père ministre lui donnait une troisième pénitence, de lui dire alors, pour ne pas scandaliser
en se taisant, l'ordre qu'on lui en avait donné; qu'il croyait
qu'il n'y avait rien de plus édifiant que la patience à recevoir
les pénitences imposées et la promptitude à les remplir,
quoi qu'il n'y eût de sa part ni faute ni négligence dans ce
qu'on lui reprochait. Plus d'une fois les manquements des
autres lui étant imputés par erreur, il ne s'excusait pas,
et faisait la pénitence comme si réellement il eût été le
coupable; on ne le savait qu'autant que ceux qui avaient
fait la faute, le voyant faire pour eux la pénitence, quoiqu'il fût innocent, venaient eux-mêmes s'accuser.

Dans l'après-dîner, les novices accompagnaient les
pères aux prisons et aux hôpitaux. Tandis que les pères
confessaient les malades ou les prisonniers, leurs novices
faisaient le catéchisme aux autres et les disposaient à la
confession. Lorsque Louis ne sortait pas, on l'occupait à
balayer ou à quelque autre emploi pareil. Se trouvant un
jour, avec d'autres novices, occupé à plier le linge, il se

souvint de n'avoir ce jour-là, contre sa coutume, rien lu
de saint Bernard. Il eut la pensée d'interrompre l'ouvrage
qu'il faisait pour aller faire cette lecture : il pouvait,
comme les autres, se retirer après avoir travaillé quelque temps ; cependant il ne le fit pas pour cette raison :
« Si tu lisais saint Bernard, se dit-il en lui-même, que
t'enseignerait-il, sinon d'obéir ? Figure-toi donc l'avoir
lu, et fais ce que l'obéissance te commande à présent. »

Il était si exact observateur de ses règles, même des
plus petites, que jamais le respect humain ne lui en fit
transgresser aucune. Il arriva un jour que le cardinal de
la Rovère, son parent, vint à la sacristie pour lui parler.
Louis s'en excusa sur ce qu'il n'en avait pas la permission. Le cardinal en fut très édifié, et consentit à ne l'entretenir que quand il en aurait obtenu la permission de
son supérieur. Pendant son séjour à la maison professe,
Louis se montra si exact en tout et si parfait, qu'il n'y
avait personne dans la maison qui ne lui portât une affection particulière et ne le regardât comme un saint.
Après y avoir passé deux mois, il fut appelé au noviciat.

CHAPITRE XXIV

Avec quelle perfection Louis acheva son noviciat.

Le premier soin de Louis à son retour au noviciat fut
de rendre compte au maître des novices de tout ce qui
s'était passé dans son âme pendant son absence ; ensuite
il s'appliqua avec plus de soin encore et de ferveur à remplir ses exercices de novice. Il s'acquitta de tous ses devoirs avec tant d'exactitude et de perfection, que non
seulement personne ne pouvait remarquer en lui aucun
manquement, mais que lui-même, quoique très rigide
censeur de ses pensées et de ses actions, ne trouvait rien
à corriger ; voici comment on le sut.

Il vint un jour trouver le maître des novices pour lui
proposer quelques doutes qui l'inquiétaient beaucoup, et
voici sa plus grande peine : c'est qu'en s'examinant avec
une scrupuleuse exactitude il ne trouvait rien en lui qui

allât au péché véniel. Ce résultat le troublait, parce qu'il appréhendait que cela ne vînt de ce qu'il ne se connaissait pas assez ; il craignait donc d'être dans quelques ténèbres spirituelles : or il avait ouï dire et il avait lu que ces ténèbres exposent les âmes à de grands dangers. De là on peut juger quelle était la pureté de son âme. On sera moins surpris qu'il eût une conscience si pure, si l'on fait attention aux différentes grâces que Dieu lui avait faites. L'extrême application qu'il eut, même dès l'enfance, à mortifier ses passions, et la grande habitude qu'il en avait acquise, allaient au point qu'il paraissait inaccessible à toute affection humaine : aussi plusieurs de ceux qui l'ont connu en religion assurèrent avec serment n'avoir jamais rien remarqué en lui qui pût être la matière d'un péché véniel, pas même le plus léger signe d'impatience ou de quelque autre passion que ce fût.

Cette insensibilité mérite d'autant plus notre admiration, qu'elle ne venait pas en lui de la nature, car il était né vif, ardent et impétueux ; c'était donc l'effet d'une grâce singulière du Seigneur et des heureuses habitudes qu'il avait acquises par un exercice continuel de la mortification intérieure.

Jamais il ne se faisait un point d'honneur, dans les petites disputes qui naissent en conversation, de ranger les autres à son avis ; il disait simplement son sentiment ; si on le contredisait, il ne se défendait point ; il se contentait, en faveur de la vérité, d'une simple réponse dite avec la plus grande douceur, et si l'on continuait l'attaque, il se taisait comme s'il n'eût pas été question de lui.

Il usait aussi de la plus grande attention pour étouffer en lui tout désir, quelque bon qu'il fût, quand il s'apercevait que ce désir pouvait troubler le repos de son âme et lui causer quelque agitation. De cette manière il jouissait d'une paix et d'une tranquillité qu'il s'était rendues comme naturelles.

Ce qui contribuait encore plus que tout le reste à le maintenir dans cette paix profonde, c'est que non seulement il avait une pensée continuelle de Dieu dans toutes ses actions, s'appliquant à les faire avec la plus grande perfection ; mais, de plus, il se tenait toujours uni à Dieu par le moyen de l'oraison, à laquelle il donnait tous ses soins. C'est par l'oraison qu'il espérait acquérir la perfection de son état. Il avait coutume de dire que sans oraison et sans recueillement on ne saurait parvenir à une victoire complète de soi-même ni à un degré éminent de sainteté et de perfection , comme l'expérience le démontrait. Il ajoutait que ces immortifications, ces inquiétudes d'esprit, ce trouble, ce mécontentement qu'on remarque dans quelques personnes religieuses, venaient uniquement de ce qu'elles ne s'adonnaient point à l'exercice de la méditation et de l'oraison : il eût voulu le persuader à tout le monde, parce qu'il croyait que, si l'on venait une fois à en faire l'épreuve, on ne l'abandonnerait jamais. Il plaignait ceux qui, pour quelque raison pressante, n'avaient pas le temps de faire leur méditation ordinaire. « Peu à peu, disait-il, ils en perdront l'usage, et quand bien même, dans la suite, ils en auraient le temps et la commodité, ils s'accoutumeront à ne plus la faire. »

CHAPITRE XXV

Du don particulier d'oraison qu'avait Louis.

Louis était si porté à l'exercice de l'oraison, que ses plus grandes délices étaient de prier et de méditer. Il apportait une diligence extrême à s'y bien préparer. Tous les soirs, avant de se mettre au lit, il employait un demi-quart d'heure à prévoir et à mettre en ordre la méditation du lendemain. Il faisait en sorte, le matin, d'être toujours prêt avant qu'on donnât le signal pour commencer l'oraison ; il employait ce temps à se recueillir, et s'étudiait à tenir son esprit libre de tout désir et de toute inquiétude : « Parce que, disait-il, il n'est pas possible qu'une âme qui, dans le temps de la méditation et de la contemplation, garde en soi quelque affection étrangère, puisse être attentive à ce qu'elle médite , ni recevoir en elle l'image de Dieu, dans lequel celui qui médite cherche, pour ainsi dire, à se transformer.» Je me souviens d'une comparaison qu'il faisait à ce propos. « L'eau qui est agitée des vents, disait-il, ou ne représente point l'image d'un homme qui s'y regarde , parce que l'agitation l'a

troublée, ou, si elle demeure claire, elle ne représente
pas les membres unis au buste, mais seulement par parties et comme séparés l'un de l'autre; de même l'âme qui,
dans les contemplations, est agitée par différents vents
des passions et des affections étrangères, ne saurait être
propre à recevoir l'image de Dieu, ni à retracer en soi
les perfections de cette majesté qu'elle contemple. »

Quand on avait donné le signal pour l'oraison, il se
mettait à genoux avec le plus grand respect, et faisait
tous ses efforts pour que son esprit fût attentif à la méditation. Il entrait profondément dans les choses qu'il méditait, et, par la grande contention de son âme, ses esprits
vitaux se portaient en abondance aux parties supérieures,
et ses autres membres s'en trouvaient tellement privés,
qu'à la fin de l'oraison il avait peine quelquefois à se
lever; quelquefois aussi il lui arrivait alors de rester quelque temps tellement hors de lui-même, qu'il ne savait
plus où il était ; cela lui arrivait surtout quand il méditait
quelqu'un des divins attributs, comme la bonté de Dieu,
sa providence, son amour pour les hommes et particulièrement l'infinité de ses perfections.

Il avait un si grand don de larmes dans la prière, que
les supérieurs furent obligés de lui procurer, quoique
inutilement, des moyens pour les réprimer; ils craignaient
avec raison qu'un pareil déluge de larmes ne lui endom-
mageât les yeux. Ce qui paraîtra plus surprenant encore,
c'est que pour l'ordinaire il n'avait aucune distraction
dans ses oraisons. Chacun peut comprendre par ce qu'il
éprouve lui-même dans ses prières combien ce don est
signalé. Cette inaltérable attention ne lui venait pas de la
grâce seule, mais aussi du long usage qu'il avait de méditer. Il avait rendu par ce moyen son imagination si docile et si soumise, qu'aucune pensée ne se présentait alors
à lui que celle qu'il voulait. Or il voulait que son imagination fût tellement fixée à l'objet de sa prière qu'il n'entendît rien de tout ce qu'on pouvait dire ou faire autour
de lui. Ainsi il n'avait pas à craindre d'être distrait. Tout
le temps qu'il vécut en religion, jamais il ne s'aperçut
d'avoir été visité dans son oraison : c'était cependant l'u-
sage, non seulement au noviciat, mais aussi dans tous les
collèges, de faire pendant l'oraison du matin la visite de
toutes les chambres, pour s'assurer que chacun donnait

fidèlement à l'oraison l'heure qui lui était assignée, d'où l'on peut conclure combien Louis était attentif à sa méditation et élevé alors au-dessus des sens.

C'était encore une règle de la compagnie que tous les six mois on rendît compte de sa conscience au supérieur, et qu'on lui fît connaître non seulement les défauts auxquels on pouvait être sujet, mais encore les dons, les grâces et toutes les vertus qu'on pouvait avoir. La règle le prescrivait ainsi, afin que le supérieur, connaissant parfaitement tous ses inférieurs, pût avec une prudence paternelle les prémunir contre les illusions qui peuvent se rencontrer dans le chemin de la vie spirituelle, et les former à la plus grande perfection. Ce fut par ce moyen qu'on sut plusieurs vertus de Louis, lequel, pour observer la règle et être conduit sûrement, découvrait à ses supérieurs avec sincérité tout ce que Dieu opérait dans son âme. Or, un jour qu'il rendait compte de sa conscience, interrogé par le supérieur s'il avait bien des distractions dans son oraison, il répondit ingénument que, si toutes les distractions qu'il avait eues pendant ces six mois étaient réunies ensemble, elles n'occuperaient pas le temps d'un *Ave Maria*.

Dans ses prières vocales, il souffrait un peu plus de difficulté; non qu'il eût l'esprit distrait, mais parce qu'il ne pouvait pas pénétrer si promptement ni si commodément le sens des psaumes et des autres prières qu'il récitait. Néanmoins il avait encore dans les prières vocales un goût tout spirituel; particulièrement en disant les psaumes, son esprit se transformait dans les affections dont ils sont remplis. Ces affections étaient quelquefois si vives, qu'il ne pouvait proférer les paroles sans se faire violence. C'est pour cette raison qu'ayant coutume au noviciat de dire le grand office que disent les prêtres, il mettait pour le moins une heure seulement à réciter matines.

Quant au sujet de ses méditations, il avait une dévotion particulière à méditer la passion de Jésus-Christ; il avait coutume de s'en rappeler tous les jours le souvenir à midi. Il récitait alors une certaine antienne, et se mettait devant les yeux Jésus crucifié. Il s'acquittait de ce petit exercice avec tant de recueillement et d'onction intérieure, qu'il avouait que dans ce moment tout ce qui s'était passé le vendredi saint se présentait à son esprit. Nous avons

déjà parlé des sentiments qu'il éprouvait dans ses méditations sur l'eucharistie.

Il avait aussi une dévotion tendre et particulière aux
saints anges, et surtout à son ange gardien. C'était pour
lui une véritable consolation que de s'en occuper.

Enfin l'on peut dire avec vérité que toute la vie de Louis
dans la religion fut une oraison continuelle, parce que le
grand usage qu'il avait depuis tant d'années de prier et de
s'élever au-dessus des choses sensibles lui en avait formé
une habitude; que partout où il se trouvait, et quelque
chose qu'il fît, il était plus attentif à ce qui se passait dans
son intérieur qu'à ce qui se passait au dehors. Il était
même arrivé au point qu'à peine faisait-il aucun usage de
ses sens, comme des yeux pour voir, des oreilles pour
entendre, tant il était concentré dans son intérieur. Ce
n'était qu'en cela qu'il trouvait son repos et sa satisfaction. S'il arrivait qu'il fût obligé de s'appliquer à quelque chose d'extérieur, même utile, quoiqu'il fît extérieu-
rement tout ce qui était nécessaire, il éprouvait une
certaine contradiction intérieure, comme si l'un de ses
membres fût sorti de sa place : de sorte que rien n'était
pour lui plus aisé que d'être toute la journée absorbé en
Dieu, dans les occupations extérieures, au milieu des-
quelles il savait conserver aisément son recueillement. Il
avoua une fois qu'il avait autant de difficulté à se distraire
de Dieu que d'autres disaient en éprouver pour se recueillir en lui, parce que tout le temps qu'il mettait à se
distraire était pour lui un temps de violence. Il fallait
donc pour cela qu'il combattît fortement contre lui-
même; ce qui devenait plus nuisible pour sa santé que
son application continuelle à Dieu.

Pendant le jour, et au milieu de ses occupations, le
Seigneur le visitait par de grandes consolations qui n'é-
taient point passagères : elles duraient quelquefois une
heure et plus; elles remplissaient son âme au point que
son corps même s'en ressentait. Il paraissait alors une
fournaise de l'amour céleste : on voyait briller sur son
visage enflammé le feu qui le dévorait au dedans. Quelquefois cette divine flamme lui brûlait tellement le cœur,
qu'à ses fréquentes palpitations on eût cru qu'il allait
s'ouvrir un passage pour sortir de sa place. Les douceurs
intérieures dont il jouissait si abondamment lui faisaient

négliger le soin de son corps, qui tous les jours s'affaiblissait davantage et s'exténuait. Ses douleurs de tête, au
lieu de diminuer, augmentaient.

Les supérieurs, voyant qu'il était impossible qu'avec
une si grande application il pût vivre longtemps, lui interdirent les jeûnes, les abstinences, les disciplines et
autres mortifications corporelles; ils lui prescrivirent
aussi un temps plus long pour le sommeil; ils lui abré-
gèrent le temps de l'oraison, ne la lui permettant que
pendant une demi-heure; ensuite ils la lui retranchèrent
même tout à fait, et lui interdirent jusqu'au fréquent
usage des oraisons jaculatoires. Enfin ils lui firent entendre que moins il ferait d'oraison, plus il se conforme-
rait à l'obéissance. Outre cela, ils lui donnèrent différentes occupations extérieures qui ne lui laissaient guère
le temps de s'appliquer à ses dévotions ordinaires. D'ailleurs ils avaient soin de l'avertir souvent que pour la
gloire de Dieu il était obligé de se modérer et de conserver sa santé. Jamais les supérieurs n'éprouvèrent de difficultés à le persuader ni à lui faire faire ce qu'ils voulaient, parce qu'il était très obéissant et très indifférent,
comme il le fit voir dans cette occasion. Un père lui fit
espérer d'obtenir du père général qu'il pût faire une
heure d'oraison; ce qui lui avait été défendu par le
maître des novices. Louis, se sentant trop d'inclination
pour obtenir une pareille permission, craignit de s'exposer à quelque inquiétude si elle lui était refusée. D'ailleurs il crut que cela était contre l'indifférence religieuse
et contre l'obéissance prescrite; il fit donc ses efforts
pour détourner cette inclination et pour rentrer dans son
indifférence ordinaire. Ce qui l'inquiétait le plus, c'est
qu'il ne savait comment s'y prendre pour obéir en ceci à
la volonté des supérieurs, parce que, quelque effort qu'il
fît pour se distraire des choses de Dieu, peu à peu, et
sans s'en apercevoir, il s'y trouvait de nouveau transporté : comme la pierre tend au centre de la terre, de
même il semblait que son âme se reposât en Dieu si naturellement, qu'elle y retournait comme à son centre,
quand par violence elle en avait été distraite et arra-
chée. De sorte qu'un jour, inquiet de ne pouvoir obéir en
ce point aux supérieurs, il dit en confidence à un père de
ses amis : « Véritablement je ne sais comment faire : le

père recteur me défend de faire oraison, de crainte qu'en
m'appliquant je n'augmente mes maux de tête ; et je me
vois forcé de me faire une plus grande violence pour me
distraire de penser à Dieu que quand j'en suis entièrement occupé, parce que l'usage que je fais de ce saint
exercice me l'a rendu comme naturel; j'y trouve du
repos et de la tranquillité, et point de travail; cependant je
ferai mes efforts pour obéir le plus parfaitement que je
pourrai à ce qui m'est recommandé. »

Réduit à voir que toute oraison lui était interdite, il
visitait souvent le très saint Sacrement, et à peine s'é-
tait-il mis un moment à genoux, qu'il se retirait de peur
d'y être arrêté par quelque pensée de Dieu qui se serait
emparée de lui. Mais tous ces soins furent assez inutiles :
plus il voulait fuir pour obéir, plus Dieu semblait le rechercher et se communiquer à lui. Plusieurs fois dans le
jour il le visitait par des lumières et des consolations célestes dont son âme se trouvait remplie. Louis, s'en apercevant, ne voulait pas le recevoir, pour ne pas aller
contre l'ordre de ses supérieurs, et il disait à Dieu avec
une grande humilité: « Éloignez-vous de moi, Seigneur,
éloignez-vous; » et il cherchait à se distraire. Il éprouvait encore une grande difficulté à obliger ses sens exté-
rieurs à faire leurs fonctions, parce que, lorsqu'il se
sentait intérieurement attiré, il était comme hors d'état
de rien voir, de rien entendre. Telles furent la perfection
et la sainteté dans lesquelles Louis passa tout le temps
qu'il resta au noviciat, c'est-à-dire jusqu'à la fin d'octobre 1586. Il fit l'admiration des supérieurs qui condui-
saient son âme, et il fut d'une grande utilité et d'une
grande édification à tous ses confrères, qui se disputaient
à qui l'entretiendrait, pour mieux profiter de ses paroles
et de ses exemples.

CHAPITRE XXVI

De la grande vertu du maître des novices. — Louis l'avait
pris pour modèle.

Dans le temps que Louis faisait son noviciat, le maître
des novices, recteur de la maison, était le père Jean-

Baptiste Pescatori, de Novare, homme d'une grande sainteté et d'une rare perfection. Plusieurs de ses enfants
spirituels rendent un glorieux témoignage de sa bonté et
de ses vertus, et se félicitent d'avoir eu un homme de
ce mérite pour maître et pour guide dans la vie spirituelle. Ce père était fort adonné à la mortification de son
corps, qu'il matait par de continuelles abstinences, par
des jeûnes fréquents, par de rudes cilices, des disciplines et de longues veilles. Quoiqu'il fît tout cela avec
tout le secret possible, il ne pouvait réussir à en dérober
la connaissance à tant d'élèves qui avaient toujours les
yeux fixés sur lui pour l'examiner et l'imiter. Soit qu'il
fût assis ou debout, qu'il fût arrêté ou qu'il marchât,
tout était en lui si bien composé, qu'en le voyant on
croyait voir le vrai modèle de la modestie. Sur son visage brillait une agréable sérénité, un sourire modeste
en augmentait la douceur et l'agrément : de façon que,
si l'on était troublé, il suffisait de l'envisager pour être
tranquille. Jamais on ne remarqua de changement en
lui ; quelque chose qui lui arrivât d'agréable ou de fâcheux, il était toujours le même. Ses passions étaient
tellement soumises et domptées, qu'il jouissait d'une
paix et d'une tranquillité imperturbables ; aussi n'aper-
çut-on jamais en lui un signe d'impatience ou d'humeur.

Parfaitement détaché de lui-même, il n'avait de mépris que pour lui, et dans toutes ses actions il faisait
admirer sa profonde humilité. Il serait difficile d'exprimer jusqu'à quel point il était adonné à l'oraison, et
quels étaient les dons qu'il y recevait. Une nuit on le
trouva au milieu de la salle du noviciat, où il priait, élevé
de terre de quelques palmes. Le père qui lui succéda dans
l'emploi m'a certifié ce fait, qui se trouve imprimé dans
les annales de la compagnie, sous l'année 1591. Il était
observateur exact des préceptes de la vie religieuse tracée
par saint Basile, et si grand amateur des conférences de
l'abbé Cassien, qu'il semblait les savoir par cœur; aussi
les pratiquait-il avec la plus parfaite exactitude. Discret
dans ses discours, il parlait peu, et jamais rien ne lui
échappait qui ne fût édifiant. Sa conversation était douce,
et dans l'occasion il assaisonnait ce qu'il disait de quelque chose de gracieux, sans cependant passer les bornes

de la modestie religieuse, ce qui le rendait aimable à
tous.

Sa tendresse pour les pauvres mendiants, et plus encore pour ceux que la honte empêche de mendier, était
si grande, qu'on assure qu'il s'est déshabillé lui-même
pour les vêtir. Dans le gouvernement il tempérait la sé-
vérité par une grande douceur ; il savait à merveille unir
la gravité à l'affabilité et à l'humilité. Il aimait tous ses
novices avec tendresse ; il en prenait le plus grand soin,
faisant pour eux ce qu'un bon père, une bonne mère,
une bonne nourrice auraient pu faire. Il supportait leurs
imperfections avec patience et longanimité, jusqu'à ce
que peu à peu il eût introduit en eux la forme qu'il voulait leur donner ; et quelques défauts qu'ils eussent, il ne
laissait apercevoir ni amertume, ni dégoût, ni froideur,
ni rien qui parût diminuer l'estime qu'il leur témoignait : en un mot, il ne prenait contre eux aucune mauvaise impression ; mais, au contraire, il compatissait avec
charité à leurs défauts, les en reprenant avec douceur et
bonté, et quelquefois même en souriant, pour leur épargner une partie de la peine que la réprimande pouvait
leur faire ; il les consolait, les encourageait, et ne les
renvoyait pas qu'il ne fût assuré qu'ils se retiraient con-
tents. Il s'accommodait avec condescendance aux différents caractères ; de sorte qu'il pouvait dire avec l'A-
pôtre : *Omnibus omnia factus sum, ut omnes Christo
lucrifaciam :* « Je me suis fait tout à tous, pour vous
gagner tous à Jésus-Christ. » Il avait égard à la différence
des complexions et des inclinations, bien persuadé que
tous ne peuvent pas marcher également ni par la même
route. Il ne souffrait pas que ses novices missent toute
leur étude dans une certaine composition extérieure,
qu'on perd bientôt en cessant d'être novice. Il voulait
qu'ils s'accoutumassent à observer avec exactitude cette
modestie qu'ils devaient toujours garder dans la religion,
et que leur principal soin fût de jeter de solides fondements d'une sincère abnégation d'eux-mêmes. Il souhaitait que les novices eussent un grand respect pour leurs
anciens dans la religion, et qu'ils en eussent toute l'estime qu'ils méritaient. Il leur disait ordinairement qu'ils
devaient se persuader qu'en matière d'esprit et de vertus
il y avait autant de différence entre eux et ceux qui étu-

diaient dans les collèges qu'il n'y a entre ceux qui apprennent à épeler leurs lettres et ceux qui sont avancés dans les sciences.

J'ai connu plusieurs de ceux qui ont été ses novices, et je n'en ai trouvé aucun qui ne le regardât comme un saint, et qui ne fît l'éloge de son gouvernement. Il se montra si égal pour tous, que chacun pouvait croire qu'il en était le plus aimé, sans pouvoir soupçonner qu'un autre fût plus avant dans ses bonnes grâces ou lui fût préféré. C'est pour cette raison qu'il était tendrement aimé de tous ses novices, et que dans le besoin chacun d'eux recourait à lui avec confiance. Ce qu'il enseignait touchant la vie religieuse, il le persuadait autant par ses exemples que par ses paroles et ses exhortations. On a écrit de lui et l'on en raconte bien des choses qui tiennent du prodige. En voici quelques-unes :

On dit qu'en sa présence s'éteignit un feu que quantité d'eau n'avait pu éteindre; qu'il avait le don de voir les choses faites par ses inférieurs hors de sa présence, de pénétrer dans l'intérieur et les pensées les plus secrètes. On ajoute que, s'étant trouvé au noviciat un extrême besoin, et n'ayant pas de quoi pourvoir à la nourriture de la maison, il se renferma dans sa chambre pour prier; que, tandis qu'il priait, il fut demandé à la porte par un ange qui, sous la forme d'un jeune homme, lui remit en main une somme pour subvenir aux besoins qui le pressaient, et disparut. Tous ces faits lui donnèrent une grande réputation de sainteté. Quand il mourut, à Naples, recteur du collège, après avoir reçu le saint viatique, il fît tous ses efforts pour faire perdre les idées qu'on avait de sa vertu; mais plus il en faisait pour s'humilier, plus sa modestie et son humilité éclataient : c'est le dernier exemple qu'il donna en quittant la terre pour s'envoler au ciel.

Louis avait pour ce vénérable père le plus grand respect et la tendresse la plus religieuse, non seulement parce qu'étant son supérieur il lui tenait la place de Dieu, mais encore à cause des rares vertus qu'il voyait en lui et qu'il s'était proposé d'imiter. Pour cela il observait autant qu'il pouvait tout ce qu'il disait et tout ce qu'il faisait. Il avait en lui la confiance la plus parfaite, lui rendant un compte exact de tout son intérieur pour qu'il l'instruisît et le conduisît sûrement. Le père, de son côté, goûtait un vrai plaisir à s'entretenir avec Louis : il trouvait en lui une âme si pure et si capable de recevoir les instructions spirituelles, il le voyait si rempli des dons de Dieu, si riche en vertus, qu'il en était dans l'admiration. S'il eût pu nous donner avant sa mort les connaissances qu'il avait de Louis, nous saurions sans doute à son sujet bien des choses que nous ignorons.

CHAPITRE XXVII

Louis est envoyé à Naples. — Ce qu'il y fait.

Vers l'automne de 1586, il survint au père Pescateri une incommodité qui détermina le père général à l'envoyer à Naples, dans l'espérance que le changement d'air lui serait salutaire. Le père, instruit de cette disposition et s'entretenant avec son saint novice, lui dit un jour : « Feriez-vous volontiers avec moi le voyage de Naples ? » Louis, sans penser à autre chose, répondit tout de suite : « Volontiers, mon père. » Le temps du départ approchant, le père général dit au père recteur qu'il pouvait conduire avec lui trois novices qui avaient besoin de changer d'air.

Louis devait être un de ces trois à cause de ses maux de tête, qu'on crut par là soulager. Quand Louis apprit cette résolution, il en fut sensiblement fâché, par la crainte qu'il eut d'y avoir en quelque sorte contribué par la réponse qu'il avait faite. Il se reprochait de n'avoir pas répondu qu'il se remettait à la volonté de ses supérieurs, sans montrer ni inclination ni opposition. Il était cependant vrai que la résolution du père général ne venait pas de cette réponse de Louis, mais uniquement de ce qu'il croyait la chose convenable pour sa santé. Tourmenté de ce scrupule, Louis prit la résolution non seulement de se montrer dans la suite indifférent dans toutes les occasions, mais encore de conseiller aux autres de ne jamais dire ni oui ni non, de se tenir dans une parfaite indifférence, et d'attendre tout de l'obéissance. Il fit part de son scrupule à plusieurs personnes, ajoutant qu'il éprouvait une grande affliction d'esprit quand il croyait faire sa volonté.

Obligé de faire ce voyage, Louis eut une consolation sensible de le faire avec son recteur, le père Pescatori. Il était bien aise d'apprendre des actions et des discours de ce père la conduite que doit tenir un religieux de la compagnie quand il voyage. Ils partirent de Rome le 27 octobre de la même année. Quand ils furent parvenus à un lieu d'où l'on commençait à perdre Rome de vue, Louis se retourna vers la ville, et récita avec dévotion l'antienne et l'oraison des apôtres saint Pierre et saint Paul. Le père recteur était en litière, à cause de ses crachements de sang; un seul des trois novices devait être avec lui, et les deux autres à cheval. Louis fit son possible pour céder sa place dans la litière à l'un de ses compagnons, consentant à se priver de la conversation de son maître, qu'il estimait si fort, et ne pensant qu'à obliger un autre et à le faire voyager plus commodément; mais comme il se trouvait le plus faible des trois, on le força à se mettre dans la litière.

Pendant la route il récitait l'office avec le père; le reste du temps ils tenaient des discours spirituels. Le père, sachant qu'il semait en bonne terre, s'ouvrait volontiers à Louis; il lui communiquait les secrets de la vie spirituelle, et la pratique qu'il en avait acquis pendant tant d'années qu'il avait été recteur et maître des novices. Dans les auberges, Louis avait l'adresse de faire en sorte que ses compagnons fussent toujours mieux que lui, ne se réservant que ce qu'il y avait de plus mauvais. Il avait pour eux une attention et une charité toutes particulières. Au terme de ce voyage, il leur dit confidemment qu'il avait plus appris dans ce peu de jours de conversation continuelle avec le père que pendant plusieurs mois de noviciat.

On arriva à Naples le 1er novembre, qui est le temps auquel on reprenait les études. Les supérieurs jugèrent à propos que Louis, après quelque repos, étudiât la métaphysique. Il s'y appliqua autant qu'il put et selon les ordres qu'il en avait. Le collège de Naples avait alors pour recteur un père qui avait, comme Louis, beaucoup d'attraits pour les mortifications et pour les pénitences corporelles : sachant donc que Louis avait les mêmes inclinations que lui, il s'en réjouit; il lui en accorda bien plus libéralement qu'on ne l'avait fait à Rome, et Louis s'en trouva très satisfait. On ne manqua pas de remarquer à Naples dans Louis une singulière modestie, beaucoup de prudence, d'humilité, d'obéissance et de sainteté. On ne parlait de lui qu'en termes pleins d'estime pour sa vertu.

Louis fit tous ses efforts pour rester inconnu à Naples; il prenait plaisir à s'entretenir avec les frères coadjuteurs; il cachait tant qu'il pouvait sa naissance, de sorte que, quand la nouvelle vint que le patriarche de Gonzague avait été fait cardinal, Louis n'en parut pas plus affecté que si la chose ne l'eût point touché. On savait cependant qu'indépendamment de la parenté Louis lui était très attaché, parce qu'il l'avait aidé dans l'affaire de sa vocation.

Le désir que les supérieurs avaient que les autres novices profitassent des exemples de Louis, fit qu'on le plaça dans la plus grande chambre du quartier des novices, afin de lui donner plus de compagnons; mais comme il souffrait des insomnies, et que les autres en se levant empêchaient qu'il ne pût continuer à se reposer, on s'aperçut que sa santé en souffrait; c'est pourquoi les supérieurs, pour lui procurer quelque soulagement, le retirèrent de cette chambre et le logèrent seul dans une autre placée sous une grande salle, laquelle, servant de passage, rendit la chambre de Louis encore plus sujette au bruit, et par conséquent moins propre au but que les supérieurs se proposaient. Louis en remerciait le Seigneur, et regardait comme des faveurs particulières de sa divine majesté les occasions qu'il avait de souffrir. Il paraît en effet que Dieu le permettait ainsi, puisque, malgré l'attention des supérieurs, il arriva je ne sais combien de choses assez déplacées, qui ne pouvaient arriver que par une providence particulière, pour faire souffrir Louis et enrichir sa couronne.

C'est ainsi que, pour sortir, on lui donna une robe plus courte que d'ordinaire, tout usée et déchirée, qui même, par vétusté, ne paraissait plus noire. Les supérieurs l'auraient fait changer pour tout autre, la décence l'exigeant ainsi, et il parut qu'ils ne s'en aperçurent seulement pas; peut-être aussi que Louis l'avait demandée telle, et que pour le contenter on la lui avait accordée. Dans le courant de ce même hiver, il arriva encore que,

suivant l'usage, soit qu'il plût ou qu'il ne plût pas, on
envoyait l'après-dîner les novices chanter les vêpres à
la maison professe. Louis y allait avec les autres. Quand
le temps était mauvais, le père ministre ne laissait pas
sortir les plus délicats : et jamais il n'eut cette attention
pour Louis, qui cependant en aurait eu plus besoin
qu'aucun autre. Il n'y avait guère de maison dans la
compagnie où l'on prit plus de soin des malades qu'à
Naples. Cependant Louis ayant été retenu au lit pendant
plus d'un mois par un érysipèle accompagné de fièvre,
et même en danger de mort, malgré toute l'attention
des infirmiers, on le laissa une nuit entière sans draps,
ce qui peut-être n'est arrivé à aucun malade. Je crois
que ce ne fut que par une permission particulière de Dieu
que cela arriva ainsi pour lui, le Seigneur se plaisant à
seconder le désir extrême qu'il avait de se mortifier.
Dans cette même maladie, Louis fit admirer sa patience.
Quoiqu'il souffrît continuellement et beaucoup, son visage
était toujours serein : il parlait avec une grande humilité
et une parfaite résignation à ceux qui le visitaient. Après
cette maladie, Louis s'étant aperçu que l'air de Naples,
au lieu de lui être salutaire, ne faisait qu'augmenter ses
douleurs de tête, le père général le rappela à Rome au
mois de mai 1587.

CHAPITRE XXVIII

De la vie de Louis au collège Romain, et de ses vertus.

Le retour de Louis causa une joie universelle à tous
les jeunes gens du collège Romain, et particulièrement à
ceux qui avaient vécu avec lui au noviciat. Ils se flattaient
avec raison de profiter beaucoup de ses exemples et de sa
conversation. Louis, de son côté, fut charmé d'avoir à
faire le cours de ses études à Rome, résidence du chef de
la compagnie, et dans la première de ses universités. Depuis cette époque jusqu'à son heureuse mort, ayant eu
comme plusieurs autres beaucoup de liaison avec lui,
j'ai été témoin oculaire de la plupart des choses que je

3*

vais raconter. Louis ayant repris à Rome ses études de
métaphysique, on vit bientôt qu'il possédait la logique,
la physique et les mathématiques de manière à être capable de soutenir une thèse publique sur toute la philosophie. Après six mois d'étude au collège Romain, Louis
soutint donc une thèse générale, et comme les cardinaux
de la Rovère, Mondavi et Gonzague, ainsi que d'autres
prélats et seigneurs, honorèrent cet acte de leur présence,
il la soutint dans la grande salle du collège.

Il fut généralement applaudi, et particulièrement des
trois Éminences, lesquelles furent surprises qu'en si peu
de temps il eût pu, avec une si mauvaise santé, faire de
si grands progrès. A l'occasion de cet acte, voici deux
choses dignes de remarque : la première est que Louis
fut longtemps en doute si pour son humiliation il devait
répondre bien ou mal ; ne voulant pas s'en tenir à son
sentiment particulier, il consulta le père de Angelis,
homme non seulement docte, mais spirituel, avec lequel
il s'entretenait quelquefois de son intérieur. Quoique ce
père lui eût donné de bonnes raisons contre son sentiment, l'envie d'une humiliation sensible se présenta de
nouveau à son esprit dans le cours de son acte, et le tint
quelques moments incertain ; mais enfin, les raisons du
père l'emportant, il se détermina à répondre de son
mieux, et le fit parfaitement. L'autre chose qui arriva
fut qu'un docteur, en argumentant, fit je ne sais quel
préambule à la louange de la maison de Gonzague, ce
qui ne servit qu'à faire rougir Louis et à exciter la compassion que lui portaient les assistants, sachant combien
il souffrait d'être loué. Le cardinal Mondavi parut ap-
plaudir à ce docteur ; mais Louis répondit toujours aux
arguments de ce panégyriste de façon à lui prouver qu'il
n'avait pas goûté son préambule.

Après les études de philosophie, on appliqua Louis à
celles de théologie. Il eut successivement pour profes-
seurs le père Justiniani de Gênes, le père Vasquez et le
père Azor, tous deux Espagnols, personnages d'un grand
savoir, comme le prouvent leurs ouvrages. Louis avait
pour eux un grand respect ; il en parlait toujours avec
éloge, et jamais on ne le vit combattre leurs opinions,
ni se plaindre de la brièveté ou de la longueur des questions. Il se faisait un devoir d'embrasser le sentiment de

son professeur ; il était ingénieux à trouver des raisons pour le défendre , sans cependant se laisser emporter par l'inclination. Sans goût pour les opinions extraordinaires, il s'en tenait à la doctrine de saint Thomas ; ses écrits le charmaient par leur ordre , leur netteté et la pureté des sentiments ; il avait aussi pour lui une dévotion particulière à cause de sa sainteté. Louis avait l'esprit pénétrant ; ses idées étaient claires et nettes ; il avait avec cela un jugement solide ; tout le monde lui rendait justice à ce sujet, et ses maîtres en convenaient eux-mêmes. L'un d'eux disait qu'aucun écolier ne lui avait jamais rien proposé à quoi il n'eût répondu sur-le-champ ; que Louis était le seul qui l'eût embarrassé par une difficulté qu'il lui proposa.

Louis joignait au talent l'application dans ses études , autant qu'une santé délabrée , des forces affaiblies, et ses supérieurs le lui permettaient. Il ne se mettait jamais à l'étude qu'après avoir fait oraison. Son étude ne consistait pas dans la lecture d'un grand nombre d'auteurs, mais uniquement dans la méditation des écrits de ses maîtres. S'il rencontrait quelque difficulté qu'il ne pût résoudre de lui - même , il la notait et, quand les autres avaient proposé ce qu'ils pouvaient avoir à dire, il proposait aussi ses doutes, et prenait toujours le temps le plus commode pour ceux qu'il avait à interroger. Dans ce qu'il proposait, il parlait latin, selon la règle, et toujours découvert, à moins qu'on ne le forçât à se couvrir. Il ne lisait jamais de livres sur les matières de ses études sans avoir pris l'avis de ses maîtres. Jusqu'où ne portait-il pas sa déférence pour eux ! on en peut juger par ce trait. Il se trouvait un jour dans la chambre du père Justiniani pour le consulter sur une difficulté qu'il avait au sujet de la prédestination. Le père, après lui avoir donné sa réponse, lui ouvrit le septième volume de saint Augustin, et lui montra du doigt l'endroit qu'il devait lire dans le livre *du Bien de la persevérance.* Louis lut précisément la page sans vouloir tourner le feuillet et lire dix lignes qui terminaient le livre, et cela uniquement parce que le père ne lui avait pas dit de lire plus que la page qu'il lui indiquait, n'ayant pas fait attention à la page suivante.

Au collège il disputait et argumentait selon qu'il en

avait ordre : il était toujours prêt à le faire pour les autres.
Dans tout ce qu'il proposait et répondait, il montrait la
subtilité de son esprit. Il allait tout de suite à la difficulté,
et jamais on ne remarqua en lui aucune envie de montrer
de l'esprit ni de faire parade de science, encore moins
de se préférer aux autres. Il argumentait avec modestie,
cependant d'une manière pressante, sans altération, sans
éclats de voix, sans laisser échapper un mot qui pût
blesser, donnant toujours à celui qui devait lui répondre
le temps de s'expliquer. Quand il voyait la difficulté éclair-
cie et résolue, il finissait la dispute avec la plus grande
ingénuité, et il n'insistait plus. Soit qu'il allât en classe,
soit qu'il en sortît, sa coutume était de visiter le saint
Sacrement. On remarquait dans sa démarche une si
grande modestie, que plusieurs séculiers étrangers s'arrêtaient exprès dans la cour du collège pour le voir passer. Un abbé, en particulier, charmé de sa modestie, allait en classe uniquement pour le voir, et ne le perdait
pas un instant de vue. Rien en cela ne doit surprendre,
puisque l'on voyait vérifiées en lui ces paroles de saint
Ambroise sur le verset du psaume : *Qui timent te vide-*
bunt me, et lætabuntur : « Ceux qui vous craignent, ô
mon Dieu, me verront marcher dans la voie de vos commandements, et s'en réjouiront. »

« C'est une chose bien estimable, dit saint Ambroise
sur ces paroles, de voir un homme juste ; parce que
l'aspect d'un juste, pour la plupart des hommes, est une
leçon, et pour les personnes parfaites un sujet de consolation et de joie. » Tels étaient les effets que produisait
la vue de ce saint jeune homme dans les personnes qui
le considéraient ; de sorte qu'il vérifiait encore ce qu'a-
joute saint Ambroise : que le regard du juste guérit, et
que les rayons des yeux du juste semblent transmettre
une certaine vertu à ceux qui souhaitent sincèrement de
le voir. Tout cela arrivait ainsi parce que tout son extérieur était si bien composé, qu'il portait à la dévotion et
à la componction tous ceux qui le regardaient. Il faisait
plus encore : il rendait attentifs et circonspects ceux avec
lesquels il se trouvait. Ce n'était pas seulement les écoliers
et ses compagnons ; mais les pères, même les plus graves,
se composaient en sa présence. Jamais on ne le vit quitter la classe ni dire une seule parole à qui que ce fût

pendant l'explication du professeur. Il gardait en classe un parfait silence.

Il se faisait un plaisir de prêter aux autres ses cahiers, et attendait toujours qu'on les lui rendît sans faire d'instances pour les ravoir. Il arriva qu'une année le père Vasquez, ne pouvant donner tout le traité de la Trinité, se contenta de dicter les choses les plus essentielles, et laissa ses écoliers transcrire eux-mêmes le reste. Les supérieurs dirent à Louis de faire écrire pour lui ; mais après avoir examiné les cahiers du professeur, il se contenta de faire seulement transcrire les choses les plus difficiles. Interrogé par quelqu'un pourquoi il agissait ainsi, il répondit : « Parce que je suis pauvre, et je le fais pour pratiquer la pauvreté ; car enfin les pauvres ne doivent dépenser que pour ce qui leur est absolument nécessaire. » Vers les dernières années de ses études, il craignit que de faire ainsi écrire pour lui ne fût pris pour l'effet d'un trop grand soin de sa santé ; il insista auprès des supérieurs pour avoir la permission d'écrire lui-même, et il allégua tant de raisons qu'il l'obtint ; mais comme il ne pouvait pas écrire aussi vite qu'on dictait, il faisait attention à ce qu'il entendait et l'écrivait en abrégé, ensuite il tirait des cahiers de ses confrères ce qu'il n'avait pu écrire. Il ne voulait dans sa chambre aucun livre inutile. Il pensait qu'il ne convenait pas à un religieux qui aime la pauvreté de tenir chez lui les livres dont il n'a besoin que rarement, pouvant, sans beaucoup s'incommoder, les aller consulter à la bibliothèque commune.

Apprenant un jour qu'un nouveau venu n'avait point la Somme de saint Thomas à cause du grand nombre d'étudiants, Louis alla prier le père recteur de trouver bon qu'il lui portât celle qu'il avait, donnant pour raison que quand il en aurait besoin, il pourrait se servir de celle qu'avait son compagnon de chambre. Il appuya si bien sa demande, que le recteur se crut obligé d'y souscrire. Ce fut pour lui un plaisir singulier, parce qu'il rendit par là service à un de ses confrères, et qu'en même temps il se trouvait plus pauvre qu'auparavant, n'ayant plus rien autre chose à son usage que la Bible. Je me borne à ce que je viens de rapporter des études de Louis. J'aurai bien plus à m'étendre sur ses vertus, qui toutes étaient signalées. On trouvait en lui le vrai modèle

de la perfection intérieure et extérieure. Nous pouvons
en rendre témoignage, ainsi que plusieurs autres jésuites
qui se sont trouvés avec lui dans le même collège.

CHAPITRE XXIX

Louis fait ses vœux et prend les ordres mineurs.

Louis avait passé deux ans dans la compagnie. Après
une retraite de quelques jours, il fit en présence de plusieurs personnes, le 25 novembre 1587, jour consacré à
sainte Catherine, les vœux de pauvreté, de chasteté et
d'obéissance dans la chapelle du nouveau bâtiment du
collège Romain. Dans cette action, on vit Louis rempli
d'une consolation toute spirituelle. Il se voyait enfin vrai
religieux et attaché à Dieu par des liens plus étroits.

Le 25 février de l'année suivante, il reçut la tonsure
cléricale à Saint-Jean-de-Latran avec plusieurs autres
jeunes jésuites, parmi lesquels était le père Abraham
Georgie, Maronite, lequel fut martyrisé pour la foi en
allant des Indes en Éthiopie. Ayant quelques jours après
reçu les ordres mineurs, il continua à mener une vie
aussi pleine de vertus qu'on pouvait l'attendre d'un religieux clerc. C'est de ces vertus que j'ai maintenant à
parler. Le collège Romain, qui fut depuis lors sa demeure
permanente, fut aussi le théâtre où on les connut le mieux
et où on les admira le plus.

CHAPITRE XXX

De l'humilité de Louis.

Je commence par l'humilité de Louis, comme étant le
fondement de la perfection religieuse, de la sainteté et
des autres vertus dans lesquelles il se signala. Quoiqu'il
eût reçu de Dieu de grands dons et des faveurs singulières,

jamais on ne le vit s'en glorifier le moins du monde; il fut toujours parfaitement humble. C'était de toutes les vertus celle à laquelle il s'appliquait le plus. Nous trouvâmes après sa mort, parmi ses différents papiers, un écrit qu'il avait composé pour être la règle de ses actions; à la fin de cet écrit il traçait quelques moyens pour acquérir l'humilité. Leur brièveté et l'utilité dont ils peuvent être pour plusieurs m'engagent à les rapporter tels qu'il les a tracés.

« Comme le démon te livre d'autant plus d'assauts par la vanité et la propre estime, que ce côté est le côté le plus faible de ton âme; de même tu dois faire les plus grands efforts pour lui résister par l'humilité et le mépris intérieur et extérieur de toi-même; et pour cela tu dresseras des règles particulières qui aient été assignées par Notre-Seigneur et confirmées par l'expérience.

« Pour s'appliquer à l'étude de l'humilité, le premier moyen sera de penser que, quoique cette vertu convienne à tous les hommes, attendu leur bassesse, cependant elle ne croît point dans notre terre; il faut la demander au Ciel, à Celui de qui tout bien procède. Ainsi l'orgueilleux est forcé de demander avec les plus bas sentiments cette vertu d'humilité à l'infinie majesté de Dieu, comme son premier auteur, et cela par l'intercession et les mérites de la profonde humilité de Jésus-Christ, lequel, étant sous la forme d'un Dieu, s'est abaissé prenant la forme d'un esclave.

« Le second moyen est de recourir à l'intercession des saints, premièrement de ceux qui se sont le plus signalés dans cette vertu, pensant d'abord que, comme ils furent dignes d'obtenir sur la terre cette vertu dans un degré héroïque, de même dans le ciel ils sont également dignes d'être exaucés; et comme ils n'ont point besoin de cette humilité pour eux-mêmes, étant en possession de la gloire, il faut les prier de vouloir bien s'intéresser pour nous, afin que nous l'obtenions pour eux. Pense encore que, comme ici-bas chacun cherche naturellement à aider ceux qui désirent s'avancer dans la profession où il s'est distingué, de même dans le ciel les bienheureux qui se sont signalés dans telle ou telle vertu plus que dans une autre, aident aussi à l'acquisition de cette même vertu ceux qui s'y appliquent davantage, et qui pour cela se

recommandent à leur intercession. Pour cette raison, tu
te souviendras de recourir spécialement à la bienheureuse
Vierge Mère de Dieu, comme à la plus favorisée de toutes
les créatures dans l'ordre de cette vertu ; ensuite, parmi
les apôtres, tu recourras à saint Pierre, qui disait à Jésus-Christ : « Éloignez-vous de moi, Seigneur, parce que
« je suis un homme pécheur ; » et à saint Paul, qui,
quoique élevé jusqu'au troisième ciel, avait des sentiments si bas de lui-même lorsqu'il écrivait : « Jésus est
« venu pour sauver les pécheurs, du nombre desquels
« je suis le premier. » La première de ces deux pensées
te servira pour comprendre combien les saints sont puissants auprès de Dieu pour t'obtenir cette vertu ; la seconde
te montrera combien ils sont disposés à s'intéresser pour
nous. »

Telles sont les expressions de cet écrit de Louis, d'où
l'on peut aisément conclure combien il avait à cœur la
vertu d'humilité.

Louis avait de lui-même les sentiments les plus bas,
il le prouvait par ses actions et ses paroles. Il ne fit jamais rien, jamais il ne dit rien qui pût être, même de
loin, à son avantage. Il cachait avec la plus grande attention ce qu'il était dans le siècle : sa naissance, ses talents,
et généralement tout ce qui pouvait lui faire honneur.
La crainte seule d'une louange le faisait rougir : quiconque voulait avoir ce plaisir n'avait pas de meilleur
moyen que de le louer. Je n'en donnerai que deux exemples : Un médecin qui le visitait dans une maladie débuta
par faire l'éloge de la famille de Gonzague, comme pa-
rente des ducs de Mantoue et de la même branche. Louis,
qui n'aimait pas qu'on le prît pour ce qu'il était, en fut
mortifié et le fit connaître au médecin. Comme les occasions de pareils compliments n'étaient pas rares, Louis
regrettait d'être né ce qu'il était. On ne pouvait lui causer
un déplaisir plus sensible que de lui parler de quelqu'une
de ses qualités naturelles ; de sorte qu'on pouvait dire
qu'après avoir déraciné toutes les autres passions, celle
du ressentiment de ces sortes d'occasions lui était restée.
L'autre exemple fut qu'ayant fait un sermon au réfectoire sur la purification de la sainte Vierge, il fut généralement applaudi. Le père Jérôme Piatti ayant été le
premier à le louer, Louis rougit tout à coup, et fit con-

naître combien ces louanges lui étaient à charge, persuadé qu'il ne les méritait point.

Cette humilité le faisait aimer de tous ceux qui le connaissaient, soit dans la maison, soit au dehors. Il céda à tous indistinctement et en toute rencontre. S'il sortait avec un frère coadjuteur, il lui donnait le pas ; cela lui est arrivé plusieurs fois en sortant avec le frère cuisinier du collège Romain. Quoique ceux à qui il cédait ainsi en fussent mortifiés, il savait leur en donner tant de raisons, que, pour ne point lui déplaire, ils étaient forcés d'aller comme il voulait ; cependant les supérieurs y mirent ordre, en lui défendant, par décence pour la tonsure cléricale, d'agir ainsi, étant convenable qu'il eût plus d'égard à sa qualité de clerc qu'à sa propre humiliation. Dans la maison, il conversait volontiers avec les frères coadjuteurs, et quand il allait à table, il se plaçait pour l'ordinaire au rang des frères qui servaient à la cuisine. Les supérieurs, voyant qu'il était d'une complexion délicate, et toujours à peu près malade, lui ordonnèrent de se mettre à la table des convalescents ; ils lui défendirent aussi de sortir avec ceux qui avaient mangé à la première table, et le dispensèrent de quelques autres fatigues. Louis, soupçonnant que ces égards pour lui pouvaient avoir quelque autre motif, sut si bien faire valoir ses raisons auprès des supérieurs et leur persuader qu'il n'avait pas besoin de ces ménagements, qu'il en obtint de vivre comme le reste de la communauté. Il répondit à quelques-uns de ses plus intimes amis qui le priaient de se prêter à ces changements, qu'étant religieux il devait insister pour vivre comme les autres religieux ; que la crainte de tomber malade ne l'inquiétait point, s'il ne lui arrivait d'être malade que pour avoir fait ce que son institut l'obligeait de faire, pourvu qu'en cela il ne fît rien contre l'obéissance.

Le nombre de deux cents personnes, dont le collège Romain était composé, ne permettait pas de donner à chacun une chambre particulière. Il n'y avait guère que les supérieurs, les prêtres et les régents qui en occupassent : tous les autres étaient ensemble, selon le nombre de lits que les supérieurs jugeaient à propos de réunir. Comme on savait que Louis avait besoin de se reposer, on lui assigna une chambre où il serait seul. Il eut recours au supérieur, et lui représenta qu'il était de l'édification qu'il fût traité comme le commun, et fit si bien qu'il l'obtint.

Il aurait souhaité avoir une place de préfet au séminaire Romain, parce qu'on y était dans une perpétuelle sujétion et qu'on y souffrait beaucoup. Les supérieurs, persuadés qu'il n'avait pas assez de santé pour cela, la lui refusèrent. Il avait un autre désir : c'était d'être chargé, quand ses études seraient finies, de la première des basses classes qui viendrait à vaquer, afin d'avoir lieu de former ces jeunes plantes à la vertu et à la piété, et d'avoir en même temps l'occasion d'être humilié par l'espèce d'obscurité où le réduirait cette fonction. Il fit donc diverses instances à ce sujet, et, afin qu'on ne crût pas qu'il fît cela par humilité et par vertu, il dit au père recteur que, ne connaissant pas bien la grammaire, il craignait de ne pas savoir assez de latin pour servir la compagnie; que par là il s'en rendrait plus capable. Le père recteur, voulant éprouver si effectivement il ne savait pas le latin, lui donna un compagnon de chambre avec lequel il pût en conférer, et l'on vit qu'il le savait très bien.

Il n'y avait pas dans la maison d'emploi si vil et si bas qu'il ne désirât. La coutume était que le lundi et le mardi de chaque semaine on allât aider le matin et le soir à la cuisine. L'emploi des aides était de recevoir les plats qu'on apportait du réfectoire, de les nettoyer, et d'en retirer tout ce qui pouvait servir aux pauvres en aumône. Quand Louis était chargé de cette besogne (et il l'était assez fréquemment, parce qu'il le demandait aux supérieurs), il allait lui-même porter cette aumône avec autant d'humilité que de satisfaction. Tous les jours après la classe il s'occupait à quelque vil exercice, comme de balayer sa chambre ou quelques autres lieux qu'on lui assignait, ou d'enlever les toiles d'araignées des murailles. Il fut même chargé pendant plusieurs années du soin des lampes de la maison. Il trouvait tant de satisfaction dans ces emplois bas et petits, que, ne pouvant la renfermer en lui-même, il la laissait échapper au dehors : de manière que, lorsqu'en le voyant dans ces exercices quelques-uns lui disaient qu'il triomphait et qu'il avait ce qu'il désirait le plus, il répondait que ce plaisir était devenu comme na-

turel, sans qu'il le cherchât ni qu'il y fît réflexion. Quoique
toutes ces choses, d'usage dans la compagnie, n'eussent
rien qui surprît, parce qu'on y était accoutumé, elles ne
laissaient pas d'être édifiantes par elles-mêmes et pour les
personnes qui y faisaient attention. Enfin l'on peut dire
de Louis qu'il fut un homme qui se méprisait sincèrement lui-même, et qui cherchait en toutes choses à
s'humilier.

CHAPITRE XXXI

De l'obéissance de Louis.

A une profonde humilité Louis joignait une profonde
obéissance. Cette obéissance allait au point qu'il ne se
souvenait pas d'avoir jamais transgressé la volonté des
supérieurs, pas même d'avoir eu aucune inclination contraire, à moins que ce ne fût par surprise, quand ils lui
interdisaient ses dévotions, ce qui même ne lui arriva que
rarement ; et encore alors avait-il le plus grand soin de
réprimer ses premiers mouvements. Ainsi, dans tous les
cas, il avait non seulement la volonté, mais encore la
pensée et le jugement conformes à ceux de son supérieur.
Jamais il ne cherchait le pourquoi de l'ordre qu'on donnait. Il lui suffisait de savoir que c'était un ordre du supérieur pour l'approuver et l'exécuter. Cette perfection
d'obéissance naissait en lui de ce qu'il regardait tous ceux
qui étaient supérieurs comme tenant la place de Dieu,
et il disait à ce propos que, les hommes étant obligés
d'obéir à Dieu, qui était invisible, et ne pouvant recevoir
immédiatement de lui ces ordres, Dieu tenait sur la terre
les supérieurs comme ses vicaires et les interprètes de
ses volontés. Par leur moyen il nous fait savoir ce qu'il
attend de nous, et il veut que nous leur obéissions
comme à lui-même. « Comme un roi, ajoutait-il, ou
tout autre prince, se sert pour signifier ses ordres de
quelques-uns des premiers officiers de sa cour, celui qui
reçoit l'ordre ne le regarde pas comme venant de celui

qui le lui intime, mais comme un ordre du roi ou du prince : c'est pourquoi il l'exécute. »

De cette persuasion naissaient le respect et la déférence qu'il avait pour ses supérieurs, et son dévouement pour eux. Il les regardait comme les officiers de Dieu et les interprètes des volontés de sa divine majesté. Ces réflexions lui faisaient recevoir avec le plus grand plaisir les ordres que le supérieur lui donnait, soit que ce supérieur fût savant ou ignorant, saint ou imparfait, qualifié ou non ; il obéissait également à tous, parce qu'il reconnaissait dans tout supérieur le vicaire de Dieu.

Il regardait comme bassesse d'esprit qu'un homme se soumît à obéir à un autre homme par d'autres motifs que par un motif surnaturel, quel que fût le motif humain qu'il eût pour mobile. Il doutait encore si les supérieurs qui, par égard pour l'infirmité humaine et les imperfections des particuliers, allèguent des motifs humains pour les persuader de faire ce qu'ils voulaient d'eux, ne nuisaient pas aux inférieurs. Il souhaitait donc que les supérieurs agissent toujours avec indépendance, et qu'en changeant les sujets de demeure et d'emploi, et dans toutes leurs autres dispositions, ils n'apportassent jamais d'autre motif que le service de Dieu et sa plus grande gloire, disant, par exemple : « Nous croyons qu'il est du service de Dieu et de sa plus grande gloire que vous alliez à tel endroit, que vous exerciez tel emploi; partez donc avec la bénédiction du Seigneur. » — « En agissant ainsi, disait Louis, les supérieurs montreront de la confiance dans le sujet, et lui prouveront par là qu'ils le tiennent pour un bon religieux et un obéissant. Ils accoutumeront ainsi leurs inférieurs à obéir parfaitement, et ils leur donneront occasion de mériter d'autant plus, qu'il y aura moins d'humain dans leurs commandements. Au contraire, en usant d'autres motifs, on prive les inférieurs des avantages dont on vient de parler, et on leur donne occasion de s'excuser d'obéir, surtout s'ils soupçonnent qu'il y a d'autres raisons que celles qu'on leur donne, par lesquelles on les fait changer de lieu ou d'emploi. »

Il avait encore coutume dire qu'en s'accommodant, comme il avait toujours fait, à tout ce que l'obéissance lui commandait, il avait éprouvé dans les ordres des su-

périeurs une providence particulière de Dieu sur lui ;
que souvent, sans rien demander, on lui avait ordonné
ce que, par dévotion ou par inspiration de Dieu, il avait
souhaité, comme cela lui arriva une fois que, méditant
sur les divers lieux où le Sauveur fut conduit pendant
sa passion, il conçut le désir de visiter ce jour-là les sept
églises de Rome, ce qui lui fit un double plaisir, et pour
la chose en elle-même, et parce qu'il voyait que Dieu,
dans les petites choses même, s'occupait de lui ; puisque,
sans qu'il l'eût demandé, et encore contre l'usage, le
supérieur l'avait envoyé visiter les sept églises.

Quand le supérieur le reprenait de quelque chose, tout
son extérieur était composé ; la tête découverte, les yeux
baissés, il écoutait humblement ce qu'on lui disait, sans
s'excuser. Il arriva qu'une fois il fut repris par un supérieur de quelque négligence dans laquelle, par distraction, il retombait souvent ; il en fut si pénétré, qu'il
tomba en faiblesse. A peine fut-il revenu à lui, qu'il se
mit à genoux, et, les larmes aux yeux, il demanda pardon de la faute de laquelle il avait été repris. Il fit cela
avec tant d'humilité, qu'il n'était pas possible de l'engager à se relever. C'est par cet esprit d'obéissance qu'il
était si exact observateur des règles de la compagnie ; il
les gardait avec tant de fidélité, qu'il pouvait dire ne
point se souvenir d'avoir jamais manqué à aucune volon-
tairement, quelque légère qu'elle pût être. Il les gardait
aussi scrupuleusement que s'il eût été question pour lui
de commettre une grande fraude en les transgressant, et
de s'exposer à pécher mortellement. Il ne se gênait, sur
cet article, avec qui que ce fût ; de sorte qu'ayant un
jour été envoyé faire une visite au cardinal de la Rovère,
son parent, et cette Éminence voulant le retenir à dîner,
il lui répondit qu'il ne le pouvait pas, parce que c'était
contre la règle. Le cardinal demeura fort édifié de sa réponse ; et depuis, quand il voulait quelque chose de lui,
il ajoutait toujours : « Si cela n'est pas contre la règle. »

Un jour qu'il était dans sa chambre avec son compagnon, celui-ci voulut écrire une lettre. N'ayant pas de
papier, il en demanda une demi-feuille à Louis. Celui-ci,
pour observer la règle, qui défend de rien prêter ou
donner sans permission, ne répondit rien à la demande,
comme s'il ne l'eût pas entendue ; mais, sortant à l'ins-

tant, il alla demander au supérieur la permission de
donner ce papier. Rentrant ensuite à la chambre, il dit
à son compagnon : « Il me semble que vous m'avez demandé du papier ; » et il lui en offrit. La même chose
lui est arrivée en plusieurs occasions. Enfin je ne sais
comment donner une idée plus grande de son attention
à observer ses règles, qu'en disant que pendant tout le
temps qu'il vécut dans la compagnie il ne rompit jamais
celle du silence, ni celle qui ordonne aux étudiants de
parler latin. Il était cependant bien facile de manquer à
ces deux règles.

CHAPITRE XXXII

De la pauvreté religieuse de Louis.

Louis était si parfait amateur de la pauvreté religieuse,
qu'il y trouvait autant de satisfaction que les avares en
goûtent dans la possession de leurs richesses. Dans le
siècle même il montra sa prédilection pour cette vertu en
ne portant que les habits les plus simples. Mais dans la
compagnie, qu'il avait coutume d'appeler la vraie maison
de la sainte pauvreté, jusqu'où ne porta-t-il pas la pratique
de cette vertu! Il avait en horreur tout ce qui semblait
avoir l'air de propriété. Jamais il ne voulut d'autres vêtements que ceux du commun, ni de livres à son usage
particulier qu'il pût porter avec soi; jamais de montre,
ni même aucune sorte d'étui, ni de chapelet qui fût de
matière ou précieuse ou rare. Il donnait volontiers aux
autres les choses de dévotion qu'il pouvait avoir, et il n'aimait point qu'on lui fît de ces petits présents. Il n'avait
aucune sorte de reliquaire, ni de tableaux, ni cadres particuliers. Il se contentait des images communes qu'il trouvait dans sa chambre. On lui vit tout au plus deux images
de papier que ses confrères lui avaient fait accepter à
force d'instances, et avec permission des supérieurs :
l'une représentait saint Thomas d'Aquin, et l'autre sainte
Catherine. Il avait dévotion au premier, parce qu'il en

étudiait la doctrine, et à la seconde, parce qu'il était
entré en religion le jour de sa fête. Il ne voulait pas
même de ces sortes d'images dans son bréviaire, comme
on en a communément pour servir d'indication.

Comme plusieurs personnes lui offraient par estime des
choses de dévotion, qu'elles le forçaient, pour ainsi dire,
d'accepter, ayant soin d'en demander auparavant la permission aux supérieurs, s'il pouvait poliment se dispenser de les accepter, il les refusait; s'il était obligé de
les agréer de peur de mortifier les personnes qui les lui
présentaient, il les remettait aussitôt entre les mains des
supérieurs, ou demandait la permission de s'en défaire
à la première occasion. Tout son plaisir était de ne rien
avoir au monde, de ne rien souhaiter et d'être détaché de
tout. Quand on lui donnait, suivant les saisons, des habits, quels qu'ils fussent, trop courts ou trop longs, trop
étroits ou trop larges, jamais il ne s'en plaignait. Si le
tailleur lui demandait s'il était content de son ouvrage :
« Il me parait, disait-il alors, que la chose est bien. »
C'était pour lui une consolation sensible quand il pouvait
avoir ce qu'il y avait de plus mauvais. Si la chose était
à son choix, il prenait toujours ce qu'il y avait de pire.

Voici comment il avait coutume d'interpréter la règle
qui disait : Que chacun se persuade que de toutes les
choses de la maison les plus mauvaises lui seront données pour sa plus grande mortification et le profit de son
âme : « Comme un pauvre mendiant, disait-il, quand
il demande l'aumône, se persuade qu'on ne lui donnera
pas ce qu'il y a de meilleur pour se couvrir, mais plutôt
ce qu'on a de plus mauvais; de même, si nous sommes
de vrais pauvres, nous devons nous persuader qu'on nous
donnera ce qu'on a de plus mauvais dans la maison. Cette
parole, *se persuader*, ajoutait-il, ne dit-elle pas que nous
tenons pour certain qu'il en sera ainsi, et qu'il convient
qu'il en soit ainsi ? » Souvent il racontait à son confesseur, comme une grande faveur dont Notre-Seigneur l'a-
vait gratifié, que dans la distribution des habits il avait
eu le plus mauvais. L'affection qu'il avait pour la pauvreté était si grande, qu'il regardait cela comme une
grâce spéciale et particulière.

Louis vivait dans la religion avec autant de réserve et
de circonspection qu'aurait pu le faire un pauvre qu'on

aurait ramassé par charité dans les rues. Il comptait pour faveur tout ce qu'on lui donnait. S'il s'apercevait à table que quelques mets pouvaient nuire à sa santé, il n'y touchait pas, et comme il ne voulait pas qu'on lui donnât autre chose, il faisait tous ses efforts pour que ceux qui servaient ne s'en aperçussent pas.

CHAPITRE XXXIII

De la pureté de Louis, de sa sincérité, de son esprit de pénitence et de mortification.

On ne peut guère caractériser la parfaite pureté de Louis qu'en disant que, par une prérogative spéciale, il a toujours conservé ce précieux don du corps et de l'esprit dans le plus haut degré de perfection, comme on l'a vu au chapitre III ; ce qui doit paraître d'autant plus merveilleux, que dans l'âge le plus critique il ne se trouvait pas renfermé dans une maison religieuse, où, loin des occasions, fortifié par de bons exemples, par une multitude de secours spirituels, on a bien moins de peine à se conserver dans l'innocence qu'au milieu du monde.

Dès ses plus tendres années il avait été obligé de vivre dans les cours. Il avait passé de la cour de son père à celle du grand-duc de Toscane, et ensuite à celle du duc de Mantoue et du roi d'Espagne. Il avait eu à traiter non seulement avec les princes et les seigneurs de ces cours, mais encore avec toutes sortes de personnes, suivant les occasions ; cependant, au milieu des délices de la maison paternelle, au milieu des tentations si fréquentes dans les cours, il avait su conserver sans tache la robe de l'innocence baptismale, et en relever l'éclat par une pureté véritablement angélique.

Il était toujours sincère et vrai dans ce qu'il disait : de manière que tout le monde était persuadé qu'il parlait comme il pensait, sans équivoque et sans aucune dissimulation. Il avait coutume de dire que les artifices et les déguisements, soit dans les faits, soit dans les paroles, ne servent qu'à ruiner le commerce social entre les hommes, et, dans la religion, à anéantir la simplicité religieuse.

Pour ce qui est de sa mortification, il était si porté à faire des pénitences corporelles, que, si les supérieurs n'y avaient tenu la main, il aurait sûrement abrégé ses jours, sa ferveur lui faisant désirer en ce genre beaucoup plus qu'il ne pouvait. Quelques-uns qui connaissaient sa délicatesse et son peu de santé lui disaient un jour qu'ils étaient surpris qu'il n'eût aucun scrupule d'être continuellement à importuner les supérieurs pour leur demander des pénitences; sa réponse fut que, persuadé de la faiblesse de son tempérament, et cependant porté à de pareils exercices de pénitence, il croyait que les supérieurs, qui savaient tout cela, ne lui accorderaient que ce qui serait de la volonté de Dieu, et qu'ils lui refuseraient le reste; il ajoutait encore que quelquefois il demandait des choses qu'il savait sûrement lui devoir être refusées, mais que, ne pouvant les faire, il voulait au moins en faire une offrande au Seigneur; ce qui, pour bien des raisons, ne pouvait tourner qu'à son profit, ne fût-ce que d'être humilié par ceux qui étaient surpris qu'il fît de pareilles propositions, croyant en cela qu'il ne se connaissait pas lui-même.

Quelqu'un lui dit un jour qu'il était surpris de ce qu'étant si sage il tenait si peu compte des avis des pères si pieux et si respectables, lesquels l'avaient si souvent exhorté à modérer ses pénitences et sa grande application aux choses spirituelles. Louis répondit : « Deux sortes de personnes me donnent cet avis; les unes mènent une vie si sainte et si parfaite, que je ne vois rien en eux que je ne voulusse imiter : je me suis même trouvé plusieurs fois dans la résolution de suivre leurs conseils; mais, assuré qu'ils ne les observaient pas eux-mêmes, j'ai cru qu'il valait encore mieux suivre leurs exemples que les conseils qu'ils me donnaient par trop de compassion et de charité pour moi. Les autres suivent, à la vérité, les conseils qu'ils me donnent, n'étant pas fort portés à ces pénitences ; mais j'aime beaucoup mieux imiter les exemples des premiers que de suivre les avis des seconds. » Il donnait encore une autre raison de sa conduite, c'est qu'il doutait très fort que la nature, privée du secours de la pénitence et de la mortification, pût se conserver longtemps en bon état, sans retourner insensiblement à ce qu'elle était auparavant, et sans perdre ce qu'elle avait acquis de forces spirituelles.

Parlant de lui, il disait qu'il était un fer tordu, et qu'il était venu en religion pour le redresser par le marteau de la pénitence et de la mortification. Quand quelqu'un lui disait que la perfection consistait dans l'intérieur, et qu'il valait mieux discipliner la volonté que le corps, Louis répondait qu'il fallait faire l'un et l'autre; que c'était ainsi qu'avaient fait les saints et les pères de la compagnie, particulièrement saint Ignace; que dans ses constitutions il ne prescrivait rien aux profès ni aux autres membres de la compagnie par rapport aux jeûnes, abstinences, mortifications et pénitences corporelles, parce qu'il supposait qu'ils auraient tant de perfection et seraient si fort portés d'eux-mêmes à toutes ces pratiques, qu'ils auraient plutôt besoin d'être modérés que d'y être excités, surtout quand ils seraient convaincus que les macérations du corps n'empêchent pas les fonctions de l'esprit.

Quand les supérieurs refusaient à Louis quelques pénitences, il cherchait à s'en dédommager, suivant le conseil de l'auteur de l'*Imitation*, par quelque acte de vertu intérieure : ainsi il faisait alors une visite au saint Sacrement, ou il cherchait des moyens de mortifier son corps, soit qu'il marchât, soit qu'il reposât, soit qu'il fût debout, soit qu'il fût assis; et, parce que ses supérieurs, quelquefois le voyant faible, lui défendaient les cilices, les disciplines, les jeûnes extraordinaires, il s'étudiait à trouver d'autres mortifications qui ne fussent pas contraires à la volonté de ses supérieurs, et qui ne nuisissent pas à sa santé; et il les leur proposait.

Dans la mortification des passions, il ne semblait pas apporter tant d'attention, parce qu'il les tenait tellement assujetties, qu'il paraissait n'en avoir aucune. Il veillait avec le plus grand soin sur les mouvements de son esprit; et quand il s'apercevait d'avoir commis quelque faute, il ne s'affligeait pas trop, mais sur-le-champ il s'humiliait en la présence de Dieu, et demandait pardon à la divine miséricorde, prenant la résolution de s'en confesser; puis il se tranquillisait. C'est ce qu'il avait appris de son maître des novices, lequel disait à tous en général que, quand il arrive à quelqu'un de tomber dans quelque défaut, le meilleur remède, qui plaît très fort à Dieu et qui confond le plus le démon, est de s'humilier aussitôt en sa divine présence, et, élevant son esprit au ciel, de dire à Dieu : « O Seigneur ! vous voyez combien je suis fragile et misérable, et avec quelle fragilité je tombe ; pardonnezmoi, Seigneur, et me faites la grâce de ne plus faillir. » Louis ne manquait pas à cette pratique : il disait que se trop affliger d'une faute pouvait être un signe qu'on ne se connaît pas assez bien soi-même ; que quiconque se connaît bien doit savoir qu'il n'est qu'une terre capable de produire des ronces et des épines. Son grand soin était de découvrir le principe et la source de ses pensées et de ses désirs, pour connaître s'il y avait de sa faute. Dans ses confessions, il était clair et précis, sans scrupule, et, sur le rapport du cardinal Bellarmin, il était en état de pouvoir dire au juste jusqu'où était allé un désir, une pensée, une action, et cela avec autant de netteté et de précision que s'il l'eût eu sous les yeux, tant il était éclairé sur son intérieur et se connaissait parfaitement.

Il souhaitait fort qu'on lui fît des réprimandes publiques : il donnait à cette intention une liste de ses défauts aux supérieurs ; mais s'étant aperçu que souvent au lieu de le reprendre on le louait et qu'on relevait ses vertus, les supérieurs ne trouvant pas matière à réprimande dans ce qu'il leur donnait pour faute ou manquement, il prit le parti de ne plus leur donner de ces listes, disant qu'il y perdait plus qu'il n'y gagnait.

CHAPITRE XXXIV

De la grande estime qu'avait Louis pour les exercices de saint Ignace.

Louis estimait singulièrement les exercices spirituels de saint Ignace, comme des moyens très propres non seulement à convertir les âmes et à les former à une vie sainte, mais encore à renouveler la ferveur dans les personnes religieuses. Il demandait, chaque année, qu'on lui accordât quelques jours pour faire les exercices, et comme ces exercices sont partagés en quatre semaines, il avait rédigé en latin certains avis et certaines sentences pour chacune de ces quatre semaines, conformément aux matières qu'on y médite et à la fin qu'on s'y propose.

Mais comme après sa mort on prit tous ses écrits spirituels, je n'ai pu m'en procurer que ce que je vais rapporter ici pour la première semaine. Voici comment il s'exprime :

« Les jugements de Dieu sont impénétrables : qui sait s'il m'a pardonné mes péchés commis dans le siècle ?

« Les colonnes du ciel sont tombées, se sont brisées : qui peut me promettre la persévérance ?

« Le monde est enfoncé dans la plus profonde malice : qui pourra apaiser la colère du Tout-Puissant ?

« Les religieux et bien des ecclésiastiques oublient leur vocation : comment le Seigneur souffrira-t-il davantage un si grand désordre dans son royaume ?

« Les fidèles, par leur tiédeur, diminuent tant qu'ils vivent la gloire de Dieu : qui la rétablira donc ?

« Malheur aux séculiers qui diffèrent leur pénitence jusqu'à la mort ! Malheur aux religieux qui auront dormi jusqu'à ce temps !

« C'est par ces considérations qu'il faut sortir de cet assoupissement, et renouveler la résolution de faire pénitence et de servir Dieu sans relâche. »

CHAPITRE XXXV

De la charité de Louis envers le prochain.

Louis avait pour le prochain une charité tendre, active et infatigable. C'est cette vertu qui lui faisait souhaiter d'aller souvent aux hôpitaux pour y servir les malades, faire leurs lits, leur donner à manger, balayer leurs chambres, les exhorter à la patience et à la confession. Il avait demandé la permission générale de visiter les

malades de la maison, et personne n'y était ni plus dili-
gent ni plus exact que lui à remplir, sans distinction de
personnes, ces actes de charité. Non seulement il visitait
les malades et les consolait; mais quand, à cause de ses
maux de tête, les supérieurs lui interdisaient l'étude, il
allait aider les infirmiers à nettoyer les ustensiles nécessaires aux malades et aux convalescents, et à préparer
ce qui devait leur servir.

Il ne se bornait pas à soulager uniquement les corps,
son plus grand soin était pour les âmes. Il avait un zèle
tout particulier pour leur salut. Si les supérieurs l'avaient
jugé à propos, il serait parti pour les Indes, afin d'y travailler à la conversion des gentils. Ce fut toujours là son
désir, et dans le siècle et dans la religion. Comme pendant ses études il ne pouvait traiter au dehors avec le
prochain, il cherchait du moins à se rendre utile à ses
frères au dedans. Outre le bon exemple qu'il donnait à
tout le monde par la vie irréprochable qu'il menait, il
demanda au recteur, s'il le jugeait à propos, de lui permettre dans les récréations du matin et du soir de parler
toujours de choses spirituelles, et de faire ainsi tomber
les discours inutiles. Ayant obtenu cette permission, il
communiqua son dessein au père spirituel, qui pour lors
était le père Jérôme Ubaldini, lequel avait quitté la pré-
lature romaine pour entrer dans la compagnie. Louis le
pria de vouloir bien s'intéresser à ce projet, qu'il recommanda fortement à Dieu.

Cela fait, il choisit quelques-uns de ses confrères qu'il
crut être les plus propres à entrer dans ses vues; il leur
dit que, pour son avantage, il souhaitait de pouvoir se
rencontrer avec eux pendant le temps de la récréation
pour parler des choses de Dieu. Dès qu'il les vit disposés
à le seconder, il commença à exécuter son projet.

S'il se rencontrait avec des jésuites plus jeunes que lui,
il parlait le premier, et les autres continuaient avec satisfaction, surtout s'apercevant du grand profit qu'ils retiraient de ses discours. Quand il était avec des prêtres et
des personnes plus avancées que lui, il leur proposait
quelque doute en matière spirituelle, leur demandant
leur avis pour s'instruire, et par là il faisait tomber les
discours sur les choses de Dieu. Dès qu'on le voyait
venir, on était si persuadé qu'il n'avait de goût que pour

ces discours-là, qu'on ne parlait pas d'autre chose; et si par hasard la conversation roulait sur quelque autre matière, on l'interrompait volontiers pour le satisfaire. Les supérieurs eux-mêmes avaient cette condescendance. Quand il se trouvait avec ses égaux, s'ils étaient de ceux qui étaient entrés dans son projet, il n'avait aucune peine à parler avec eux des choses saintes; si c'étaient d'autres jeunes gens, alors il commençait par introduire quelques discours de dévotion; et comme ils étaient tous des religieux qui désiraient véritablement leur avancement spirituel, ils se pliaient volontiers à tenir les mêmes discours. Quand quelqu'un venait du noviciat ou d'ailleurs pour étudier au collège, Louis faisait tous ses efforts, soit par lui-même, soit par l'entremise de quelque ami du nouveau venu, pour qu'il conservât la ferveur de l'esprit qu'il apportait du noviciat. Dès les premiers jours il s'insinuait auprès de lui; il l'assurait que s'il voulait se conserver et avancer dans la vertu, il trouverait sûrement qui l'aiderait. Jusqu'à ce qu'il l'eût bien connu par lui-même, il l'adressait à trois ou quatre des plus fervents et des plus spirituels. De cette façon il réussissait heureusement à faire ce qu'il voulait.

De plus, s'il découvrait que quelqu'un du collège eût besoin de secours spirituels, il n'oubliait rien pour se l'attacher; et pendant plusieurs jours et même plusieurs semaines, il passait avec lui les récréations sans s'embarrasser de ce qu'on en pourrait dire. Quand il croyait l'avoir amené au point de vertu ou de perfection qu'il s'était proposé, peu à peu il se retirait de sa conversation, lui disant que, pour l'édification commune, il convenait de ne point se tenir à l'écart : il l'exhortait à faire un bon choix parmi ses confrères, il lui en assignait quelques-uns en particulier. Il avait encore soin d'avertir les autres de chercher les occasions de s'entretenir avec lui, parce qu'il savait qu'il avait de bons désirs. Quand il avait ainsi fini avec l'un, il se mettait à la recherche d'un autre. Avec de pareilles industries, il réussissait à en aider plusieurs en peu de semaines : il sut allumer dans les plus froids un feu divin, et mettre tout le collège Romain dans la plus grande ferveur.

Ce collège était alors composé de plus de deux cents personnes; je me souviens d'avoir vu plusieurs fois avec admiration que pendant l'heure de la récréation on se réunissait en petites troupes ; et comme je les connaissais tous, j'étais assuré qu'il n'y en avait aucune où l'on ne parlât de Dieu. Ainsi la récréation devenait comme une conférence spirituelle, de laquelle plusieurs avouaient avoir retiré plus de fruit que de l'oraison. On se communiquait avec simplicité les lumières et les sentiments que Dieu donnait dans l'oraison ; ainsi chacun participait au bien de tous les autres. Tout cela se passait avec tant de douceur et de consolation réciproque, que c'eût été pour eux une peine bien sensible de rentrer à leur chambre, après la récréation, sans avoir parlé de Dieu. Tels étaient aussi les discours qu'ils tenaient quand ils allaient ensemble à la promenade. On eût dit qu'ils n'eussent pu avoir ces jours-là un plus grand plaisir que de se mettre deux à deux ou quatre à quatre pour parler de Dieu et des choses du ciel.

Au mois de septembre et d'octobre, temps des vacances, auquel on envoyait la jeunesse à Frascati se délasser de ses études, avec la permission des supérieurs, l'un portait avec soi une Imitation de Jésus-Christ, l'autre une Vie de saint François, ou de sainte Catherine de Sienne, ou de saint Ignace ; d'autres, les Chroniques de l'ordre de Saint-Dominique ou de Saint-François ; quelques-uns, les Confessions et les Soliloques de saint Augustin, les Explications du livre des Cantiques par saint Bernard. Ceux qui étaient plus avancés dans la vie spirituelle lisaient la Vie de la bienheureuse Catherine de Gênes ; ceux qui étaient portés au mépris d'eux-mêmes lisaient les Vies des bienheureux Jacques et Jean Colombino. Pleins de ces lectures, ils sortaient le matin ou l'après-dîner deux ou trois ensemble pour se promener et se raconter ce qu'ils avaient retenu de leurs lectures. Quelquefois, se réunissant dix à douze ensemble au milieu des bois qui couvrent les coteaux du voisinage, ils s'arrêtaient pour faire ensemble leur conférence spirituelle avec tant de consolation et de ferveur, qu'on les eût pris pour autant d'anges du ciel. De cette façon, les vacances de Frascati servaient autant à fortifier leur âme que leur corps. L'un servait d'exemple à l'autre, et comme d'éperon pour le faire avancer dans les voies du Seigneur.

La gloire de cette admirable ferveur était due à Louis ;

il en était le moteur principal. Aussi tous l'aimaient, l'admiraient, et se faisaient un devoir de le rechercher pour lui parler et l'écouter. Ce qui rendait Louis plus aimable à tous, c'est qu'il ne se tenait pas toujours l'esprit à la gêne; il savait avec prudence débander l'arc et s'accommoder aux lieux, au temps, aux personnes. Quoiqu'il fût sérieux dans sa conduite, il n'était ni farouche ni gênant en conversation, mais doux, gracieux et affable avec tout le monde; quelquefois même il mettait en avant quelques propos joyeux et spirituels, et racontait quelque histoire ou quelque exemple propre à amuser, mais toujours dans les bornes d'une modestie religieuse. Telle fut la vie que Louis mena les deux premières années et demie qu'il passa au collège Romain, et tels sont les effets qu'il y produisit.

CHAPITRE XXXVI

Louis est envoyé à Mantoue et à Châtillon pour terminer quelques affaires de famille.

Horace de Gonzague, seigneur de Solfarino, étant mort sans enfants, Rodolphe, marquis de Châtillon, qui était son héritier naturel, voulut entrer en possession de cette terre; mais il fut prévenu par le duc de Mantoue, à qui Horace l'avait laissée par testament. Comme cette terre était un fief de l'Empire, la marquise de Châtillon alla jusqu'à Prague demander justice à l'Empereur, et elle plaida si bien la cause de sa maison, qu'elle obtint un jugement favorable. Mais ce jugement ne termina pas la contestation.

Dans les affaires d'intérêt, on trouve assez souvent de ces suppôts d'enfer qui se plaisent à brouiller les familles les plus unies; des gens de cette espèce amenèrent les choses au point que l'affaire du fief de Solfarino devint bientôt le moindre des griefs du duc de Mantoue contre le marquis de Châtillon; on y joignit tant d'autres accusations, que Rodolphe était menacé d'une ruine totale, d'autant plus inévitable, que la médiation de l'archiduc

Ferdinand, frère de l'empereur Maximilien, n'avait eu aucun succès. Enfin Mme Éléonore d'Autriche, mère du duc, et la marquise de Gonzague, voyant les choses tourner si mal et souhaitant l'une et l'autre la paix, crurent que, pour mettre fin à cette scandaleuse division, il n'y avait point de meilleur moyen que de charger Louis de faire cette paix. Elles savaient combien il était aimé et considéré du duc, et quelle autorité il aurait sur son frère, en faveur duquel il avait renoncé à tous ses droits : on prit donc le parti de recourir à Rome.

Louis n'avait que de l'éloignement et du dégoût pour tout ce qui pouvait le distraire de l'observance religieuse. D'ailleurs il avait lieu de craindre de perdre sa peine et son temps; mais après avoir recommandé cette affaire à Dieu, il consulta le père Bellarmin, son confesseur. Ce père, après avoir lui-même prié et consulté Dieu, lui dit ces paroles remarquables : « Allez, Louis, je crois que Dieu en sera glorifié. » Louis prit ces paroles pour un oracle. Il se mit dans une parfaite indifférence, résolu seulement à faire tout ce que le père général lui ordonnerait. Sur ces entrefaites, l'archiduchesse Éléonore, persuadée qu'après Dieu il n'y avait que Louis qui pût rétablir la paix de sa famille, ayant appris la répugnance qu'il avait à s'y prêter, en écrivit aux supérieurs de Louis, et les pria de le faire partir pour Mantoue, ce qui fut exécuté.

Louis venait d'achever ses deux premières années de théologie, et se trouvait alors avec ses compagnons d'étude en vacances à Frascati. Le père Bellarmin vint lui porter un ordre du père général qui lui enjoignait de se rendre sur-le-champ à Rome, et de partir au plus tôt pour Mantoue et Châtillon. Un quart d'heure lui suffit pour se préparer au départ. Il nous laissa tous dans l'affliction d'être privés peut-être pour plusieurs mois de ses bons exemples. Tous voulurent l'accompagner une partie du chemin.

Après l'avoir quitté, le père Bellarmin, revenant à la maison, nous entretint affectueusement des vertus de Louis : il nous fit l'éloge de sa sainteté et cita plusieurs faits qui nous excitaient à la ferveur. Il nous dit, entre autres choses, qu'il tenait pour certain que Louis avait été confirmé en grâce; de plus, il ajouta qu'il ne pouvait pas mieux se figurer comment saint Thomas d'Aquin vivait dans sa jeunesse qu'en examinant la vie que menait Louis.

Aussitôt que Louis fut à Rome, il prit congé du père général et des cardinaux ses parents. Pendant qu'il était chez le cardinal de la Rovère, il tomba dans une défaillance causée par la faiblesse de son corps : pour le rappeler à lui, on le posa sur le lit du cardinal. Son Éminence ne put s'empêcher de lui faire quelques reproches sur le triste état où il se réduisait; il l'exhorta à prendre plus de soin de sa santé. Louis avoua qu'il ne faisait en cela qu'une partie de ce qu'il devait. On lui donna pour compagnon de voyage un frère coadjuteur, homme discret, à qui les supérieurs le recommandèrent expressément pour ce qui regardait sa santé. Ils ordonnèrent à Louis de se laisser absolument gouverner en ce point par ce frère. Le père Corbinelli, recteur du collège Romain, qui savait tout ce que Louis souffrait de ses maux de tête, fit ce qu'il put pour l'engager à porter un parasol, mais inutilement.

Le matin qu'il devait monter à cheval, on lui apporta une paire de bottines qui avaient servi à un grand seigneur. Tandis qu'il les chaussait, quelqu'un dit : « Savez-vous que ces bottes ont été faites pour tel seigneur? » Cette remarque suffit pour en dégoûter Louis; s'imaginant que c'était pour ce motif qu'on les lui donnait, il se mit à les examiner et à chercher quelque prétexte pour en demander d'autres. Son compagnon, s'en étant aperçu, lui dit alors : « Est-ce que les bottines ne vous vont pas bien? » Comme Louis ne répondait rien, son compagnon lui dit : « Donnez-les-moi; j'en irai chercher d'autres qui vous aillent mieux. » Il sortit et fit quelques pas vers la chambre où l'on tenait cette espèce de chaussure, et sans les changer il se contenta de les plier différemment et les lui rapporta en lui disant : « Essayez un peu celles-ci, peut-être vous iront-elles mieux. » Louis, sans s'apercevoir de la supercherie, lui dit en les chaussant : » Il me paraît que celles-ci vont bien; » et il les garda.

Il partit de Rome le 12 septembre 1589, de compagnie avec le père Bernardin Médicis, son ami, qui allait expliquer l'Écriture sainte à Milan. Pendant tout le voyage, Louis n'omit rien de ses prières accoutumées, soit vocales, soit mentales, et ne s'entretint que de sujets pieux et spirituels. C'était une chose merveilleuse de voir avec combien de respect et de piété il était écouté par ses conducteurs : ces gens grossiers s'affectionnaient à lui de tout leur cœur;

ils se tenaient toujours à ses côtés, et montraient la plus grande attention pour sa personne, chose assez rare dans ces sortes de gens. Les égards qu'on lui témoigna au collège de Sienne le chagrinèrent, parce qu'ils lui paraissaient excéder les bornes ordinaires de la religion, et qu'il craignait que ses qualités personnelles ou une affection déplacée n'en fussent le motif : ainsi il ne voulut pas se laisser laver les pieds par un père qui semblait par ses attentions l'emporter sur les autres, et il dit même à son compagnon que les égards de ce père et ses compliments lui déplaisaient.

Il fut charmé de revoir Florence, comme l'ancien berceau de sa dévotion et de sa ferveur. Il y laissa le père Médicis, et continua sa route par Bologne. Les pères du collège de cette ville, qui avaient entendu parler de sa sainteté, l'attendaient avec empressement. Dès son arrivée l'entretien ne roula que sur les choses de Dieu. Il ne passa qu'un jour au collège. Le père recteur ayant chargé le frère sacristain de lui faire voir la ville, Louis, en sortant de la maison, pria le frère de ne le conduire que dans quelques églises et les lieux de dévotion, parce qu'il n'était pas curieux du reste; ainsi, après avoir visité deux ou trois églises principales, il revint au collège.

Dans une auberge, entre Bologne et Mantoue, on lui donna une chambre où il n'y avait qu'un lit. Son compagnon, ayant tiré à part le maître de l'auberge, lui dit qu'étant religieux ils ne couchaient point deux dans un même lit, et le pria de leur en donner un second; l'aubergiste répondit qu'il ne le donnerait pas, parce qu'il voulait garder les autres lits pour des personnes de qualité qui pourraient venir. Comme le compagnon s'échauffait sur cette réponse, Louis, qui entendait de quoi il était question, prit la parole et dit au frère de ne pas insister. « Comment, répondit le frère, cet homme dit qu'il veut garder ses lits pour des personnes de qualité! ne sommes-nous donc que des gens de rebut? Ne doit-on pas avoir quelque égard pour des religieux ? » Alors Louis dit avec tranquillité: « Mon frère, ne vous inquiétez point; nous faisons profession d'être pauvres; quand on nous traitera selon notre état, nous ne pouvons ni ne devons le trouver mauvais. » Cependant, comme il ne vint personne le soir, l'aubergiste accorda ce qu'on souhaitait.

Arrivé à Mantoue, sa première visite fut à Mme Éléonore d'Autriche, déjà fort avancée en âge. Cette sainte princesse fut charmée de revoir Louis, et l'entretint avec un extrême plaisir. Louis fit savoir de Mantoue son arrivée à son frère le marquis Rodolphe; sur-le-champ le marquis l'envoya prendre pour l'amener à Châtillon. Louis ne voulut pas que son frère sût précisément le moment de son arrivée; ainsi, près d'entrer à Châtillon, il chargea quelqu'un qu'il rencontra par hasard de dire au marquis qu'il était arrivé. Cet homme se mit à courir dans les rues de la ville, criant à pleine tête que Louis arrivait, de sorte qu'une multitude de personnes se mit aux fenêtres; plusieurs sortirent de leurs maisons et s'empressèrent de lui donner des marques de leur profond respect et de leur joie : on sonna les cloches de la ville, la forteresse fit une décharge de son artillerie. Un grand nombre se mettaient à genoux au milieu des rues en le voyant passer, tant l'idée qu'on avait de sa vertu imprimait de vénération pour lui.

Tout cela causa beaucoup de confusion à Louis. Le marquis son frère vint à sa rencontre au pied du château. Comme il descendait de voiture, un de ses vassaux, rassuré par la présence de Louis, vint se jeter aux pieds du marquis et lui demander grâce d'une faute qu'il avait commise, et le marquis lui pardonna effectivement en considération de Louis. Quand il fut entré, quelques courtisans et autres personnes lui donnaient, en parlant, les titres d'illustrissime et d'Excellence, comme ils avaient coutume de faire avant qu'il fût religieux; ce qui le fit rougir et le mortifia beaucoup. Il ne trouva point la marquise au palais; elle était à Saint-Martin, à quatre lieues de Châtillon. On lui dépêcha un exprès, et le jour suivant elle revint à Châtillon avec ses deux plus jeunes fils. Dès qu'elle fut entrée dans son palais, elle fit avertir Louis de son arrivée; il alla aussitôt la trouver avec son compagnon. La marquise reçut Louis plutôt comme quelque chose de sacré que comme son fils, sans oser prendre la liberté de l'embrasser, comme l'amour maternel le lui inspirait; le respect l'emportant sur l'amour, elle le reçut à genoux et s'inclina devant lui jusqu'à terre. Cela paraît moins surprenant quand on sait que, tandis que Louis était encore dans le siècle et enfant, elle le regardait déjà comme un saint et avait coutume de l'appeler son ange.

CHAPITRE XXXVII

Vie sainte de Louis pendant son séjour à Châtillon et ailleurs.

Louis passa toute la journée avec sa mère. Il voulut que
son compagnon fût toujours présent. Cependant ce compagnon, s'étant aperçu que sa présence gênait un peu la
marquise dans ce qu'elle pouvait avoir à dire à son fils,
se retira prudemment sous prétexte de dire son chapelet.
Ce frère, étant ensuite rentré après un espace de temps
assez considérable, trouva la marquise et son fils à genoux,
faisant ensemble oraison. Quand, le soir, ils furent retirés
dans leur chambre, Louis demanda à son compagnon
pourquoi il était sorti. Il lui répondit que, le père général
ayant permis qu'il vînt de si loin trouver la marquise sa
mère, il ne croyait pas qu'il convînt de s'opposer à ce
qu'elle pût lui découvrir son âme en toute liberté; que
quand il serait question de quelque autre dame, il lui obéirait volontiers et serait toujours présent. Louis ne répliqua
rien à cette réponse. Il demeura plusieurs jours à Châtillon
pour s'informer en détail des différends et des prétentions
de son frère et du duc de Mantoue.

On ne saurait exprimer quelle édification Louis causa
pendant tout ce temps. Jamais il ne sortait qu'à pied,
quoique, par ordre de sa mère et de son frère, il eût toujours un équipage à son service. Il recevait tant de saluts
dans les rues, qu'il était obligé de marcher le chapeau
toujours à la main. Il traitait indifféremment avec toutes
sortes de personnes; il le faisait avec autant d'humilité,
de douceur et de soumission que s'il avait traité avec ses
supérieurs. Il ne souffrait pas que personne de la maison
lui rendît service. Dans le besoin il recourait à son compagnon, ce qu'il ne faisait cependant que dans la plus
grande nécessité. Quels que fussent ses besoins, il attendait toujours que la charité suggérât à quelqu'un de l'aider. Il ne comptait pas même aller loger chez sa mère ou
chez son frère, mais chez l'archiprêtre du lieu, si les su-

périeurs à qui il en parla ne lui avaient donné des ordres contraires.

Tout le temps qu'il fut à Châtillon il se comporta avec une telle réserve, qu'il ne demanda jamais rien. L'hiver étant survenu, il eut besoin d'habits plus chauds; mais il ne voulut pas que sa famille lui en fît faire. Il écrivit au père recteur du collège de Brescia, qu'il pria de lui envoyer quelques habits usés, déclarant qu'il n'en voulait pas d'autres. La marquise fit ses efforts pour lui faire recevoir au moins deux camisoles, l'une pour lui et l'autre pour son compagnon; ne pouvant y réussir, parce que Louis se faisait un scrupule de rien accepter de ce qu'il avait abandonné, elle pria son compagnon de les lui faire agréer. Un matin donc, tandis que Louis se levait, le frère lui apporta une de ces camisoles, et, pour couper court à ses objections, il lui dit : « Votre mère vous fait cette aumône pour l'amour de Dieu, parce que vous en avez besoin; je veux que vous la receviez. » Louis, sans hésiter davantage, se soumit; il reçut cette camisole à titre d'aumône et pour obéir à son compagnon. Il en fut de même pour le linge. Il ne voulut point recevoir un certain nombre de chemises que la marquise sa mère lui avait elle-même travaillées; il voulut qu'on mît des pièces aux vieilles, et son compagnon n'eut pas peu de peine à lui en faire au moins accepter quelques-unes à titre de pure aumône.

Pendant son séjour à Châtillon, il ne commanda jamais rien à personne du palais ni au dehors. Il se comportait à l'égard de tout le monde comme aurait pu faire un pauvre étranger qu'on loge pour l'amour de Dieu. Quand il avait à traiter avec le marquis son frère, il attendait comme les autres l'heure de son audience dans l'antichambre, sans permettre qu'on lui fît savoir qu'il y était. A la table de son frère, il se laissait servir comme les autres, sans rien refuser; il prenait un peu plus de liberté en mangeant chez sa mère, d'autant plus qu'elle ne voulait que ce qui pouvait lui faire plaisir. Ainsi, pour qu'un domestique ne lui servît point à boire, il faisait mettre devant lui de l'eau et du vin, comme cela se pratiquait dans la compagnie. Il ne faisait aucune attention à ce qu'on servait. La grande habitude qu'il avait de se mortifier lui avait fait perdre le goût de ce qu'il mangeait. Quand sa mère lui disait : « Prenez ceci, cela est bon, ou cela est encore meilleur, » il l'acceptait, remerciait, et n'y touchait pas. Il avait coutume de dire à son compagnon : « Oh ! que nous sommes bien dans nos maisons ! Je trouve en vérité plus de quoi satisfaire mon appétit dans une de nos mauvaises portions que dans tous les mets qu'on nous sert ici. »

Jamais il n'avait souffert que quelqu'un l'aidât à s'habiller ou à se déshabiller. Le premier soir, quelques pages s'étant trouvés dans sa chambre pour le servir, il leur déclara qu'il ne se coucherait point qu'ils ne se fussent retirés. De plus, ayant un cautère au bras gauche, il le pansait lui-même, sans même permettre que son compagnon l'aidât à ce pansement, tant il portait loin la délicatesse de la pudeur. Il n'aurait pas souffert que quelqu'un fît pour lui ce qu'il croyait pouvoir faire lui-même. Chez sa mère et chez son frère, quoique les domestiques fussent attentifs à le prévenir, il faisait lui-même son lit, et prenait plaisir à aider son compagnon à disposer le sien. Sa santé ne l'occupait point du tout, ni le soin de la conserver ; il n'y songeait que quand son compagnon l'en avertissait. Il sacrifiait à son amour pour la solitude le plaisir qu'il aurait eu à s'entretenir avec sa mère et à lui donner la consolation de le voir. Le matin, dès son lever, il faisait une heure d'oraison, entendait la messe et récitait le grand office. Il disait le rosaire avec son compagnon à peu près sur le ton de la psalmodie. S'il se trouvait, dans la journée, maître de quelques moments, il disait à son compagnon : « Allons faire un peu d'oraison. » Tous les soirs pendant trois heures il se retirait seul ; et avant de se coucher il récitait les litanies et faisait son examen de conscience. Il se confessait à l'archiprêtre, et tous les jours de fête il allait entendre la messe et communier à l'église principale du lieu. Beaucoup de personnes s'y rendaient exprès pour le voir, et témoignaient combien elles étaient mortifiées d'avoir perdu un seigneur si accompli.

La dernière fois qu'il se rendit à cette église, il y trouva une si grande foule de peuple accourue pour le voir, qu'il lui vint en pensée de les prêcher et de les exhorter à vivre dans la crainte de Dieu et à fréquenter les sacrements ; cependant il n'en fit rien, parce qu'il crut devoir commencer par payer lui-même d'exemple en mettant ordre aux affaires de sa maison.

Il fit plusieurs petits voyages à Brescia, à Mantoue et

dans d'autres lieux où ses affaires l'appelaient. Dans la
route, tout ce qui s'offrait à ses yeux lui donnait occasion
de s'élever à Dieu et de s'entretenir de choses spirituelles.
Quand son compagnon se trouvait fatigué de ses discours
et voulait parler d'autre chose, il ne lui était plus possible
de distraire Louis. Un jour qu'il se rendait au château de
Guiffri pour parler à son oncle Alphonse de Gonzague, seigneur de ce lieu, il s'aperçut qu'on avait chargé des domestiques de l'accompagner; il pria le marquis de le dispenser de ce cérémonial. N'ayant pu l'obtenir, il ne fut
pas plus tôt sorti de Châtillon, qu'il les renvoya. Le cocher
s'étant trompé de chemin, il n'arriva au château de Guiffri
qu'à deux heures de nuit, lorsque les portes en étaient
fermées. Il fallut du temps pour instruire la sentinelle de
la qualité des personnes qui demandaient à entrer, et pour
en faire un rapport au seigneur; enfin, après un temps
assez considérable, on baissa le pont-levis, et la porte
s'ouvrit. Plusieurs gentilshommes du prince portant des
flambeaux se trouvèrent à cette porte; la garnison était
sous les armes et bordait le passage depuis la porte jusqu'au palais du prince, lequel descendit au-devant de Louis
et le reçut avec une joie singulière et toutes sortes d'honneurs. Après l'avoir conduit dans un appartement magnifiquement meublé, il se retira pour le laisser reposer.
Alors Louis, excédé de tous ces honneurs et se voyant si
magnifiquement logé, se tourna vers son compagnon et
lui dit : « O mon frère, que Dieu nous aide cette nuit! Où
sommes-nous tombés pour nos péchés! Que nous serions
bien mieux dans les pauvres chambres de nos maisons et
dans nos pauvres lits qu'au milieu de toutes ces super-
fluités ! » Tous ces honneurs lui étant extrêmement à
charge, il brûlait de revenir à Châtillon. Il partit, en
effet, le jour suivant, après avoir pris les informations nécessaires, et se rendit à Mantoue pour négocier avec le duc.
  Tout le temps que ses affaires l'obligèrent à demeurer
en différentes fois au collège de Mantoue, il y donna tant
de preuves de vertu, que les jésuites qui eurent l'avantage de l'y voir racontaient encore longtemps après les
merveilleuses impressions qu'avait faites dans toute cette
maison la modestie de Louis, son humilité, son mépris
pour lui-même, l'honneur et le respect qu'il portait aux
autres, sa prudence jointe à sa simplicité, les charmes

de sa conversation, son détachement de toutes les choses corporelles, son union constante avec Dieu, qui était telle, qu'il ne faisait rien, ne disait rien qu'en vue de cette divine présence. Enfin l'édification qu'il répandait dans le collège alla au point que, quand les pères le voyaient, ils se représentaient une vive image de toutes les vertus; il leur suffisait de le voir pour être excités à la dévotion; aussi avaient-ils coutume de dire qu'on voyait briller sur son visage une si grande sainteté, qu'il leur semblait une parfaite copie de saint Charles Borromée. Le recteur du collège de Mantoue était alors le père Malevota, qui avait été reçu dans la compagnie par saint Ignace. Le père, à l'exemple de saint Pacôme, qui fit faire une exhortation à ses moines par un novice, voyant dans Louis tant de prudence et de sainteté, jugea à propos de lui faire faire un vendredi une exhortation aux pères du collège. Ce discours était ordinairment réservé au supérieur ou à quelque père des plus graves; jamais on n'en chargeait quelqu'un qui ne fût pas prêtre. Louis accepta, quoique avec bien de la répugnance, cette commission, et uniquement par obéissance. Il fit son exhortation sur la charité fraternelle, prenant pour texte ces paroles du Sauveur: « Mon précepte est que vous vous aimiez les uns les autres comme je vous ai aimés. » Il parla avec tant d'onction et de ferveur d'esprit, que tous ceux qui l'entendirent en furent aussi consolés qu'édifiés.

CHAPITRE XXXVIII

Heureux succès de la négociation de Louis.

Louis commença à parler d'affaires avec le duc de Mantoue; mais, avant de traiter avec les hommes, il avait eu soin, pour ainsi dire, de tout conclure avec le roi du ciel, qui tient dans sa main le cœur des hommes. Il avait obtenu de sa divine bonté cet heureux accommodement. On sait cela par des témoignages authentiques: et l'événement le démontra clairement, puisque tout fut terminé dans un entretien d'une heure et demie avec le duc. Il arrangea donc dans cette première entrevue tous les différends ; il obtint tout ce qu'il put souhaiter et demander. Quoique le duc fût aigri par des mauvais rapports qu'on lui avait faits du marquis ; quoique Louis fût plus proche parent du marquis que du duc, et que, naturellement parlant, il pût être soupçonné de partialité ; quoiqu'il y eût encore bien d'autres motifs de refuser à Louis ce qu'il demandait, le duc, ayant tenu ferme contre les sollicitations de plusieurs princes, cependant ne découvrant dans Louis que des intentions droites et saintes, il fut d'abord gagné, et ne sut lui faire difficulté sur rien.

Il se trouva des personnes qui voulurent ou empêcher ou du moins différer une réconciliation où le service de Dieu était intéressé. Entre autres une personne d'une grande autorité suggéra au duc que puisqu'il était décidé à cette réconciliation, il ne devait pas la faire uniquement en considération de Louis, mais du moins la différer à un autre temps, afin de donner quelque satisfaction aux princes qui les premiers avaient travaillé à cette réconciliation. Mais le duc répondit qu'il voulait tout finir alors, parce qu'il le faisait uniquement pour plaire à Louis, sans lequel il ne s'y serait jamais déterminé. Louis se fit donner copie de tous les chefs d'accusation portés au duc contre le marquis Rodolphe : muni de cette pièce, il revint à Châtillon ; il fit lire au marquis toutes ces accusations, pour qu'il eût à se justifier en répondant article par article, et il l'aida à faire cette réponse. Ensuite il retourna à Mantoue porter au duc cette justification. Son Altesse en fut satisfaite, et Louis revint de Châtillon pour conduire son frère au duc, qui le reçut avec affection et le retint même à dîner avec lui ; ils passèrent ensemble toute la journée. Le duc fit son possible pour que Louis fût aussi du dîner ; mais il refusa constamment l'honneur que Son Altesse lui faisait, et, lui ayant fait agréer son refus, il revint dîner au collège. Le duc rendit alors au marquis le château et la seigneurie de Solfarino, que les frères de Louis ont toujours depuis possédés paisiblement, et qu'ils ont laissés à leurs héritiers.

Quand cette affaire fut arrangée avec le duc, Louis en entreprit une autre qu'il regardait comme bien plus importante pour son frère Rodolphe. Jeune et libre, il s'était passionné pour une demoiselle de bonne maison, mais d'une noblesse bien inférieure à la sienne. C'était une fille unique et riche, qui passait pour avoir 500,000 livres de dot. Emporté par sa passion, il se détermina à l'épouser en secret, en présence du seul archiprêtre de Châtillon et des témoins nécessaires. Il avait eu soin de prendre de l'évêque une dispense de proclamations, le 25 octobre 1588. Le marquis n'avait pris toutes ces mesures qu'afin que son mariage demeurât secret et ne vînt point à la connaissance de la marquise sa mère, et encore moins à celle de son oncle Alphonse de Gonzague, dont il était héritier pour le château de Guiffri, et qui devait naturellement être irrité d'un pareil mariage; car ce seigneur, n'ayant qu'une fille unique prête à être établie, songeait à demander au pape les dispenses nécessaires pour la marier à son neveu Rodolphe, afin que par ce moyen sa fille pût jouir de ses États.

Ce mariage du marquis avait été fait une année avant la venue de Louis à Châtillon. Comme on l'avait toujours tenu fort secret, tout le monde ne pouvait que mal juger de la conduite du marquis. Louis fit donc de vives instances à son frère pour qu'il rompît ses liaisons avec cette personne, et qu'il entrât dans les vues de son oncle en épousant sa fille. Le marquis, ayant alors encore quelques motifs qui l'obligeaient de cacher son mariage, se contentait de donner de belles paroles à Louis. Mais Louis, persuadé que, s'il ne finissait pas cette affaire tandis qu'il était à Châtillon, elle ne se ferait jamais, pressa si vivement le marquis, que celui-ci donna parole de le satisfaire.

Louis, content de cette promesse, partit pour Milan le 25 novembre 1589, et y continua ses études et ses pratiques de piété, en attendant que son frère vînt l'y trouver. Celui-ci s'y rendit, en effet, peu de temps après; il arriva au collège un jour de fête, précisément dans le temps que Louis, qui avait communié, faisait son action de grâces. Le portier vint l'avertir de l'arrivée de son frère, en ajoutant qu'il l'attendait à la porte. Louis, sans rien répondre, continua pendant deux heures ses prières, et descendit ensuite pour recevoir son frère. Après les premiers compliments, le marquis lui apprit qu'il était marié depuis quinze mois avec la dame en question, mais qu'il n'avait

pas publié son mariage, de peur d'irriter son oncle. Louis
fut charmé d'apprendre que son frère ne vivait pas dans
le péché, comme on le croyait; ainsi après avoir, du consentement du marquis, consulté quelques pères, il fut résolu que le marquis déclarerait son mariage, pour faire
cesser un scandale dont Dieu était offensé et la dame dés-
honorée. Le marquis permit ce qu'on souhaitait, et Louis
se chargea de faire la paix avec la famille. Tout cela étant
ainsi arrangé, le marquis repartit pour Châtillon, et Louis
l'y suivit de près. Il disait à ce propos que dans deux
voyages qu'il avait faits il avait accommodé deux affaires,
l'une du monde, l'autre de Dieu. En effet, il engagea son
frère à déclarer son mariage à la marquise sa mère, la
priant de vouloir bien reconnaître son épouse pour sa
fille et de la traiter en cette qualité. Après quoi Louis se
chargea d'instruire le public de ce mariage, et d'en prévenir le duc de Mantoue, les cardinaux de Gonzague et
les princes et seigneurs de la famille. Il en reçut des nouvelles très satisfaisantes. Il s'employa aussi près de son
oncle Alphonse de Gonzague pour lui faire approuver
tout ce qui avait été fait. Ces démarches dissipèrent le
scandale occasionné par la conduite du marquis, et réta-
blirent l'honneur de la dame, comme il convenait que
cela fût.

Après la conclusion de cette affaire, la marquise douai-
rière pria Louis de prêcher dans quelque église de Châtillon; il en conféra avec son compagnon, et il prêcha un
samedi. Quoique, désirant que la chose fût secrète, Louis
eût défendu de sonner pour appeler le peuple, l'église ne
laissa pas d'être remplie. Il fit un discours beau et touchant, dans lequel il exhorta les auditeurs à communier
le jour suivant, dernier dimanche de carnaval. Cette in-
vitation fut si bien accueillie de ses auditeurs, que tous
les confesseurs furent obligés de passer la nuit au confes-
sionnal. La marquise, mère de Louis, et son frère Rodolphe, ainsi que son épouse, donnèrent l'exemple, qui
fut suivi de plus de six cents personnes. Louis voulut servir la messe et donner, selon l'usage, l'absolution aux
communiants. Il s'acquitta de cette pieuse fonction avec
une sensible consolation pour lui et une grande édification
pour les assistants, qui ne manquèrent pas encore l'après-
dîner de se rendre au catéchisme que Louis leur fit. Ayant

ainsi terminé heureusement les affaires de sa famille, Louis partit pour Milan le 12 mars 1590.

Louis était entré le 9 de ce mois-là dans sa vingt-troisième année. Les grands froids de la Lombardie lui avaient enflé les mains au point que le sang sortait des plaies qui s'y étaient formées. Plusieurs personnes le pressèrent à ce sujet, presque jusqu'à lui faire violence, pour lui faire accepter des gants; mais, ami des souffrances, Louis ne voulut jamais user de ces adoucissements. En se rendant à Milan, il passa par Plaisance. Dès qu'il fut arrivé au collège, un des pères, suivant l'usage de la compagnie, alla à sa chambre lui rendre visite et l'embrasser. Il se sentit pénétré non seulement de dévotion en voyant l'air de sainteté qui brillait dans tout l'extérieur de Louis, mais encore de confusion, de le trouver occupé à nettoyer ses souliers. Ce père l'avait vu autrefois séculier à Parme, environné de domestiques. Il fut vivement frappé du contraste que formait l'état de prince dans lequel il l'avait vu, avec cet acte d'humilité dans lequel il le retrouvait. Enfin, arrivé au collège de Milan : « Oh ! quelle consolation j'éprouve, disait-il, de me voir fixé dans une maison de la compagnie ! Actuellement mon état est semblable à celui d'un homme gelé de froid qu'on coucherait dans un bon lit bien bassiné. Il me semble que j'éprouve ce froid glaçant quand je suis hors de nos maisons, et cette bénigne chaleur quand j'y rentre. »

CHAPITRE XXXIX

De l'édification que Louis donna au collège de Milan.

Comme le feu ne saurait être sans échauffer, la lumière sans éclairer, le baume sans exhaler une suave odeur, ainsi Louis ne put être au collège de Milan sans allumer par ses paroles un feu divin dans ceux qui y demeuraient, sans les éclairer par ses exemples, et sans y répandre l'odeur de toutes les vertus dont son âme était enrichie. Comme une eau dont on a retardé le cours naturel se répand ensuite avec plus de force et de vivacité, de même Louis, après avoir été arrêté quelques semaines à Châtillon, sans pouvoir s'y livrer à ses pénitences ordinaires, une fois rentré dans un collège de la compagnie, semblait ne pouvoir se rassasier de mortifications et de pénitences. Il commença par paraître au réfectoire avec un habit tout déchiré, et s'accuser de ses fautes. Il fit encore d'autres pénitences fort édifiantes. Il eut un sensible plaisir de trouver ce collège dans une parfaite régularité. Comme la jeunesse y montrait autant de ferveur à acquérir la piété et la perfection religieuse que d'application à l'étude des sciences et des belles-lettres, tous furent également charmés d'avoir au milieu d'eux un modèle de toutes sortes de perfections.

Pendant que Louis fut à Milan, il continua ses études de théologie, prenant matin et soir des leçons comme les autres écoliers, et faisant comme eux tous les exercices propres de leurs études, sans jamais vouloir aucune dispense. Il fut bien aise d'avoir comme les autres un compagnon de chambre témoin de ses actions, ce qui fut d'un grand avantage pour ce compagnon. Ayant remarqué qu'on lui avait donné une Somme de saint Thomas mieux reliée que celle des autres, il ne fut pas possible de l'obliger à la garder; il fit tant d'instances, même avec larmes, que le supérieur consentit qu'on lui en donnât une autre vieille et usée. Il n'avait en tout cela d'autre motif que de pratiquer la pauvreté.

Si dans la journée il trouvait après ses études quelques moments de reste, il allait, avec la permission du supérieur, aider à la cuisine et au réfectoire. Quand il préparait le réfectoire, il avait soin, pour se tenir plus uni à Dieu et rendre ce service plus méritoire, de donner un nom à chaque table du réfectoire. Il appelait celle où mangeait le supérieur la table de Notre-Seigneur; celle qui en était la plus proche, la table de la sainte Vierge; et puis celles des Apôtres, des Martyrs, des Confesseurs, des Vierges; et quand il devait étendre la nappe avec le réfectorier, il disait : « Allons étendre la nappe de Notre-Seigneur; » et ainsi des autres. Il remplissait cet office avec autant d'affection et de ferveur que si Notre-Seigneur eût dû manger à cette table, la sainte Vierge à la sienne, et les autres saints à la leur.

C'était une vraie consolation pour lui de passer le temps de la récréation avec les frères coadjuteurs, et de sortir avec eux, parce qu'il croyait alors pouvoir parler de Dieu avec plus de liberté. Il se faisait aussi un plaisir de les aider dans leurs besoins spirituels. Si l'on s'asseyait en récréation, il choisissait toujours le lieu le moins commode; si l'on était debout, il se tenait derrière les autres, écoutant humblement ce qui se disait. En marchant, il cédait toujours la place la plus honorable à celui qui était avec lui: et l'on apercevait bien que ce qu'il en faisait n'était que l'effet de son humilité, sans affectation.

Un homme qui avait été son vassal vint un jour le trouver pour lui demander quelque éclaircissement sur son marquisat. Louis répondit avec beaucoup de douceur qu'il n'était plus de ce monde, et qu'il n'avait plus d'autorité sur ces choses-là; il prononça ces paroles avec tant de naïveté et tant d'humilité, que celui qui lui parlait en fut autant surpris qu'édifié.

On remarquait en lui un grand fonds de reconnaissance pour ceux qui lui rendaient quelque service, et il semblait persuadé qu'il n'avait jamais assez remercié.

Un jour un frère coadjuteur lui demanda s'il était difficile qu'un grand seigneur abandonnât la vanité du monde. Louis répondit que cela était absolument impossible si Notre-Seigneur Jésus-Christ ne faisait à ce grand comme il fit à l'aveugle-né lorsqu'il lui mit de la boue sur les yeux : faisant par là connaître à ce frère que le mépris qu'on doit avoir de toutes ces vanités devait les rendre encore plus viles que la boue.

Quelqu'un du collège, recourant à lui et soupirant amèrement, lui demanda quelques secours spirituels, parce qu'il se trouvait fort imparfait. Louis, pour le consoler, lui cita les paroles du psaume : *Imperfectum meum viderunt oculi tui, et in libro tuo omnes scribentur*: voulant lui faire entendre par là que, si la vue de nos imperfections est bien capable de nous désoler, nous devons fortement nous consoler par la pensée que, quelque imparfait que nous soyons, nous sommes cependant écrits dans le livre de Dieu, qui voit nos imperfections, et nous les laisse, non point pour nous condamner, mais pour nous humilier et en tirer un plus grand bien. Louis, en expliquant ainsi ces paroles avec ferveur et dévotion, donna une consolation sensible à celui qui lui avait parlé ; ce qui l'aida beaucoup à l'affermir dans la vertu.

Louis se montra toujours passionné pour les mortifications sur l'honneur, soit à la maison, soit au dehors. Quelques-uns des jeunes jésuites allaient prêcher pendant le carnaval dans les places publiques ; Louis demanda avec tant d'instance au père recteur qu'il voulût bien le donner pour compagnon à quelqu'un d'eux, qu'il le lui accorda. On le vit alors parcourir les places publiques, rassemblant le peuple et priant les passants d'aller entendre la prédication de ce jeune religieux. Son humilité, sa charité, sa modestie étaient telles, qu'on se rendait à sa demande et qu'on allait entendre le prédicateur. Les dimanches et fêtes, il allait faire le catéchisme dans les places publiques. Cet emploi lui donnait une grande satisfaction ; quoiqu'en s'en acquittant il souffrît beaucoup du froid, qui était alors extrêmement vif à Milan, il n'y faisait seulement pas attention.

Un soir il apprit que le lendemain un frère devait aller demander l'aumône par la ville avant de faire ses vœux ; Louis courut au supérieur pour obtenir la grâce de l'accompagner ; il fut si content qu'on la lui eût accordée, qu'après l'examen du soir il alla avertir ce frère. Il eut dans cette journée une grande consolation spirituelle. Il répétait souvent dans les rues, et toujours avec un nouveau plaisir, ces paroles : « Encore enfant, Notre-Seigneur Jésus-Christ a demandé l'aumône. » Une autre fois, demandant l'aumône avec un habit tout déchiré, une dame qui avait un extérieur fort mondain lui demanda s'il était du collège, où demeurait un père de sa connaissance. Louis ayant répondu que oui, cette dame ajouta : « O le pauvre père, où est-il allé mourir ! » Alors il prit occasion de ces paroles d'instruire cette dame et de la guérir de son erreur, lui assurant que ce père qu'elle connaissait était fort heureux d'être où il était, qu'il jouissait d'une parfaite santé, et qu'il s'en fallait beaucoup qu'il fût dans un état de mort, comme elle se l'imaginait ; qu'elle était elle-même bien plus à plaindre que lui, ayant le malheur de se trouver engagée dans l'état du monde et en danger de perdre son âme pour toujours, en suivant les maximes de la vanité, comme son extérieur l'annonçait. Ces paroles firent une telle impression sur

cette dame, qu'elles l'engagèrent à changer de conduite et à mener une vie moins mondaine et plus édi-
fiante.

Une des occupations confiées à Louis était d'ôter les
toiles d'araignée des murailles du collège; il s'en acquittait avec soin; et s'il voyait quelque sénateur ou quelque
autre personnage de distinction se promener dans les
galeries, il se présentait aussitôt le balai à la main et
faisait son office en leur présence, désirant en être mé-
prisé et compté pour rien. Cela lui était si ordinaire, que
quand les pères du collège le voyaient passer avec son
balai, sur-le-champ ils concluaient qu'il y avait quelque
étranger dans la maison.

Un jour quelques évêques et prélats devaient dîner
au collège; le supérieur, pour faire connaître Louis, lui
ordonna de prêcher au réfectoire. Louis, qui n'aimait
point à paraître et ne désirait que d'être inconnu, sentit
beaucoup de répugnance à faire son discours dans cette
circonstance; cependant, ne pouvant s'empêcher d'obéir,
il se soumit, et fit un beau sermon sur les devoirs des
évêques. Quand ensuite on lui en fit un compliment, il
répondit qu'il ne croyait pas s'être autrement distingué
dans ce discours qu'en faisant connaître en public la difficulté qu'il avait à prononcer. En effet, il avait peine à
bien articuler la lettre R; il était le premier à s'accuser
de ce défaut, et il désirait d'en être repris publiquement.

Étant toujours absorbé dans son union avec Dieu, il
arrivait quelquefois qu'il ne s'apercevait pas qu'on le
saluait. Il fallait qu'en public il fit violence à son recueillement pour ne point manquer à ce devoir de civilité.

Louis était un modèle parfait d'humilité, de modestie,
d'obéissance et de régularité pour tout le collège. Comme
tout le monde le pensait ainsi, on s'entretenait confidemment avec lui des choses de Dieu. Il cherchait, de
son côté, à se lier avec les plus fervents, afin que le
plaisir de parler de Dieu fût réciproque.

CHAPITRE XL

Louis connaît par révélation sa mort prochaine. —
Il est appelé à Rome.

Notre saint jeune homme, orné de tant de vertus, était depuis longtemps un fruit mûr pour le ciel. La sainte vie qu'il avait menée jusqu'alors parmi les hommes l'avait rendu digne d'aller vivre parmi les bienheureux. Le Seigneur lui donna quelque indice qu'il ne tarderait pas de l'appeler à lui, pour lui donner la récompense qu'il s'était acquise en si peu d'années par le soin qu'il avait de les rendre bien pleines. Étant donc encore à Milan (c'était environ un an avant son heureuse mort), faisant le matin son oraison, et se trouvant dans une haute contemplation, le Seigneur, par une lumière intérieure, lui fit connaître qu'il ne tarderait pas à l'appeler à lui, et que le temps qui lui restait à vivre devait être fort court. Il lui dit en même temps de le servir pendant cette année avec plus de ferveur et avec un détachement plus parfait de toutes choses, et de s'appliquer avec plus de soin que par le passé à la pratique de toutes les vertus, soit intérieures, soit extérieures. Cette révélation produisit en lui un si grand changement, qu'il se sentit encore plus détaché qu'auparavant de tous les objets de ce monde. Il tint cette révélation fort secrète et n'en parla qu'à son retour à Rome et à très peu de personnes.

Louis continua ses études de théologie avec la même application qu'auparavant, ne pouvant rien ajouter ni au motif ni à la manière. Il souhaitait de quitter Milan et de retourner à Rome, où il avait pris les premières leçons de la vie religieuse, et où il avait plusieurs de ses compagnons et amis spirituels; mais, de crainte de blesser en rien l'indifférence dans laquelle il voulait être pour les ordres supérieurs, il ne fit rien connaître de son goût pour cela. Mais le Seigneur voulut qu'il vînt consoler ses frères, qui le demandaient au collège Romain. Ainsi le père général, sachant qu'il avait terminé les affaires pour lesquelles il était allé à Milan, que l'hiver ne faisait plus sentir ses rigueurs; pressé d'ailleurs par le père Rosignoli, recteur du collège Romain, qui souhaitait le retour de Louis pour le bien spirituel de la nombreuse jeunesse de son collège, se détermina à le faire revenir à Rome. J'eus ordre de lui en donner la première nouvelle. Ma lettre lui fit un plaisir si sensible, qu'il en eut du scrupule. Il pria le père Médicis de lui dire une messe pour demander à Dieu qu'il fût mortifié dans son désir, si le Seigneur en devait être plus glorifié. Peu de temps après il reçut du général même l'ordre de revenir.

Ce fut donc au commencement de mai, l'an 1590, qu'il se mit en route avec le père Grégoire Mastrelli et quelques autres jésuites. Il garda pendant ce voyage le même régime que dans les précédents. Il retirait de ce régime autant de consolation que les pères qui étaient avec lui en recevaient d'édification. Ils cherchaient bien à le distraire un peu de ses continuelles méditations, le voyant la plupart du temps garder le silence et comme absorbé. On éprouvait alors une grande disette. On ne voyait dans les routes, et en particulier dans les montagnes qui séparent la Toscane de la Lombardie, que de pauvres mendiants. Un des pères voyageurs dit à ce sujet à Louis : « Mon cher frère, que nous sommes redevables au Seigneur de ce que nous ne sommes pas nés comme ces pauvres ! » A quoi Louis répondit sur-le-champ : « Notre reconnaissance doit être bien plus grande de n'être pas venu au monde parmi les Turcs. » Louis croyait que ses compagnons de voyage avaient pour lui trop d'égards; il assura même à l'un d'eux qu'il aimerait bien mieux être avec des personnes qui n'auraient pour lui aucune considération.

Arrivé à Sienne, il souhaita de communier dans la chambre de sainte Catherine de Sienne; il alla y servir la messe à un des pères avec qui il était venu de Florence, et il communia avec des sentiments particuliers de la plus tandre dévotion. On le pria au collège de faire un discours de piété aux jeunes congréganistes de la sainte Vierge. Ayant accepté cette commission, il se retira dans une tribune pour faire oraison devant le saint Sacrement. C'est là qu'il prépara sans rien lire son discours; ensuite il se retira à sa chambre pour écrire ce qu'il avait pensé.

Il parla avec tant d'onction et d'efficacité à ces jeunes
gens, qui d'ailleurs connaissaient parfaitement la haute
naissance de celui qui les prêchait, qu'il fit naître à plusieurs d'entre eux le désir de renoncer au monde et de
se faire religieux. On fut même obligé de distribuer différentes copies de ce discours à plusieurs qui le demandaient
avec instance. Un prédicateur jésuite conserva par dévotion l'original de ce discours, écrit de la main de Louis.
Enfin l'on arriva à Rome. Ce fut avec beaucoup de joie
que les pères et les frères du collège Romain le virent au
milieu d'eux. Ils ne pouvaient se lasser de le voir, de lui
parler, et de goûter les fruits de sa très sainte conversation.

CHAPITRE XLI

Perfection consommée de Louis.

Le sage dit que la vie du juste est comme une lumière
éclatante qui, commençant à l'aurore, comme le jour, va
toujours croissant, jusqu'à ce qu'elle parvienne à la perfection du jour, qui est l'heure où le soleil est à son point
de la plus haute élévation. Telle fut la vie de Louis. Elle
commença dès ses plus tendres années à briller par la
candeur de son innocence. Elle augmenta son éclat à
mesure qu'il avança en âge, croissant de vertu en vertu.
Sa lumière alla donc toujours en augmentant, jusqu'à
ce qu'elle arrivât à telle perfection de sainteté, qu'on
peut dire qu'elle atteignit la splendeur du jour parfait.
Tous ceux qui conversaient avec lui avouaient que, soit
par ses pensées, soit par ses affections, il tenait déjà bien
plus au ciel qu'à la terre. Sa vie était tout extatique : il
était parfaitement détaché de toutes les choses du monde.
Il me dit ces paroles à son arrivée à Rome : « J'ai déjà
enterré mes morts, je n'ai plus à y penser : il est temps
désormais que nous pensions à l'autre vie. »

Peu après son arrivée, il alla chez le père recteur du
collège, et lui remit tous ses écrits spirituels et de théologie. Il se trouva parmi ces derniers certaines spécula-
tions sur saint Thomas qui étaient très belles. Le recteur

lui demandant pourquoi il se privait ainsi de ses propres écrits, il lui répondit qu'il ne le faisait que parce qu'il sentait y avoir un peu d'affection comme à son ouvrage, et que, n'ayant au monde que cette seule affection, il voulait en faire le sacrifice, pour être véritablement détaché de tout. Il était alors parvenu à une sublimité de perfection qu'il serait à souhaiter que tous les religieux connussent et imitassent. L'homme goûte naturellement un certain plaisir et sent une certaine complaisance à se voir singulièrement aimé, surtout des supérieurs, et caressé des personnes de marque. On regarde ces témoignages de bienveillance comme des signes non équivoques de satisfaction. Il arrive de là que quelques-uns non seulement s'en font un mérite, mais encore se délectent à le raconter. Louis était bien éloigné de ce défaut. Si on lui donnait quelque signe d'estime, il n'y paraissait sensible qu'en faisant connaître le déplaisir qu'il en éprouvait. Il était si parfaitement mort à l'amour-propre, que pour lui plaire on affectait de ne pas tenir plus compte de lui que de tous les autres.

Comme il était plein d'affabilité pour tout le monde, et que sa charité universelle le rendait le même pour tous, on recherchait sa conversation, et l'on se disputait le plaisir de l'entendre en récréation parler hautement de Dieu, des choses du ciel et de la perfection. Je sais par expérience et par le rapport d'autrui que plusieurs, au sortir de sa conversation, se trouvaient plus fervents qu'au sortir de leur oraison. Quand il se rencontrait tête à tête avec quelqu'un de ceux avec lesquels il pouvait s'ouvrir librement, alors il découvrait les affections divines de son âme, et ceux qui l'écoutaient étaient étonnés. Il leur donnait matière de soupirer, et en même temps d'admirer une si haute contemplation et une union si parfaite avec Dieu. Son amour pour Dieu était tel, que, quand il en entendait lire quelque chose à table ou qu'on en parlait, tout en lui s'attendrissait, et, l'intérieur influant sur l'extérieur, son visage paraissait tout enflammé, sans qu'il pût proférer une parole. Une fois en particulier, étant à table et entendant lire quelque chose sur l'amour divin, il sentit naître en lui ce feu extraordinaire, de sorte qu'il ne put pas continuer à manger. Nous, qui étions ses voisins, nous nous en aperçûmes; ne sachant pas de quoi il était question, et craignant qu'il ne se trouvât mal, nous le regardions fixement, et nous lui demandâmes s'il lui manquait quelque chose. Ne pouvant nous répondre, il fut mortifié qu'on se fût aperçu de son état. Il avait alors les yeux baissés, d'où nous voyions couler quelques larmes, le visage en feu et la poitrine si élevée, que nous craignions qu'il ne se rompît quelque vaisseau. Chacun de nous lui portait envie. Vers la fin du repas, il revint peu à peu à son état ordinaire. Quelques-uns de ceux qui savaient ce qui lui faisait le plus d'impression prenaient plaisir en récréation à faire tomber le discours sur la charité de Dieu pour le genre humain, afin de le voir s'enflammer; d'autres, au contraire, témoins de ce qu'il souffrait alors, interrompaient ces discours pour ne pas nuire à sa santé.

Quand il passait par les salles et les galeries, il était si absorbé en Dieu, que plusieurs fois j'éprouvai de passer devant lui et de le saluer sans qu'il s'en aperçût; quelquefois on le voyait dans ces mêmes lieux réciter quelques dizaines de son chapelet, ou vaquer à quelque autre dévotion; de temps en temps il se mettait à genoux, se relevait, puis recommençait. Tout cela aurait paru singulier dans un autre, et ne l'était point en lui. Dans cette dernière année, il s'était prescrit une heure par jour de lecture spirituelle. Il goûtait beaucoup les Soliloques de saint Augustin, la Vie de sainte Catherine de Gênes, l'*Exposition du cantique des cantiques* de saint Bernard, et particulièrement sa lettre intitulée : *Aux frères du Mont-Dieu;* il la savait presque par cœur. Pour mieux profiter de ce qu'il lisait, il notait ce qui le touchait davantage, comme on l'a vu dans ses papiers après sa mort.

Quand Louis fut sur le point de commencer sa quatrième année de théologie, en novembre 1590, les supérieurs le forcèrent à prendre une chambre seul; alors il insista pour n'avoir du moins qu'un petit réduit qui était au haut d'un escalier, noir, bas et étroit, dont la fenêtre donnait sur le toit, et où pouvaient à peine tenir son lit, une chaise de bois et un prie-Dieu dont il se servait au lieu de table pour étudier; de sorte qu'on eût plutôt pris ce lieu pour une prison que pour une chambre. C'est pour cette raison qu'on ne donnait cette chambre à aucun étudiant. Le père recteur, étant un jour allé le voir dans ce réduit, le trouva aussi enchanté de sa petite demeure qu'on peut l'être d'un palais. Nous prenions plaisir à lui dire que, comme saint Alexis avait choisi de demeurer sous un escalier par un esprit de pauvreté, lui, par le même motif, avait choisi d'être logé sur le haut d'un escalier et dans une vraie chaumière. En un mot, il vivait dans un tel état de perfection, que personne ne pouvait rien apercevoir en lui qui avoisinât l'imperfection. C'est ce que les supérieurs, ses compagnons et condisciples ont plusieurs fois témoigné. Un jésuite qui environ deux ans avait occupé une même chambre avec Louis au collège Romain, déclara qu'ayant eu l'un et l'autre l'ordre du père recteur de se reprendre avec charité des défauts qu'ils se reconnaîtraient, pendant tout ce temps il n'avait rien aperçu dans ce saint jeune homme qui eût l'air d'un manquement, quoiqu'ils fussent toujours ensemble et que Louis eût en lui une grande confiance.

Le père prédicateur avait pour lui une si grande vénération et lui portait tant de respect, qu'il n'osa jamais converser avec lui ni lui parler, quoiqu'il le désirât beaucoup et qu'il en eût occasion.

Peu de mois avant sa dernière maladie, Louis sentit augmenter en lui le désir de la céleste patrie : il parlait volontiers de la mort. Il disait alors que plus il vivait, plus augmentait en lui le doute de son salut ; que s'il vivait plus longtemps, il craignait que ses doutes ne fissent qu'augmenter, à cause des affaires qui pouvaient lui survenir et de l'ordre de la prêtrise qu'il serait obligé de recevoir. La raison qu'il donnait de cela était que les prêtres, soit par l'office qu'ils sont obligés de réciter, soit par les messes qu'ils célèbrent, ont un plus grand compte à rendre à Dieu, et encore plus les prêtres qui travaillent au salut des âmes en confessant, prêchant, dirigeant et administrant les sacrements ; qu'au contraire, dans l'état où il se trouvait, n'étant pas encore dans les ordres sacrés, il avait une plus grande sécurité pour son salut, parce que son âme n'aurait pas à répondre des fautes qu'il pourrait commettre dans ces importantes fonctions ; qu'ainsi il accepterait bien volontiers la mort à l'âge où il était, s'il plaisait à Dieu de l'appeler à lui. Il fit, en effet, le sacrifice de sa vie à l'occasion qu'on va voir.

CHAPITRE XLII

Rome est affligée d'une grande mortalité. — Louis se dévoue
au service des malades.

L'année 1591 fut une année affreuse dans toute l'Italie
par la mortalité qu'occasionna une famine presque générale. La mortalité fut grande à Rome surtout, à cause de
la multitude des gens qui vinrent de toutes parts s'y réfu-
gier, dans l'espérance d'y trouver des secours. Les pères
de la compagnie de Jésus, soit par leurs propres aumônes,
soit par celles qu'on leur confiait, firent ce qu'ils purent
pour soulager la misère publique : non seulement ils se
dévouèrent à servir les malades dans les hôpitaux de
Rome, mais le père Claude Aquaviva, alors général, qui
s'était chargé d'avoir soin des lépreux, ordonna à ses
inférieurs d'établir encore pour un temps un autre hôpital ;
ce qui fut exécuté. Dans cette affreuse circonstance, Louis
fit connaître toute l'étendue de sa charité. On le vit souvent parcourir les rues de Rome, cherchant des aumônes
pour les pauvres malades. On admirait avec quelle satisfaction il s'acquittait de cette fonction.

Un jour, entre autres, sachant que don Jean de Médicis était arrivé à Rome pour négocier quelque affaire avec
le pape Grégoire XIV, Louis, qui avait connu ce seigneur
dans sa jeunesse et avait eu des liaisons particulières
avec lui à cause des bons sentiments qu'il voyait en lui,
demanda permission au père provincial de lui faire une
visite avec une soutane toute déchirée et une besace sur
l'épaule, déclarant qu'il en usait ainsi pour en avoir une
bonne aumône pour les pauvres de l'hôpital ; mais il avait
encore un autre motif. Comme ce seigneur lui avait toujours témoigné beaucoup de bonté, il croyait qu'il était
de son devoir de chercher à l'aider spirituellement, et à
lui inspirer par son exemple le mépris de toutes les choses
du monde. Ayant obtenu la permission qu'il demandait,
il alla ainsi vêtu faire sa visite, et réussit dans les deux
objets qu'il s'était proposés. Il eut de ce prince une au-

mône considérable, et le laissa touché, édifié et pénétré des meilleurs sentiments.

Louis voulut de plus aller servir lui-même les malades à l'hôpital. Les supérieurs eurent beaucoup de peine à y consentir; mais il leur fit de si fortes instances, leur citant l'exemple des autres jésuites qui y allaient, qu'il obtint la permission d'y aller quelquefois. Un de ses compagnons, nommé Bondi, ayant été averti d'agir avec précaution dans le service des malades, à cause de la contagion qui était parmi eux, répondit à celui qui lui donnait cet avertissement qu'ayant devant les yeux l'exemple de Louis, qui se portait à ce service avec tant de charité et si peu de ménagement, il ne consentirait jamais à s'épargner, quelque danger qu'il y eût pour lui, fût-ce d'en mourir. Le même Bondi se sentit dans ce même temps animé d'une ferveur d'esprit si grande, que plusieurs qui avaient avec lui quelques liaisons particulières remarquèrent en lui ce changement extraordinaire, qui les réjouit autant qu'il les surprit. Il fut, en effet, la première victime de la charité.

Cependant la mortalité redoublait ses ravages. C'était un objet d'horreur de voir tant de moribonds se traîner nus dans l'hôpital; plusieurs tombaient morts sur les escaliers et répandaient l'infection. D'un autre côté, on admirait l'héroïsme de la plus grande charité dans Louis et ses compagnons. On les voyait voler au service de ces pauvres malades avec autant d'empressement que de satisfaction. Ils les déshabillaient, les mettaient au lit, leur lavaient les pieds, faisaient leurs lits quand ils en avaient besoin, leur donnaient à manger, les disposaient à la confession, et les exhortaient à la patience. On remarquait que Louis cherchait toujours les malades les plus dégoûtants, et ne les quittait qu'avec peine.

La maladie étant contagieuse, plusieurs jésuites en furent attaqués. Bondi, qui en mourut, ne fut pas le seul qu'elle enleva. Louis, le voyant à l'agonie, dit à l'un de ses confrères : « Oh ! que je serais charmé de faire un échange avec Bondi, et de mourir à sa place, si Notre-Seigneur voulait me faire cette grâce ! » Sur une observation que lui fit celui à qui il parlait, Louis ajouta: « Je ne vous dis cela que parce que j'ai quelque probabilité d'être en grâce avec Dieu, et, ne sachant ce qui peut ar-

river dans la suite, je mourrais volontiers à présent. » Ce
fut dans le même temps qu'il dit au père Bellarmin :
« Je crois, mon père, que les jours qui me restent sont
en petit nombre. » Ce père lui ayant demandé sur quel
fondement il parlait ainsi : « C'est, répondit-il, que je
me trouve un désir extraordinaire de travailler à servir
Dieu ; et mon désir est si vif, que je me figure que Dieu
ne m'accorderait pas cette grâce s'il ne devait bientôt
m'enlever de ce monde. »

CHAPITRE XLIII

Dernière maladie de Louis.

Le Seigneur ne tarda pas à exaucer les désirs de Louis.
Les supérieurs, voyant que plusieurs de ceux qui servaient
dans les hôpitaux tombaient malades, défendirent à Louis
d'y aller davantage ; mais il fit tant d'instances pour y
retourner, qu'on y consentit. On eut seulement soin de
lui assigner l'hôpital de la Consolation, où, pour l'ordinaire, on ne recevait point de malade contagieux. Malgré
ces précautions, presque au même temps Louis tomba
malade du même mal que ses compagnons. Il se mit au
lit le 3 mars 1591, persuadé dès cette première attaque
que cette maladie serait pour lui la dernière. On vit sur
son visage et dans toutes ses actions une joie toute particulière. Ceux à qui il avait confié la révélation qu'il avait
eue à Milan ne doutèrent pas, en voyant sa grande satisfaction, que le temps de sa mort, qu'il avait tant souhaité,
ne fût arrivé : et cela était vrai.

Ce grand désir que Louis sentait de mourir lui donna
quelque scrupule ; il craignait qu'il n'y eût quelque imperfection. Pour s'en éclaircir, il proposa son doute au
père Bellarmin, son confesseur. Ce père, l'ayant assuré
que le désir de mourir pour s'unir à Dieu n'était point
un mal, surtout quand il était accompagné d'une sincère
résignation à la volonté de Dieu, et que plusieurs saints
avaient eu ce désir, alors Louis s'abandonna avec encore

plus d'affection au désir de la vie éternelle. La malignité du mal, qui était une fièvre pestilentielle, fit tant de progrès, qu'au septième jour de sa maladie il se trouva à l'extrémité. Alors il demanda avec beaucoup d'instance à se confesser. Il reçut ensuite le saint viatique et l'extrême-onction des mains du père recteur. Il répondit à toutes les prières avec de grands sentiments de dévotion ; tous les assistants fondaient en larmes : ils regrettaient la perte d'un frère si saint et qui leur était si cher.

Tandis que Louis avait joui d'une certaine santé, il pratiqua tant de pénitences et de mortifications, qu'il semblait par là notablement abréger ses jours. Plusieurs jésuites ses amis lui avaient fait quelquefois des reproches à ce sujet, et lui avaient dit qu'au moment de la mort il en aurait les mêmes scrupules qu'avait eus saint Bernard. Louis, pour ne laisser à personne aucun doute là-dessus, après avoir reçu le saint viatique, la tête parfaitement saine, sa chambre pleine des pères et des frères, pria le père recteur de leur déclarer à tous qu'il ne se sentait aucun scrupule des pénitences et des mortifications qu'il avait pratiquées ; qu'au contraire il regrettait de n'avoir pas fait en ce genre plusieurs choses qu'il aurait pu faire, et que les supérieurs lui auraient accordées : d'ailleurs qu'il n'avait jamais rien fait en tout cela de sa propre volonté, mais toujours avec l'agrément de l'obéissance. Il ajouta encore qu'il ne croyait pas avoir à se reprocher aucune transgression des règles ; ce qu'il déclarait afin que personne ne fût scandalisé, si toutefois on l'avait vu ne pas suivre le train de la communauté et faire plus ou moins que les autres. Ces déclarations ne firent qu'attendrir encore davantage tous les assistants.

Louis, voyant entrer dans son infirmerie le père Carminata, provincial, lui demanda la permission de prendre la discipline ; le père lui répondit qu'il n'était pas en état de faire cette mortification, attendu sa faiblesse. « Quelqu'un du moins, reprit le malade, pourrait me rendre ce service et m'en donner de la tête aux pieds. » Le provincial lui dit encore que cela ne se pouvait pas, parce qu'il y aurait danger que celui qui le frapperait n'encourût l'irrégularité. Ne pouvant rien obtenir de ce côté-là, il demanda avec instance qu'au moins on le laissât mourir par terre, ce qui lui ayant été pareillement refusé, il se soumit à ce que l'obéissance décidait. On croyait qu'il mourrait ce septième jour de sa maladie, jour auquel il finissait sa vingt-deuxième année ; mais le Seigneur permit que son mal diminuât et que sa maladie tirât en longueur, afin qu'avant de mourir Louis donnât pendant sa maladie et plus d'édification et plus d'exemples de vertus. Cependant, le bruit s'étant répandu à Châtillon que Louis était mort, la marquise sa mère et son frère lui firent faire un service solennel. Peu de temps après ils apprirent qu'il vivait encore ; cette nouvelle fit tant de plaisir à son frère le marquis Rodolphe, qu'en la recevant il brisa une chaîne d'or qu'il portait au cou, et la distribua aux personnes qui se trouvaient alors avec lui.

CHAPITRE XLIV

Le mal de Louis tire en longueur. — Choses édifiantes
qui se passent pendant sa maladie.

Après ces dernières crises, la maladie de Louis dégénéra en une fièvre lente qui le mina peu à peu dans l'espace de trois mois. Ce fut pendant ce temps qu'arrivèrent bien des choses particulières et de grande édification. Comme il n'a pas été possible de les recueillir toutes, à cause de leur diversité et de la multitude des personnes qui le visitaient, je n'en rapporterai ici que quelques-unes qui sont parvenues à ma connaissance.

Quand il tomba malade, on le mit à l'infirmerie dans un lit garni d'une grosse toile qu'on y avait placée pour un vieux frère malade. Louis trouva en cela trop de délicatesse, et pria le supérieur de lui faire ôter cette garniture, pour n'avoir rien, disait-il, qui ne fût commun ; mais on lui répondit que cela n'avait pas été mis là pour lui, et qu'il n'y avait rien contre la pauvreté religieuse. Cette réponse le tranquillisa.

Au commencement de la maladie, le médecin ordonna pour Louis et pour un autre malade un remède très dégoûtant ; l'autre malade fit son possible pour prendre tout d'une haleine ce remède, afin d'en moins sentir le dégoût ; mais Louis, pour se mortifier, prit en main le verre, et commença à boire lentement cette dégoûtante médecine, comme si c'eût été la potion la plus agréable, sans rien témoigner du dégoût qu'il devait nécessairement éprouver en la buvant.

L'infirmier avait sur la table de la chambre un peu de sucre candi et de réglisse, pour que de temps en temps Louis en mît dans sa bouche quand il tousserait. Comme un jour il priait ce frère de lui donner un peu de réglisse, celui-ci lui demanda pourquoi il ne lui demandait pas plutôt du sucre candi. « C'est que la réglisse, répondit Louis, me paraît plus conforme à la pauvreté. »

Ayant entendu dire de son lit qu'il était à craindre que la mortalité qui régnait ne devînt une véritable peste, il s'offrit aussitôt au supérieur, s'il guérissait, pour aller servir les pestiférés, et le père général étant venu le voir, il lui demanda la permission d'en faire le vœu ; l'ayant obtenue, il fit ce vœu avec une très douce consolation ; ce qui édifia beaucoup tous ceux qui apprirent ce grand acte de charité.

Les cardinaux de la Rovère et Scipion de Gonzague, ses parents, vinrent plusieurs fois le visiter pendant sa maladie. Louis ne s'entretenait avec eux que de choses spirituelles et de la vie bienheureuse, ce qui les édifiait beaucoup ; aussi le père recteur leur ayant dit que, sans qu'ils prissent la peine de venir au collège, il se chargeait de leur faire donner des nouvelles du malade, ils lui répondirent qu'ils ne pouvaient pas se dispenser de venir, puisqu'ils retiraient de leurs visites tant de profit pour leur âme. Le cardinal Scipion de Gonzague, qui était goutteux, se faisait porter à l'infirmerie de Louis et ne quittait jamais qu'à regret ce cher malade. Un jour que Louis lui parlait de sa mort prochaine et de la grande grâce que Dieu lui faisait en l'appelant à lui dans la jeunesse, le pieux cardinal, qui avait pour lui une affection sincère, l'écoutait avec tendresse, et comme, entre autres choses, Louis l'assurait qu'il regardait Son Éminence comme son père et son bienfaiteur, attendu que c'était par son moyen qu'après tant de difficultés il était entré en religion, le cardinal lui répondit avec larmes que c'était à lui à le reconnaître, malgré la différence des

années, pour son père et son maître spirituel, tant ses
exemples lui avaient procuré de secours et de consolation. Après cet entretien, comme il se retirait très affligé,
il dit à ceux qui l'accompagnaient qu'il serait bien sensible à la mort de ce saint jeune homme, assurant que
jamais il ne l'avait entretenu sans se trouver ensuite dans
une paix et une tranquillité d'esprit singulières; qu'il le
tenait pour l'homme le plus heureux de la maison de
Gonzague.

Le père Corbinelli, homme fort avancé en âge, et avec
qui Louis était lié d'amitié, se trouvait malade en même
temps que lui; l'un et l'autre se faisaient souvent saluer
mutuellement. Ce bon vieillard, sentant son mal augmenter, souhaita ardemment de voir Louis encore une fois
avant de mourir, et pria l'infirmier de le lui apporter dans
sa chambre, ne pouvant, dans l'état où il était, se faire
transporter dans la sienne. L'infirmier, pour le contenter, aida Louis à s'habiller et le porta entre ses bras dans
l'infirmerie du père Corbinelli. On ne saurait exprimer
combien fut grande la consolation que ce respectable
vieillard reçut de la visite de Louis. Après s'être entre-
tenus quelque temps ensemble avec tendresse et dévotion, s'exhortant mutuellement à la patience et à la volonté du Seigneur, le père Corbinelli dit à Louis: « Mon
cher frère, je mourrai sans doute sans vous revoir; et
c'est pour cette raison que j'ai présentement une grâce
à vous demander; vous ne devez pas me la refuser : c'est
qu'avant que vous sortiez de ma chambre vous me don-
niez votre bénédiction. » Louis se trouva très embarrassé
sur cette demande. Il répondit que la chose ne convenait
pas, qu'il fallait même le contraire : « Vous êtes un
vénérable père, disait-il, moi je ne suis qu'un jeune
homme; vous êtes prêtre, je ne le suis point : c'est au
plus distingué qu'il convient de bénir. Le vieillard, par
l'estime qu'il avait du saint jeune homme, redoubla ses
instances pour que Louis ne le quittât pas dans ce dernier moment sans lui donner cette consolation; il pria
même l'infirmier de ne point reporter Louis à son infirmerie qu'il ne lui eût accordé la grâce qu'il demandait.
Le sage Louis répugnait infiniment à faire ce qu'on exigeait; mais, gagné par l'infirmier, il trouva un moyen pour
contenter le bon vieillard, et apaiser en même temps sa

propre humilité : ce fut qu'en élevant la main il se bénit
lui-même, disant : « Que Notre-Seigneur Dieu nous bé-
nisse tous deux. » Prenant ensuite de l'eau bénite, il la
jeta sur le père, disant encore : « Mon père, que le Seigneur comble Votre Révérence de sa sainte grâce et lui
accorde tout ce qu'elle désire pour sa gloire; priez pour
moi. » Le père resta consolé et très satisfait, et Louis se
fit reporter à son infirmerie.

Ce bon père donna encore un autre témoignage de la
dévotion qu'il avait pour Louis : car, se trouvant aux
derniers moments, il dit à l'infirmier qu'il souhaitait
ardemment qu'après sa mort on mît son corps dans le
même caveau où serait mis celui de Louis, quoique ce
caveau ne fût point destiné à la sépulture des prêtres :
la chose fut exécutée par ordre des supérieurs. Il mourut, en effet, le 1er juin, veille de la Pentecôte, vers
minuit, vingt jours avant Louis. Ce père était dans une
chambre assez éloignée de celle de Louis, et même dans
une galerie différente : Louis ignorait qu'il fût mort; et
cependant cette même nuit il apparut trois fois en songe
à Louis, comme celui-ci le raconta à l'infirmier. Ce
frère, entrant selon l'usage pour ouvrir les fenêtres de
son infirmerie, lui demanda comment il avait passé la
nuit, et Louis lui répondit en ces termes : « Je l'ai passée
plus mal qu'à l'ordinaire, tourmenté de rêves continuels,
fâcheux, extravagants même, ou plutôt d'apparitions.
J'ai vu trois fois le père Corbinelli tout hors d'haleine;
la première fois il m'a dit : « Mon frère, c'est maintenant
« le temps de me recommander à Dieu, afin qu'il daigne
« me donner la patience et les forces nécessaires dans le
« périlleux état où je me trouve, ne croyant pas que sans
« un secours spécial de sa divine bonté je puisse les avoir
« autant qu'il conviendrait. » J'ai cru que c'était un rêve,
et je me suis dit à moi-même : Je ferais mieux de dormir
et de laisser évanouir ces imaginations. Peu après, à peine
avais-je repris mon sommeil, que ce même père s'est fait
voir à moi pour la seconde fois, et m'a sollicité avec
encore plus d'instances de l'aider par de ferventes prières,
parce que la rigueur du mal le lui rendait insupportable.
Je me réveillai donc, et je pensai alors à demander le
lendemain une pénitence pour avoir négligé l'ordre du
médecin et des supérieurs, qui m'avaient ordonné de ne

penser qu'à dormir, et voilà qu'au moment où je me ren-
dormais le même père se montra à moi pour la troisième
fois et me dit : « Mon cher frère, je suis au dernier terme
« de la vie ; priez Dieu que mon passage de cette vie
« misérable soit heureux, et que par sa miséricorde il
« me reçoive en l'autre dans la gloire, où je n'oublierai
« pas de prier pour vous. » Alors je me suis tellement
éveillé, qu'il m'a été impossible de fermer l'œil le res-
tant de la nuit, demeurant surpris de ces apparitions, sur
lesquelles je faisais de profondes réflexions. »

L'infirmier ne parut faire aucun cas de ce que Louis
racontait, et, sans lui en témoigner nulle surprise, il es-
saya de le rassurer en lui disant que ce n'étaient que des
rêves et des fantômes, que le père Corbinelli était bien,
qu'ainsi il ne fût pas inquiet ; et pour qu'il pût reprendre
un peu de sommeil, il ne lui dit pas qu'il était mort.
Louis ne répliqua rien alors ; mais, dans une autre occasion, il s'exprima de manière à convaincre que non seulement il savait la mort du père Corbinelli, mais encore
qu'il était en paradis ; car, interrogé par le père Bellarmin
sur ce qu'il pensait de l'âme de ce père, si elle était en
purgatoire, il répondit sans hésiter : « Elle n'a fait que
passer par le purgatoire. » Le père conclut de cette réponse que Louis avait su cette mort par révélation, parce
que Louis, étant naturellement très réservé à assurer les
choses douteuses, n'aurait pas dit affirmativement à son
confesseur que l'âme du père avait simplement passé par
le purgatoire, s'il n'en avait eu de Dieu une révélation
certaine.

Nous nous efforcions tous de l'engager par plusieurs
raisons à demander à Dieu qu'il lui prolongeât la vie, soit
pour acquérir plus de mérites, soit pour être utile au prochain et à la religion ; mais à tous nos discours il répondit toujours : « Il vaut mieux mourir ; » et il disait cela
avec des sentiments si affectueux et une telle fermeté de
visage, qu'on voyait clairement qu'il ne désirait de quitter la vie que pour s'unir au plus tôt inséparablement et
pour toujours avec Dieu.

CHAPITRE XLV

Louis écrit à la marquise sa mère.

Quand Louis fut revenu du grand danger où il s'était trouvé au commencement de sa maladie, il écrivit deux lettres à la marquise sa mère. Dans la première, après l'avoir consolée et l'avoir exhortée à prendre patience dans les adversités, il ajoutait ces paroles :

« Il y a un mois que je fus sur le point de recevoir de Dieu Notre-Seigneur la plus précieuse des grâces, celle, comme je l'espérais, de mourir dans son amour : j'avais reçu le saint viatique et l'extrême-onction. Mais la maladie s'est changée en fièvre lente. Les médecins ne savent pas quand elle finira ; ils sont tous occupés à me faire des remèdes pour rétablir ma santé corporelle, et moi, je prends plaisir à me persuader que Dieu veut me donner une santé bien plus précieuse que celle que les médecins travaillent à me procurer. Ainsi je vis content, et j'espère que dans quelques mois il plaira au Seigneur de m'appeler de cette terre des morts à celle des vivants, de la compagnie des hommes d'ici-bas à celle des anges et des saints dans le ciel ; enfin de la vue des choses terrestres et caduques à la vision et à la contemplation de Dieu, qui est le souverain bien. En cela vous pourrez trouver des motifs de consolation, puisque vous m'aimez et que vous souhaitez mon plus grand avantage. Je vous supplie de prier pour moi, afin que, pendant le peu de temps que j'ai à naviguer sur cette terre du monde, le Seigneur daigne, par l'intercession de son Fils unique et de sa sainte Mère, noyer dans la mer Rouge de sa très sainte passion toutes mes iniquités, pour que, libre de mes ennemis, je puisse arriver à la terre de promission, voir Dieu et en jouir. »

La seconde lettre fut écrite peu avant sa mort, quand il eut appris par révélation le temps précis auquel il quitterait la terre pour le ciel. Voici comment il consolait la marquise :

« Que la grâce et la consolation de l'Esprit-Saint soient toujours avec vous. Votre lettre m'a trouvé encore vivant dans cette région des morts, mais prêt à partir pour aller à jamais louer Dieu dans la terre des vivants. Je croyais avoir à cette heure déjà fait le pas; mais la violence de la fièvre, comme je l'ai déjà dit, ayant un peu diminué, je suis heureusement parvenu jusqu'au jour de l'Ascension. Depuis ce temps un rhume a fait reprendre des forces à la fièvre; de sorte que je vois que j'avance peu à peu vers les doux et chers embrassements du Père céleste, dans le sein duquel j'espère pouvoir me reposer en sûreté et pour toujours. Or, si la charité, comme dit saint Paul, fait pleurer avec ceux qui pleurent, et se réjouir avec ceux qui sont dans la joie, votre consolation sera donc bien grande, ma très chère mère, pour la grâce que le Seigneur vous fait dans ma personne, me conduisant au vrai bonheur, et m'assurant de n'être plus dans la crainte de le perdre. Je vous avoue que je m'égare et me perds dans la considération de la bonté divine, mer immense sans écueil et sans fond. Cette divine bonté m'appelle à un repos éternel après de bien légères fatigues. Elle m'invite du ciel à ce souverain bonheur que j'ai cherché si négligemment. Elle me promet la récompense du peu de larmes que j'ai versées. Prenez donc garde de faire injure à cette infinie bonté; ce qui arriverait sûrement si vous veniez à pleurer comme mort votre fils, qui doit vivre en la présence de Dieu, et qui vous servira plus par ses prières qu'il ne fait ici-bas. Notre séparation ne sera pas longue, nous nous reverrons au ciel, et, unis ensemble pour ne plus nous séparer, nous jouirons de notre Rédempteur, nous le louerons de toutes nos forces, et chanterons éternellement ses infinies miséricordes. Je vous écris tout cela uniquement par le désir que j'ai que vous, ma très chère mère, et toute la famille receviez ma mort comme une grande faveur. Que votre bénédiction maternelle m'accompagne et me dirige dans le passage de la mer de ce monde, et me fasse arriver heureusement au port de mes désirs et de mes espérances. Je vous écris avec d'autant plus de plaisir, qu'il ne me restait plus d'autres preuves à vous donner de mon amour et du profond respect que je vous dois. Je finis en vous demandant de nouveau humblement votre bénédiction.

Rome le 10 juin 1591. Votre fils en Notre-Seigneur très obéissant, Louis de Gonzague. »

CHAPITRE XLVI

De la manière dont Louis se prépare à la mort.

Nous avons maintenant à décrire comment Louis se disposa chrétiennement et saintement à passer de la terre au ciel. Malgré le soin qu'on prenait de lui, que n'eut-il pas à souffrir dans une maladie aussi longue et aussi pénible que la sienne! Cependant jamais il ne donna aucun signe d'impatience, jamais il ne se plaignait de rien, ni ne témoigna être peu satisfait des services qu'on lui rendait. Il montra toujours une patience inaltérable, et la plus parfaite obéissance aux supérieurs, aux médecins et aux inférieurs, apprenant par son exemple comme il convient qu'un religieux se comporte jusque dans les plus grandes maladies.

Du moment qu'il se mit au lit jusqu'à sa mort, il ne voulut plus qu'on lui parlât d'autre chose que de Dieu et de la vie éternelle. Pour le satisfaire dans un désir aussi juste, tous ceux qui venaient le visiter ne lui tenaient que de pareils discours. Si par hasard quelqu'un venait à parler de quelque autre chose, Louis ne paraissait prendre aucun intérêt à ce qui se disait ; et quand on recommençait à parler de dévotion, il changeait tout à coup, et mêlait quelques paroles à la conversation, pour témoigner quelle satisfaction il y prenait. La raison qu'il avait d'agir ainsi était que, quoiqu'il fût persuadé que les choses indifférentes dites avec sel et avec prudence dans les conversations ordinaires n'étaient pas contre l'institut, cependant, dans l'état où il se trouvait, il lui paraissait convenable et tout à fait dans les vues de Dieu que tous ses discours fussent entièrement spirituels.

Quelquefois il se faisait donner ses habits, et il sortait du lit, puis il se traînait à une table sur laquelle était un crucifix ; il le prenait, lui donnait mille baisers affectueux et respectueux ; il en faisait autant à une image de la sainte Vierge et de sainte Catherine de Sienne, et à celles des autres saints qui tapissaient les murailles de son infirmerie. Le frère infirmier lui ayant dit qu'il lui épargnerait la peine de se lever pour satisfaire sa dévotion, et qu'il lui apporterait toutes ces images sur son lit, Louis lui répondit : « Mon cher frère, ce sont là mes stations. » Et il continua de les faire tant qu'il fut en état de se lever.

Quand il se trouvait seul dans le courant de la journée, et que la porte de l'infirmerie était fermée, il se levait de lui-même, et se glissait à la ruelle de son lit pour y faire une prière à genoux : dès qu'il entendait du bruit, il se remettait au lit. L'infirmier crut pendant quelque temps que c'était pour quelque besoin qu'il se levait ainsi ; mais ensuite il soupçonna ce que ce pouvait être, et, l'ayant un jour adroitement surpris à genoux, il lui défendit de le faire davantage ; et Louis, confus d'être ainsi découvert, ne le fit plus.

Il s'entretenait le plus souvent qu'il pouvait avec le père Bellarmin, son confesseur, des choses de son âme. Un soir, en particulier, il lui demanda s'il croyait que quelqu'un pût entrer dans le paradis sans passer par le purgatoire. Le père lui répondit qu'il le croyait ainsi ; et comme il connaissait parfaitement la vertu de Louis : « J'espère, ajouta-t-il, que vous serez un de ces fortunés, parce que le Seigneur Dieu vous ayant par sa miséricorde fait tant de grâces, et en particulier celle de ne l'avoir jamais offensé mortellement, je crois être assuré qu'il vous fera encore la grâce d'aller droit au paradis. » Cette réponse du père Bellarmin remplit Louis de tant de consolations, que, dès que le père eut quitté son infirmerie, il entra dans une contemplation où il vit en esprit la céleste Jérusalem. Il demeura toute la nuit dans cette extase, pendant laquelle son âme fut inondée de délices. Suivant ce qu'il en rapporta au père Bellarmin, cette nuit lui avait paru n'avoir duré qu'un instant. On croit que ce fut alors que le jour de sa mort lui fut décidément révélé ; car, après cette faveur céleste, il déclara positivement que le jour de l'octave de la Fête-Dieu il ne serait plus de ce monde ; ce qui se trouva vrai. Il répéta la même chose, quelques jours avant cette fête, à un jésuite qui le visitait souvent.

Comme la maladie de Louis allait en empirant, le préfet des infirmeries, qui s'entendait aux malades, lui con-

firma qu'il ne lui restait que quelques jours à vivre. Louis,
prenant prétexte de cet avis, dit à l'un de ses confrères :
« Vous ne savez pas la bonne nouvelle que j'ai eue ! je
mourrai dans huit jours : aidez-moi, je vous prie, à réciter le *Te Deum* pour rendre grâces à Dieu de la faveur
qu'il me fait. » Ils dirent donc tous deux dévotement ce
cantique. Ensuite un autre de ses condisciples étant venu
le voir, Louis lui dit avec effusion de cœur : « Mon frère,
lætantes imus, lætantes imus, nous nous en allons avec
joie. » Plus il montrait de satisfaction et de consolation
en prononçant ces paroles, plus ceux qui les entendaient
en étaient touchés et attendris.

Il voulut encore écrire trois lettres pour prendre congé
de trois pères ses intimes amis. Le premier était le père
Pescatori, autrefois son maître des novices, alors recteur
à Naples ; le second, le père Angelis, qui y professait la
théologie ; et le troisième, le père Recalcati, recteur de
Milan. Il leur fit marquer à tous trois qu'il partait pour le
ciel ; et, en les saluant, il se recommanda à leurs prières.
Comme les forces lui manquaient, il se fit conduire la
main pour signer ces lettres, et au lieu de son nom il fit
une croix.

Il employa ces huit derniers jours de sa vie à des actes
particuliers de dévotion. Il pria un père, auquel il fit confidence de la certitude de sa mort, de venir tous les jours
sur les trois heures dans son infirmerie, pour réciter
ensemble les sept psaumes de la Pénitence. Ce père ne
manqua pas au rendez-vous. Il se trouvait seul à cette
heure-là. Louis faisait mettre sur son lit un crucifix, et
le père, à genoux près du lit, récitait à voix basse les
psaumes. Le père s'arrêtait à quelques endroits, et le
saint jeune homme tenait les yeux fixés sur le crucifix
avec une profonde attention, et semblait se perdre dans
la contemplation des choses qu'on lisait. Le père ne pouvait s'empêcher de répandre un torrent de larmes. Louis
en laissait échapper aussi quelques-unes au milieu de la
plus parfaite sérénité. Aux autres heures du jour, il se
faisait lire quelques fragments des Soliloques de saint Augustin, ou de saint Bernard sur le Cantique, ou quelques
psaumes qu'il indiquait lui-même, tels que les psaumes
Lætatus, etc., *Quemadmodum desiderat cervus,* etc., et
autres semblables.

Le bruit commençant à se répandre qu'il devait mourir dans cette octave, chacun épiait le moment pour se trouver seul avec lui, et pouvoir en liberté se recommander à ses prières. Il recevait toutes les commissions qu'on lui donnait pour le ciel, et promettait si décidément de les faire, qu'il montrait cette certitude de devoir bientôt y entrer. Il parlait de sa mort comme nous parlons d'un changement de chambre. Plusieurs pères venaient le voir et le servir par dévotion. Le père Fuccioli, procureur général, se distingua pami les pères assidus, ainsi que le père Piatti, qui mourut deux mois après Louis. Ce dernier, sortant un jour de l'infirmerie de Louis, dit à son compagnon : « Je vous assure que Louis est un saint, et si fort saint, qu'on pourrait le canoniser même de son vivant, » faisant allusion aux paroles du pape Nicolas V, qui, dans la canonisation de saint Bernard de Sienne, dit de saint Antonin de Florence, qui était vivant et présent : « Je pense qu'on pourrait canoniser Antonin vivant, comme Bernardin mort. » Vers la fin de l'octave, Louis était la plus grande partie du temps dans une grande contemplation, proférant seulement de temps à autre quelques paroles de dévotion, quelques oraisons jaculatoires. Dans les trois derniers jours, ayant reçu d'un père un crucifix de bronze auquel étaient attachées des indulgences, il le tint constamment appliqué sur sa poitrine jusqu'au dernier soupir. Il fit plusieurs fois la profession de foi que le rituel prescrit, montrant un grand désir de s'unir à Dieu, en répétant souvent : *Cupio dissolvi et esse cum Christo :* « Je désire que mon âme quitte mon corps pour être à Jésus-Christ, » et autres paroles semblables.

CHAPITRE XLVII

De l'heureuse mort de Louis.

Le jour de l'octave de la Fête-Dieu commençait à paraître, lorsqu'un des infirmiers entra dans l'infirmerie de Louis, et, le trouvant à l'ordinaire, lui dit : « Eh bien ! mon frère, nous sommes encore vivant, et non mort,

comme vous l'aviez dit et l'aviez cru. » Louis lui confirma
qu'il mourrait effectivement ce jour même. L'infirmier, en
le quittant, rencontra son compagnon, et lui dit : « Louis
persévère dans la croyance qu'il doit mourir aujourd'hui,
et cependant il me paraît qu'il est mieux que les jours
précédents. » Un autre père, lui faisant visite, lui dit :
« Frère Louis, vous disiez que vous mourriez dans cette
octave; nous voilà au dernier jour, et il me paraît que
vous êtes mieux, et qu'on peut espérer de vous voir
vivre. » Louis lui répondit : « Le jour n'est pas encore
terminé. » Il parla plus nettement à un autre qui, en entrant dans son infirmerie lorsqu'on lui pansait une plaie
au talon droit, que la maigreur et le lit lui avaient occasionnée, lui dit, touché de compassion, que, quoiqu'on
fût bien fâché de le perdre, il priait cependant le Seigneur
de le délivrer de cette souffrance. A quoi Louis répondit
sérieusement: « Cette nuit je mourrai. » Il répéta jusqu'à
trois fois ces mêmes paroles, parce qu'on disait qu'on ne
le croyait pas malade à ce point. Il passa la matinée de ce
jour à faire des oraisons et des actes de foi et d'adoration
avec beaucoup de piété.

Vers midi, il insista pour qu'on lui donnât le saint
viatique, qu'il avait déjà demandé dès le point du jour;
mais les infirmiers, qui ne croyaient pas qu'il fût si près
de mourir, ne faisaient pas attention à sa demande. Cependant, comme il renouvelait ses instances et ses prières,
les infirmiers lui dirent qu'ayant déjà reçu dans cette
maladie le saint viatique, ils ne croyaient pas qu'on pût
le réitérer. Louis leur répondit : « L'extrême-onction,
non; le viatique, oui. » Malgré cette réponse, les infirmiers n'en firent rien.

Pendant qu'il était dans cet état, le pape Grégoire XIII,
qui, comme on le conjectura, avait su des cardinaux
parents de Louis sa grande maladie, demanda comment
il se trouvait. Ayant appris qu'il était à l'extrémité, il lui
envoya de lui-même sa bénédiction et une indulgence
plénière. Ce fut le père ministre du collège qui lui porta
cette nouvelle. Comme Louis était extrêmement humble,
s'il eut de la consolation à recevoir cette bénédiction et
cette indulgence, il ne fut pas moins confus de ce que le
pape s'était souvenu de lui; il en vint même jusqu'à se cacher le visage. Le père ministre, qui s'en aperçut, lui dit,

pour le tranquilliser, qu'il ne devait pas être surpris que le pape, ayant su par hasard quelque chose de sa dangereuse maladie, se fût déterminé à lui envoyer sa bénédiction.

Sur les six heures du soir, le père Lambertini, étant venu du noviciat, où ils avaient vécu ensemble, lui vint faire une visite. Louis le pria d'engager le père recteur à lui donner le saint viatique, ce qu'il fit. Il voulut réciter avec lui les litanies du saint Sacrement, auxquelles Louis répondit toujours d'une voix claire et distincte ; et à la fin il remercia ce père avec un air riant et un contentement plus marqué qu'à l'ordinaire. Le père recteur entra pour lors avec le saint viatique, ce qui augmenta la consolation de Louis. Il communia avec la plus grande ferveur, et toujours dans la ferme persuasion qu'il jouirait bientôt de son Dieu, et qu'il le verrait face à face dans le ciel. Tous ceux qui se trouvèrent à cette cérémonie ne purent retenir leurs gémissements et leurs larmes en entendant prononcer ces paroles : *Accipe, frater, viaticum,* etc. « Recevez, mon frère, etc. »

Notre saint jeune homme, après avoir reçu le saint viatique, voulut embrasser tous ceux qui étaient présents. Il le fit avec beaucoup de charité et de satisfaction, suivant l'usage de la compagnie quand quelqu'un part pour un long voyage. Il donna à chacun le dernier adieu, et chacun le reçut avec larmes sans pouvoir se déterminer à s'éloigner de lui. On le regardait avec tendresse, et l'on se recommandait à ses prières. Un de ceux avec qui Louis avait traité plus confidemment, lui ayant dit qu'il espérait qu'il jouirait bientôt de la vision béatifique, le pria de se souvenir alors de lui comme il l'avait fait pendant la vie, et de lui pardonner si par ses imperfections il l'avait quelquefois offensé. Louis lui répondit avec tendresse qu'il comptait sur les miséricordes divines, sur le précieux sang de Jésus-Christ, et sur la protection de la sainte Vierge sa mère ; qu'il espérait que son bonheur ne tarderait pas ; et il ajouta qu'indépendamment de sa demande il se serait souvenu de lui, parce que, s'il l'avait aimé sur la terre, il l'aimerait beaucoup plus encore dans le ciel, puisque la charité y est plus parfaite.

Louis avait la tête si saine, il parlait avec tant de justesse et si librement, qu'il ne paraissait pas vraisemblable qu'il dût mourir ce jour-là. Dans le même temps entre le frère provincial, qui lui dit : « Qu'en est-il de vous, frère Louis? » Il lui répondit : « Mon père, nous prenons notre route. — Et pour aller où? — En paradis, répliqua Louis. — En paradis! reprit le père provincial. — Oui, mon père, en paradis, si mes péchés ne m'en empêchent pas; oui, j'espère, par la miséricorde de Dieu, y arriver. » Alors le provincial, se tournant vers ceux qui l'accompagnaient, leur dit tout bas : « Faites attention, je vous prie, il parle d'aller au ciel comme nous parlerions d'aller à Frascati : que devons-nous faire de ce cher frère? devons-nous le mettre dans la sépulture commune? » Tous furent d'avis qu'à cause des preuves qu'on avait de sa sainteté il convenait d'y faire une attention particulière après sa mort.

Je me trouvai sur les sept heures du soir pour l'assister. Assis près de son lit, je tenais ma main sous sa tête pour lui diminuer la peine qu'il prenait à ne point perdre de vue un petit crucifix qu'on lui avait mis sur son lit et devant lequel il priait pour gagner, à l'article de la mort, l'indulgence plénière qui y était attachée. Dans ce moment, il haussa le bras et ôta le bonnet de nuit qu'il avait sur sa tête : je crus que cette action n'était qu'un mouvement de moribond, et je lui remis son bonnet sans lui rien dire. Un moment après, il l'ôta de nouveau. Alors je lui dis : « Frère Louis, laissez votre bonnet sur votre tête, de crainte que l'air du soir ne vous fasse mal. » Pour lors, me montrant des yeux son crucifix, il me dit : « Quand Jésus-Christ mourut, il avait la tête nue. » A ces paroles je fus attendri, m'apercevant que jusqu'au dernier instant il était tout occupé à imiter le Sauveur sur sa croix. Quelque temps après on parla en sa présence de ceux qui devaient passer la nuit auprès de lui; quoiqu'il fût absorbé dans sa contemplation, il dit deux fois à un père qui était auprès de lui : « Assistez-moi, vous. » Comme il avait promis à un autre père, qui souhaitait de se trouver à sa mort, de l'en faire avertir, il lui dit : « Voyez si vous pouvez m'assister, » gardant ainsi la parole qu'il lui avait donnée. Il était nuit depuis une heure, et l'infirmerie était pleine de monde.

Le père recteur, entendant Louis parler si librement, ne pouvait se persuader qu'il dût mourir cette nuit-là, comme il l'avait dit : il pensait même que sa maladie tirerait en longueur et durerait encore quelques jours, comme il avait vu cela arriver à plusieurs attaques de la même maladie. Il ordonna donc, en sortant de l'infirmerie, que chacun se retirât pour se reposer; et, quoique plusieurs lui demandassent en grâce de leur permettre de rester, il ne le permit à aucun, disant toujours qu'il n'en mourrait pas, et que, s'il croyait qu'il dût mourir, il ne le quitterait point. Il ordonna cependant au père Fabrini, maître du collège, et au père Gulfucci de demeurer auprès du malade.

On peut facilement se figurer quelle fut leur douleur de ce qu'on les forçait ainsi à se séparer de leur frère bien-aimé, et combien cotte séparation dut leur coûter, persuadés qu'ils étaient de ne plus le revoir vivant. Louis, s'apercevant de leur désolation, les consola en leur promettant de se souvenir d'eux dans le ciel. Il pria aussi tout le monde de vouloir bien dans ce moment l'aider de leurs prières. Il spécifia même à plusieurs ce qu'il désirait qu'ils fissent pour lui d'abord après sa mort.

Ce fut ainsi que, forcés par l'obéissance, les uns après les autres se retirèrent en gémissant. Il ne resta avec lui que les deux pères désignés par le recteur, et avec eux le père Bellarmin, confesseur de Louis. Ce père dit au malade de l'avertir quand il croirait qu'il faudrait lui faire la recommandation de l'âme. Louis répondit qu'il n'y manquerait pas. Un moment après il lui dit : « Mon père, il est temps. » Alors le père et les deux autres se mirent à genoux, et firent les prières de la recommandation de l'âme. Après quoi le père ministre, s'imaginant que le malade vivrait encore jusqu'au jour suivant, pria le père Bellarmin d'aller se reposer. L'infirmier l'assura aussi que le malade passerait la nuit, et que, dans le cas où il y aurait du changement, on l'avertirait. Sur cela le père Bellarmin se retira; et Louis resta seul avec les deux pères, le cœur et l'esprit toujours saintement occupés. De temps en temps on l'entendait répéter quelques paroles de la sainte Écriture, comme *In manus tuas, Domine*, etc. : « Seigneur, c'est dans vos mains que je remets mon esprit, » et autres semblables. Il conserva toujours le même visage, tandis que ceux qui l'assistaient récitaient les prières des agonisants, lui jetaient de l'eau bénite et lui donnaient à baiser le crucifix.

Quand il toucha à ses derniers moments, on connut, par la pâleur de son visage et par les gouttes de sueur qui lui coulaient en assez grande abondance, qu'il souffrait beaucoup. Dans cette crise il demanda d'une voix mourante de changer un peu de situation, étant depuis trois jours dans la même attitude ; mais on craignit d'avancer sa mort en le remuant, et l'on crut que sa demande était plutôt un instinct de la nature qu'un choix de sa volonté. On l'encouragea à souffrir, en lui rappelant le lit cruel et insupportable sur lequel Notre-Seigneur Jésus-Christ, au milieu des plus affreuses souffrances, voulut bien mourir pour nous. A ce souvenir, on le vit regarder fixement son crucifix ; et, ne pouvant plus parler, il donnait à connaître par ces signes qu'il souffrirait volontiers encore plus pour l'amour de Dieu. Il semblait se recommander à lui-même d'être soumis. Puis il s'arrêta. Les pères, voyant qu'il ne pouvait plus parler ni se mouvoir, lui mirent en main un cierge bénit allumé, en signe de la persévérance dans la foi : il le serra. Comme il le tenait, faisant en même temps des efforts pour invoquer le très saint nom de Jésus, il remua un peu les lèvres pour la dernière fois, et rendit son âme à son Créateur, avec une profonde tranquillité, entre deux et trois heures de la nuit. Ainsi Dieu lui accorda la grâce qu'il avait tant demandée, qui était de mourir dans l'octave du très saint Sacrement, ou un jour de vendredi, en mémoire de la passion du Sauveur. Il mourut précisément au moment où l'octave finissait, et où commençait le vendredi, la nuit du 20 au 21 juin 1591, à l'âge de vingt-trois ans trois mois et onze jours. Ce fut précisément à cet âge que mourut saint Louis, fils de Charles II, roi de Sicile, qui fut religieux de l'ordre de Saint-François et ensuite évêque de Toulouse. Notre Louis, par ses vertus, ressembla beaucoup à ce saint.

CHAPITRE XLVIII

Des funérailles de Louis, et des différentes translations
de son corps.

Les deux pères qui assistèrent Louis à la mort crurent
avoir reçu du Seigneur une grande grâce; en effet, ils
avaient eu la préférence sur tant d'autres qui souhaitaient
de se trouver au passage de ce saint jeune homme. Peu
avant sa mort, il les assura qu'il les recommanderait à
Dieu tout le temps de leur vie. Ils en ressentirent bientôt
les heureux effets. Le père ministre se trouva dans une
paix parfaite d'esprit et une sensible consolation, et le
père Gulfucci sentit dans ce moment une dévotion particulière, un grand regret d'avoir offensé Dieu, et un ardent désir de le mieux servir selon les conseils de Louis.
Cette vive impression ne lui dura pas seulement quelques
mois, mais des années, non pas toujours avec une impression pareille, mais selon les occasions plus ou moins importantes. Ce même père souhaitant, par dévotion pour
Louis, d'avoir quelque chose qui eût été à son usage, et
n'osant cependant toucher à son corps, prit et conserva
les liens de ses souliers, les plumes dont il se servait, et
autres choses semblables. Les infirmiers, étant venus pour
laver le corps et l'accommoder avant de l'habiller, s'aperçurent, en le tirant du lit, en présence de deux pères,
qu'il tenait sur sa poitrine un crucifix en bronze, qu'on lui
avait présenté depuis trois jours, et qu'il avait tenu tout
ce temps dans la même position. En le dépouillant, ils
virent aussi qu'il avait aux genoux deux grosses tumeurs,
effet de l'usage où il avait été dès l'enfance de faire toutes
ses prières à genoux. Quelques-uns, par dévotion, cou-
pèrent des parcelles de ces tumeurs, et les conservèrent
comme autant de reliques. Un des infirmiers, à la solli-
citation de quelques-uns qui l'en priaient, voulut couper
de la chair; mais il se trompa et ne coupa que de la
peau, qui, appliquée à un malade, le guérit.
A peine Louis eut-il expiré, que plusieurs de ses plus

intimes amis, avertis par un des pères que notre ange
avait pris son vol vers le ciel, se levèrent incontinent
pleins de dévotion, et accoururent pour se recommander
à sa protection, parce qu'ils se tenaient assurés qu'il était
arrivé au port du salut. Plusieurs firent alors pour lui les
prières qu'il leur avait demandées par amitié avant la
mort. Le matin suivant, 21 juin, à peine eut-on donné
le signal pour se lever, que l'infirmerie où était le corps
ne pouvait plus contenir la foule qui s'y rendit. On priait
pour lui, mais on se recommandait encore plus à lui;
plusieurs se jetèrent sur ses souliers, sur une chemise,
sur une camisole et autres habillements qu'il avait portés.
Enfin l'on porta le corps dans la chapelle domestique.
Plusieurs de ses confrères, surmontant l'horreur qu'on a
communément de toucher un mort, s'approchaient de la
bière, baisaient par dévotion le défunt, et ne laissaient
pas de l'appeler *saint, saint.* Toutes les messes qui se
dirent ce jour-là au collège et dans les autres maisons de
la compagnie à Rome furent célébrées pour lui, quoique
plusieurs ne lui en appliquassent le fruit que pour se
conformer à l'usage, bien persuadés qu'il n'en avait pas
besoin.

Pour bien comprendre quelle sensation fit dans tous
ceux du collège la mort de Louis, il faudrait s'y être
trouvé présent. On ne s'entretenait que de ses vertus et
de sa sainteté; chacun rapportait ce qu'il en avait aperçu;
tous sentaient le prix de la perte qu'ils faisaient d'être
privés de la compagnie de ce saint jeune homme.

Le soir, sur les six heures, avant de dire l'office, on
transporta le corps de la chapelle domestique dans la
grande salle, où les pères et les frères étaient assemblés.
L'usage était de baiser la main aux prêtres seuls; mais,
quoique Louis n'eût que les ordres mineurs, l'idée qu'on
avait de sa sainteté porta tout le monde, même les prêtres,
à lui baiser la main. Après ce pieux témoignage d'estime,
on porta processionnellement son corps à l'église du collège, où, selon la coutume, on psalmodia l'office des
morts. Après l'office il y eut un si grand concours d'étudiants et d'autres personnes qui s'approchaient du corps
pour l'honorer et en prendre quelques reliques, que, les
pères ne pouvant maîtriser cette foule, on fut obligé de
fermer les portes de l'église. Ce fut dans cette occasion

qu'on lui coupa les habits, les cheveux, les ongles, et les deux articulations du petit doigt de la main droite.

Quand il fut question de mettre le corps dans la sépulture, les principaux pères du collège, et parmi eux le père Bellarmin, furent d'avis qu'il ne convenait pas de le confondre avec les autres, mais de le déposer dans un sépulcre particulier, parce qu'ayant vécu dans une si grande sainteté, Dieu ne manquerait pas de le glorifier autant aux yeux du monde qu'il s'était appliqué à en être peu connu. Cependant, comme l'usage de la compagnie était d'enterrer les morts sans cercueil, le recteur envoya le ministre prendre les ordres du père général, qui déclara qu'on devait le mettre dans un cercueil, et qu'il dispensait d'autant plus volontiers de l'usage commun, qu'il était persuadé de la sainteté singulière de ce jeune jésuite. On peut juger par là quelle idée on avait de Louis, puisqu'on faisait pour lui une chose si extraordinaire en le traitant déjà comme quelque chose de saint. Le corps fut donc mis dans un cercueil fait exprès, et inhumé dans la chapelle du Crucifix, du côté gauche de l'église du collège.

Pendant plusieurs jours on ne s'entretint pas d'autre chose que du saint jeune homme; on le vénérait mort, n'ayant pas l'avantage de l'honorer vivant. Tous les jours plusieurs se transportaient à son tombeau pour se recommander à sa protection. Ils lui donnèrent cette preuve de confiance et de vénération tout le temps qu'ils restèrent à Rome. Le père Vatrino, venu de Sicile, qui n'avait jamais vu Louis, conçut pour lui une telle dévotion, que, non content d'aller tous les jours prier à son tombeau, il cueillait dans le jardin des fleurs qu'il semait sur sa tombe, disant que personne n'était plus digne de ces fleurs que celui qui s'était signalé par tant de vertus.

On laissa le corps de Louis pendant sept ans dans le cercueil dans lequel il avait été inhumé, c'est-à-dire jusqu'à l'année 1598. Dans la crainte cependant qu'on ne vînt dans la suite à confondre ses ossements avec les autres corps, on retira, par ordre du père général Aquaviva, ces ossements du cercueil où ils étaient, pour les remettre dans une caisse plus petite, qu'on plaça dans la muraille le 22 juin 1598. C'est à cette occasion que l'on prit des reliques de Louis qui furent envoyées dans plusieurs villes d'Italie, en Pologne et jusqu'aux Indes.

Comme le Seigneur avait déjà commencé à glorifier son serviteur par des miracles, le père général ordonna qu'on retirât ces précieux ossements du lieu où ils étaient, pour les placer dans un endroit plus décent, absolument séparé des autres. En exécution de cet ordre, le 8 juin 1602, on transporta secrètement dans la sacristie ces précieuses dépouilles, et le 1er juillet de la même année on les plaça dans une boîte de plomb qui fut mise sous le marchepied de l'autel de Saint-Sébastien, dans la même église. Quoiqu'on eût pris toutes sortes de précautions pour que cette translation fût secrète, et qu'on n'y eût admis que les personnes absolument nécessaires, il en transpira quelque chose dans le public, et bientôt la dévotion du peuple rendit célèbre le lieu où reposait ce précieux trésor.

Enfin le bruit de la sainteté de Louis se répandit de plus en plus dans toutes les parties du monde, et, les miracles se multipliant, le prince don François de Gonzague, frère du saint et marquis de Châtillon, alors ambassadeur de l'Empereur à Rome, jugea que le lieu où l'on avait mis ces reliques était trop étroit. Ainsi, sur ses instances, le père général fit exhumer de nouveau ces saintes reliques. On ouvrit la caisse qui les renfermait, et de l'agrément des supérieurs, le prince François prit quelques reliques pour lui et pour le duc de Mantoue. La tête, à la prière du même prince, fut donnée à l'église du collège de Châtillon, où on la conserve avec une grande vénération. Le 13 mai 1605, tout le reste de son corps, porté par des prêtres et accompagné d'une grande quantité de lumières, fut transféré dans la chapelle de Notre-Dame de la même église, et placé dans le mur du côté de l'Évangile. On fit encore cette nouvelle translation les portes fermées; cependant le frère du saint s'y trouva avec son épouse et quelques autres seigneurs; le concours y fut même si grand, que plusieurs prêtres y furent longtemps occupés à faire baiser la caisse qui renfermait les reliques de Louis, et à faire toucher les chapelets et choses pareilles de dévotion, avant qu'on pût placer ce dépôt sacré au lieu qui lui était destiné.

Les précieuses dépouilles de Louis reposèrent dans cette chapelle pendant une quinzaine d'années. On mit son image et plusieurs vœux alentour; une lampe y était toujours allumée. Enfin l'année 1620, le 15 juin, les reliques de Louis furent transportées dans la chapelle construite exprès pour lui, comme on le verra dans le chapitre suivant.

CHAPITRE XLIX

Commencement et progrès de la dévotion à saint Louis de Gonzague. — Décret de sa canonisation.

La dévotion des fidèles envers saint Louis de Gonzague se distingue surtout par deux qualités remarquables : la première est l'universalité de cette dévotion, la seconde est sa ferveur. On peut assurer qu'il n'y a presque point de lieu où cette dévotion ne soit aujourd'hui connue et pratiquée avec des démonstrations singulières de piété envers le saint, et l'on remarque que ce culte est toujours accompagné d'une ferveur particulière, qui produit des fruits admirables d'innocence et de sainteté. Ces deux caractères sont si singuliers, qu'ils méritent bien qu'on rapporte ici les commencements et les progrès de cette dévotion jusqu'à ce jour.

Les premiers qui rendirent à notre saint un culte public avant que Paul V l'eût déclaré bienheureux, furent les pères de l'ordre de Saint-Dominique. Il faut remarquer qu'alors il n'y avait point encore de décret qui défendît de rendre aucun culte aux personnes mortes en odeur de sainteté. L'approbation des évêques suffisait pour autoriser ces cultes précoces: c'est ce qui arriva par rapport à saint Louis de Gonzague, qu'on qualifiait de bienheureux dans toute la Lombardie. Le père Sylvestre Ugoloti, dominicain, vicaire général du saint office, se trouvait à Brescia l'an 1604. Il avait connu Louis dans son enfance, et il était instruit des merveilles multipliées qu'il avait plu au Seigneur d'opérer par son intercession. Il résolut donc avec la permision de l'évêque, et de concert avec la nombreuse jeunesse de la ville, de célébrer, cette année 1604, la fête du bienheureux Louis. Rien ne manqua de ce qui pouvait la rendre magnifique. Un père domini-cain prononça le panégyrique du saint. L'après-dîner, des savants distingués lurent plusieurs pièces de leur composition à la louange de notre saint, qui fut choisi ce même jour pour protecteur de la ville.

Ce même père Ugoloti fit célébrer une pareille fête le 28 juillet suivant à Châtillon, patrie du bienheureux et la sienne. Avec la permission de l'évêque, il fit exposer à la vénération publique, dans l'église collégiale, le tableau du bienheureux Louis, environné d'une grande quantité de lumières. L'église était d'ailleurs richement parée. Le père inquisiteur prononça le panégyrique du saint, et tira les larmes des yeux de ses auditeurs. Ils avaient été les vas-saux de notre saint, et dans ce jour ils se montrèrent ses dévots les plus fervents. Ce qui rendit ce spectacle plus touchant fut la présence de la marquise, mère du bien-heureux Louis.

Le 5 du mois d'août de la même année 1604, le prince François de Gonzague, frère de Louis et ambassadeur de l'empereur Rodolphe II, étant à l'audience du pape Clément VII, Sa Sainteté lui demanda à quel degré il était parent de Louis de Gonzague, mort peu d'années auparavant, au collège Romain, dans une réputation de grande sainteté. L'ambassadeur lui répondit que c'était son frère, et accompagna sa réponse de quelques larmes. Le pape, attendri de son côté, ajouta : « Qu'il est heu-reux ! il jouit de la gloire éternelle. Que vous êtes heu-reux vous-même d'avoir un tel protecteur dans le ciel ! » Ensuite il lui demanda si on avait imprimé sa vie. Ap-prenant que non, il l'exhorta à en accélérer l'impression pour l'avantage de tout le monde chrétien; il permit aussi qu'on transportât son saint corps dans un lieu plus décent, ce qui fut exécuté l'année suivante, où l'on trans-porta les reliques du bienheureux, avec beaucoup de solennité, dans la chapelle de la Sainte-Vierge; c'était le 13 mai 1605.

Le 21 du même mois, le cardinal François Diechm-stein, condisciple de Louis, et qui s'était trouvé à ses obsèques, étant à l'audience du pape Paul V, exposa au saint-père combien il serait mortifié de retourner en Allemagne sans avoir obtenu que son saint ami eût le titre de bienheureux et que son culte fût approuvé. Le

pape, qui avait déjà des idées très avantageuses sur la
sainteté de ce jeune ange, voulut bien seconder les pieux
désirs du cardinal, et lui accorda ce qu'il demandait.
Cette Éminence se rendit sur-le-champ à l'église du collège Romain, où l'ambassadeur de l'empereur, François
de Gonzague, l'attendait. Ce fut alors qu'on exposa sur
le haut de son tombeau un tableau où le saint est repré-
senté avec une auréole de gloire, et cette inscription :
« Bienheureux Louis de Gonzague, de la compagnie de
Jésus. » Ce tableau fut en même temps entouré de plusieurs vœux, qu'on avait jusque-là tenus cachés. Le pieux
cardinal voulut ensuite célébrer une messe du Saint-Esprit, en action de grâces de ce premier culte rendu au
bienheureux avec l'autorité apostolique. Il dit cette messe
dans la chapelle où le bienheureux avait été inhumé, et
où l'on avait placé son tombeau. Tous les pères du collège Romain assistèrent à cette messe, triomphants de
joie pour un événement aussi peu attendu qu'il était
désiré.

Le bruit se répandit bientôt que le souverain pontife
avait donné au saint jeune homme le titre de bienheureux et permis de lui rendre un culte. En conséquence,
le 21 du mois de juin suivant on en solennisa la fête avec
grande pompe à Padoue, à Parme, à Modène, à Crémone,
à Florence, à Brescia, etc., dans les terres de la maison
de Gonzague, particulièrement à Châtillon.

Mais la fête la plus magnifique et la plus mémorable
fut assurément celle qui se fit à Rome pendant huit jours,
dans l'église du collège Romain, l'usage n'étant point
alors établi de faire cette cérémonie dans l'église Saint-
Pierre au Vatican. Le prince François de Gonzague fit
tous les frais de cette superbe fête : elle fut honorée de
la présence des cardinaux, des prélats, des princes, des
ambassadeurs, et d'un concours infini de peuple.

Le prince François n'en resta pas là : aidé du cardinal
Bellarmin, il mit tous ses soins à étendre le culte de son
bienheureux frère. Il fit de nouvelles instances auprès du
pape Paul V pour l'expédition de la cause. En conséquence
le pontife la remit à la congrégation des rites, et députa
pour rapporteurs de cette cause les cardinaux Bellarmin,
Benario, dominicain, et Pamphile, son vicaire. Cette
congrégation fut chargée de revoir les procédures faites

par les ordinaires et la vie du saint composée par le père
Cepari. Le rapport des cardinaux, fait le 25 septembre
1605, porte que le jeune homme angélique, Louis de
Gonzague, vu sa grande sainteté et trente et un miracles
de guérisons instantanées, était non seulement digne de
la béatification, mais encore de la canonisation. Le saint-
père approuva ce rapport, et fit expédier le bref le 19
octobre suivant. Ce bref, en qualifiant Louis de bienheureux, permet aussi d'imprimer sa vie. Cette double grâce
n'avait été jusqu'alors accordée que de vive voix. Le Ciel
voulut bien confirmer ce décret en rendant tout à coup
miraculeusement la santé au docteur Flaminien Bacci,
substitut de la secrétairerie des rites. Ce prélat, pour
obtenir sa guérison, avait eu recours à la protection du
bienheureux Louis, afin de pouvoir s'employer à sa
gloire, comme il le fit, en effet, dans la cause de sa
canonisation.

La vie du bienheureux Louis, composée en italien par
le père Cepari, ayant donc été approuvée, et le saint-
père ayant permis de l'imprimer, cette vie fut traduite en
différentes langues et se répandit en peu de temps dans
toute la chrétienté. Il est incroyable combien elle a contribué à étendre partout le culte du bienheureux Louis,
en faisant connaître sa sainteté et ses miracles : cette lecture excitait tous ceux qui avaient quelque besoin à recourir avec confiance à la puissante intercession d'un si
grand saint. Son parent François de Gonzague, évêque de
Mantoue, fit ériger dans sa cathédrale une magnifique
chapelle en l'honneur du bienheureux. Cette chapelle fut
bénite avec une grande solennité le 20 décembre de la
même année. Le duc de Mantoue fit dresser un pareil mo-
nument dans son église ducale, en action de grâces de la
santé qu'il avait recouvrée à Florence par l'intercession
de son bienheureux cousin, lors du voyage qu'il avait fait
à Rome.

Peu d'années après, la ville de Mantoue choisit le bienheureux Louis pour son protecteur particulier. Toutes les
terres soumises à la maison de Gonzague suivirent cet
exemple.

Le 21 juin de l'année 1608, jour de la fête de leur saint
oncle, les trois filles du marquis Rodolphe de Gonzague
se retirèrent du monde avec dix autres demoiselles, pour

mener ensemble une vie très exemplaire sous la direction du père Cepari. La même année, le pape Paul V assigna à ce nouveau collège de vierges saint Louis de Gonzague pour patron. Elles furent de très ferventes imitatrices des vertus de leur saint oncle, comme le prouve ce qu'en rapportent les Bollandistes, au quatrième tome de juin, vie de saint Louis de Gonzague. Elles y sont toutes trois qualifiées du titre de Vénérables.

Pendant ce temps on travaillait à l'expédition de la cause, suivant le bref que Sa Sainteté Paul V avait envoyé à la congrégation des rites. Enfin, après cinq années de discussion et d'examen, le 10 novembre 1612, le cardinal Capponi fit un long rapport qui conclut en ces termes : « Je crois trouver dans cette cause toutes les conditions « requises pour la canonisation du bienheureux Louis de « Gonzague, à qui Dieu a accordé des dons si rares et si « extraordinaires, que je n'en ai jamais lu de ma vie ni « entendu de pareils; et pour cela je juge qu'on doit « présentement accorder l'office et la messe au jour de « son anniversaire. » Ce sentiment du cardinal Capponi fut suivi avec une merveilleuse unanimité par toute la congrégation. Le saint cardinal Bellarmin, qui en était et qui avait été le confesseur du bienheureux Louis, ajouta tant de belles choses sur ses vertus et sa sainteté, qu'il n'y eut pas un seul des cardinaux qui ne fût attendri. Le décret fut donc souscrit non seulement avec de l'encre, mais encore avec des larmes.

Quoique toute la congrégation eût décerné d'un commun avis qu'on pouvait accorder la messe et l'office du bienheureux Louis pour toute la compagnie, si Sa Sainteté l'agréait, le pape, qui dans ces matières usait de beaucoup de circonspection, voulut encore, avant de rien décider, examiner lui-même la cause; ensuite il ordonna qu'on la mît au tribunal de la rote, comme c'était alors l'usage. Après un examen de cinq autres années, ce tribunal décida que la cause était au point que Sa Sainteté pouvait, quand elle le voudrait, mettre au catalogue des saints le bienheureux Louis de Gonzague, pour la gloire du Dieu tout-puissant et l'exaltation de notre mère la sainte Église. Alors le pape, après avoir demandé de nouveau l'avis de la congrégation des rites, accorda qu'on pouvait célébrer la messe et dire l'office du bienheureux Louis dans les États de la maison de

Gonzague et dans quelques maisons et collèges de la compagnie. Cette concession, datée de l'an 1621, fut étendue par le pape Grégoire XV à toutes les églises des jésuites.

Différents événements occasionnés par la mort des souverains pontifes et d'autres circonstances firent ensuite suspendre cette cause et retardèrent la canonisation pendant plus d'un siècle; mais ce retard ne porta aucun préjudice à la gloire du bienheureux, et son culte s'étendit prodigieusement pendant ce long intervalle.

Après la concession de l'office et de la messe, on érigea en l'honneur du bienheureux deux chapelles au collège Romain : une dans la chambre où il était mort, l'autre dans l'église du même collège. Ce fut le cardinal Bellarmin qui, pour satisfaire sa dévotion, fit tous les frais de la première. Jusqu'à l'époque de l'érection de cette première chapelle, sept ans s'étaient écoulés depuis la mort du bienheureux Louis. Pendant ce temps, cette chambre avait paru plusieurs fois illuminée; on y avait même souvent entendu des chants mélodieux accompagnés de symphonie. On comprend que ces merveilles firent une sensation extraordinaire dans toute la maison. Les Bollandistes en font mention dans leur volume du mois de juin, cité plus haut. Cette chambre, sanctifiée par la mort précieuse de Louis et convertie en chapelle, n'existe plus; elle fut détruite lorsque le cardinal Ludovisi fit bâtir avec une magnificence royale la superbe église dédiée à saint Ignace. On a cependant eu soin de conserver le souvenir d'un lieu si mémorable. L'emplacement de cette précieuse chambre se trouvant compris dans le local de la chapelle dédiée à saint Joseph, on a placé dans un des arcs de cette chapelle une peinture qui représente Louis mourant, et au-dessous on lit ces mots : « Ici fut autrefois la chambre du bienheureux Louis et son sépulcre. » Voici à quel sujet les reliques de Louis furent placées dans ce lieu.

Le cardinal Louis Ludovisi, voulant faire bâtir en l'honneur de saint Ignace une magnifique église, en posa la première pierre le 2 du mois d'août 1626. Quoique l'ouvrage eût été ensuite retardé par la mort inopinée de cette Éminence, cependant, aussitôt que le vaisseau fut achevé et le dedans fini, avant d'élever la coupole on ferma la nef du milieu par une muraille montant jusqu'à la voûte, et l'on appuya le maître-autel de l'église contre cette muraille. Dans la seconde chapelle de la partie gauche, où est maintenant l'autel de Saint-Joseph, on érigea en l'honneur de saint Louis un autel de pierres précieuses artistement travaillées, et, le cinq du mois d'août de l'année 1649, on y transporta le corps du bienheureux. Il resta dans ce lieu pendant une cinquantaine d'années, exposé à la vénération du peuple, et surtout des jeunes écoliers, qu'on voyait matin et soir assidus à lui témoigner la tendre affection qu'ils avaient conçue pour un saint qui avait été comme eux écolier au collège Romain. On vit même cette dévotion des jeunes étudiants aller toujours en augmentant. En 1684, on pensa à finir cette église et à fermer le dôme. Quand ce travail fut fini, on détruisit la muraille qui fermait la nef du milieu ; alors ce vaste temple fut libre et ouvert. Dans le bas côté de la traverse à gauche, on désigna l'emplacement qu'on destinait à recevoir un magnifique autel en l'honneur du bienheureux Louis, tel qu'on l'admire encore aujourd'hui. Ce fut le 20 décembre 1699 qu'on transporta à cet autel ces précieuses reliques. Aussi la première fête de ce saint qu'on célébra à ce nouvel autel eut lieu l'année sainte 1700.

Le pape Clément X décerna à notre saint jeune homme un honneur extraordinaire en approuvant qu'il fût placé dans le martyrologe romain, avec l'éloge qu'en avait fait la congrégation des rites, le 30 janvier 1651, lorsqu'elle le déclara illustre par l'innocence de sa vie et par le mépris qu'il avait fait d'une principauté. De ce moment si sa fête n'était pas solennisée partout, du moins était-elle partout annoncée dans les divins offices, et partout on implorait sa protection, en même temps qu'on implore celle des autres saints. C'est ce qui fit dire avec raison au pape Clément XI, dans sa bulle de canonisation, que le saint-siège apostolique, en prononçant sur ce saint, travaillait moins à le canoniser qu'à déclarer que, du consentement universel de l'Église catholique, et en vertu de la voix publique, il était déjà canonisé. « De sorte, dit le pape, que le siège apostolique paraît moins occupé de le canoniser que de déclarer qu'il a été canonisé par toute l'Église. » Effectivement, avant qu'il fût canonisé, avant même que la cause eût été reprise, la vénération et la dévotion des peuples pour ce saint était si répandue, que son culte surpassait déjà, comme l'assurait Clément XI, celui de plusieurs saints canonisés.

C'est sous ce même pontife que le père Michel Tamburini, général de la compagnie, reçut l'ordre de postuler la reprise de la cause. La demande en fut faite en 1719. Le pape témoigna aussi qu'il serait bien aise qu'on renouvelât les instances pour la canonisation. La mort empêcha Clément XI de satisfaire ses désirs. Il laissa donc à son successeur Innocent XIII d'ordonner que la cause fût reprise dans l'état où elle se trouvait.

Mais la gloire de la terminer était réservée au pape Benoît XIII. Dès que ce grand pontife se vit élevé à la première dignité de l'Église, un de ses premiers soins fut de se faire rendre compte de l'état où en était l'affaire de la canonisation du bienheureux Louis, et d'ordonner qu'on travaillât promptement à la conclure. Cependant il voulut que tous les collèges de la compagnie de Jésus le prissent pour protecteur. Enfin, la cause ayant été mise en état d'être décidée, Benoît XIII, après beaucoup de prières et de jeûnes, porta son décret et donna la bulle de canonisation, en 1726.

La cérémonie se fit avec beaucoup de solennité, le 31 décembre de la même année, dans la basilique du Vatican.

Après la canonisation de saint Louis de Gonzague, on vit couler abondamment de nouvelles sources de bienfaits et de grâces spirituelles et temporelles. Les personnes de tous les états recoururent à lui, quels que fussent leurs besoins, ce qui fit que de toutes parts on voyait des démonstrations de reconnaissance pour des bienfaits reçus, lesquels devenaient autant de garants de ceux qu'on espérait encore.

Le 22 novembre 1729, Benoît XIII donna saint Louis de Gonzague pour protecteur spécial à la jeunesse. Il permit aussi à tous les prêtres de pouvoir dire son office et sa messe. De plus, il accorda une indulgence plénière à quiconque, s'étant confessé et ayant communié, visiterait son autel, soit que la fête se fît à cet autel, soit que, pour plus grande commodité, elle se fît à quelque autre autel. Cette extension est du pape Clément XII, et du 21 novembre 1737.

Le 21 décembre de cette même année 1737, le pape

accorda encore une indulgence plénière pendant les six dimanches qui précèdent la fête du saint, ou même pendant six autres dimanches, à tous ceux qui, étant vraiment pénitents et après avoir communié, sanctifieront ces jours de salut par de pieuses méditations, par des prières ferventes, et par d'autres exercices de la piété chrétienne en l'honneur de ce saint et pour la gloire du Seigneur.

Comme, sous Benoît XIV, on proposa le doute si l'indulgence n'était que pour les six dimanches unis ou pour chaque dimanche en particulier, Sa Sainteté déclara qu'on devait l'entendre de chaque dimanche séparément. Le décret est du 7 janvier 1740.

Sur les remontrances qu'on fit à ce même pape, que quelquefois on célébrait la fête du saint avec un grand concours dans plusieurs églises de la même ville, ce qui ne pouvait pas toujours se faire le 21 juin, le pontife répondit que, pour augmenter le culte du saint, on n'avait qu'à s'entendre avec l'ordinaire du lieu, qui assignerait des jours différents, et qu'au jour assigné par l'évêque on pourrait réciter l'office et la messe du saint, et gagner l'indulgence. Le décret est du 22 avril 1742. Enfin, le 21 juin 1762, le pape Clément XII, étant venu au collège Romain, célébra pontificalement la messe à l'autel de Saint-Louis-de-Gonzague. Après la messe il déclara cet autel privilégié à perpétuité en faveur de tout prêtre qui y célébrerait; ce qui a encore augmenté la vénération publique et le concours des prêtres qui viennent offrir le saint sacrifice dans le lieu même où repose le corps de cet ange terrestre.

Son âme sainte prie pour nous dans le ciel, tandis que nous honorons ici-bas ses précieuses reliques. Plaise au Seigneur nous accorder par ses mérites une abondance de grâces et de bénédictions, afin que nous devenions dignes des promesses du Verbe incarné, auquel, avec le Père et le Saint-Esprit, soient honneur et gloire dans tous les siècles des siècles. Ainsi soit-il.

FIN DE LA VIE DE SAINT LOUIS DE GONZAGUE

VIE

DE

SAINT STANISLAS KOSTKA

———

La maison de Kostka est l'une des plus anciennes de la Pologne. Ses grands biens, et les charges qu'elle a possédées en ce royaume, l'y ont rendue si considérable, qu'elle se trouvait en état, lorsqu'Henri III revint en France, de disputer la couronne aux princes qui y prétendaient, et peu s'en fallut qu'elle ne l'emportât. C'est de ce sang illustre que le bienheureux Stanislas, dont j'écris la vie, tire son origine. Il naquit au château de Roskou, dans la basse Pologne, le 28 octobre 1550. Il fut le dernier des enfants de Jean Kostka, sénateur de ce royaume, et de Marguerite Kristka, sœur du palatin de Masovie, issue de la maison d'Odovras, que l'admirable sainte Jacinthe, qui en était, a rendue si célèbre.

On peut dire de Stanislas ce qu'Isaïe dit de lui-même, que Dieu l'avait appelé à son service dès le sein de sa mère, et qu'il l'avait formé exprès pour cela; car il est marqué dans les procès qui ont été faits à Postna et à Rome par sa canonisation, que sa mère, étant enceinte, s'aperçut un jour qu'elle avait le nom de Jésus imprimé sur le sein, avec des caractères si bien formés et d'une couleur si éclatante, qu'il était impossible que cela se fût fait par hasard. Cette merveille fit regarder Stanislas à ses parents comme une chose qui appartenait plus à Dieu qu'à eux; et, comme ils avaient beaucoup de piété, cette considération les obligea à l'élever avec un soin extraordinaire.

Aussitôt qu'il fut en âge d'être appliqué à l'étude, ils mirent auprès de lui un jeune gentilhomme nommé Jean Bilinski, pour lui servir de gouverneur et pour lui enseigner les principes de la langue latine; mais, de quelque diligence qu'ils eussent usé à lui donner un homme pour l'instruire, le Saint-Esprit, qui voulait être son premier maître, les avait prévenus: car il y avait déjà longtemps que Stanislas en avait reçu la première leçon de la science des saints quand on résolut de le faire étudier. Aussitôt qu'il fut capable de connaître Dieu, il se sentit porter à l'aimer, et il disait souvent lui-même que le premier usage qu'il avait fait de sa raison avait été de s'offrir et de se consacrer entièrement à Notre-Seigneur.

Une correspondance si fidèle à cette première grâce attira sur cette âme innocente les bénédictions du ciel avec tant d'abondance, qu'on le vit élevé à un très haut degré de perfection dans un âge où les autres hommes ne connaissent pas encore la vertu. Un vieux domestique de la maison assurait que Stanislas avait été un aussi saint enfant dans les premières années de sa vie qu'il avait été depuis un saint religieux. Son père et sa mère lui donnaient le nom d'*ange*, et c'était son vrai caractère.

Il n'y avait rien de plus beau que lui, et l'on disait de sa beauté ce que saint Ambroise dit de celle de la sainte Vierge, qu'elle inspirait le désir d'être chaste, et que c'était assez de la regarder pour être délivré des tentations impures. Moins il affectait de plaire aux hommes, plus il avait bonne grâce à tout ce qu'il faisait; il était doux et affable; mais il avait un air sérieux qui lui attirait du respect et qui le mettait à couvert de ces caresses dangereuses qui amollissent d'ordinaire le naturel des enfants. Il avait une pudeur si délicate, qu'il ne fallait qu'une parole trop libre pour le faire évanouir. Cet accident lui arrivait d'ordinaire à table, où il se trouvait quelquefois engagé malgré lui à entendre des discours trop libres; et cela arrivait si souvent, qu'il fut aisé d'en reconnaître la cause; de sorte que son père, qui l'aimait tendrement, prenait soin de détourner tous les entretiens qui pouvaient choquer l'honnêteté; et quand il ne le pouvait faire par adresse, il priait ceux qui les commençaient d'avoir pitié du petit Stanislas, et de lui épargner la peine que lui causaient ces sortes de discours.

L'amour qu'il avait pour la pureté lui faisait éviter avec un soin extrême tout ce qui la pouvait souiller. Il aimait à être vêtu simplement, il haïssait le jeu, il fuyait les conversations dangereuses, et, ce qui contribuait plus que toute chose à le conserver dans l'innocence, il était toujours occupé à l'étude ou à la prière.

Stanislas étudia dans la maison de son père jusqu'à quatorze ans, qu'on pensa à le mettre au collège. Il y avait en ce temps-là à Vienne en Autriche un célèbre séminaire de jésuites, que l'empereur Ferdinand y avait établi pour y faire élever la jeune noblesse d'Allemagne dans la crainte de Dieu et dans l'étude des belles-lettres. La réputation qu'avait alors cette belle académie dans tout le Nord, ainsi que le grand nombre de personnes de qualité qui y allaient faire leurs études, fit prendre au père de Stanislas la résolution de l'y envoyer, avec un de ses frères nommé Paul.

Le saint enfant ne pouvait trouver une demeure plus conforme à ses inclinations que celle-là; on y vivait très saintement, et toutes choses s'y faisaient avec beaucoup d'ordre. Il y avait parmi ces jeunes gentilshommes une ferveur qu'on eût admirée en des religieux; ils aimaient la prière, et ils pratiquaient publiquement les plus rudes exercices de la pénitence. Un grand nombre de luthériens que la réputation de ceux qui enseignaient dans ce séminaire y avait attirés, s'y rendaient catholiques, et l'on a su depuis que beaucoup d'entre eux avaient souffert des persécutions cruelles et de grandes pertes de biens pour la conservation de leur foi.

Stanislas eut une joie très sensible lorsqu'il se vit dans une maison où Dieu était si bien servi. Il la considéra comme un lieu de sûreté où la Providence divine l'avait conduit pour le préserver de la corruption du siècle, et il crut que la reconnaissance l'obligeait de contribuer par son exemple à y maintenir la piété. Il s'y prit avec tant de ferveur, qu'il attira d'abord sur lui les yeux de tout le monde, et en peu de temps il fut considéré dans le séminaire comme un modèle des plus parfaites vertus.

Quand il était à l'église et qu'il assistait à l'office divin, chacun s'empressait pour le voir, et il n'y avait personne à qui sa modestie n'inspirât de la vénération. Il était si recueilli dans sa prière, et son visage y paraissait si plein de feu, qu'il donnait de la dévotion aux moins fervents. On eût dit qu'il y était toujours en extase, et il y était, en effet, très souvent. Il faisait cependant tout ce qu'il pouvait pour cacher aux yeux des hommes ces sortes de faveurs; mais Dieu, qui voulait être glorifié en lui, ne permettait pas qu'il y réussît toujours. On le voyait fondre en larmes aux prières publiques; on le surprenait quelquefois dans ses ravissements, lorsqu'il était fort haut élevé de terre; et il est à croire qu'il se passait bien des choses encore plus extraordinaires que celles-là dans les longues communications qu'il avait avec Dieu, lorsqu'il ne pouvait être vu de personne et qu'il ne craignait point de découvrir les grâces du ciel, que son humilité lui faisait cacher avec un soin extrême.

Il sortait toujours de l'oraison si rempli de l'esprit de Dieu, qu'il en remplissait tous ceux avec qui il conversait. Il avait fait choix d'un petit nombre d'amis parmi les plus sages et les plus vertueux de ses compagnons d'étude, avec lesquels il passait d'ordinaire en des entretiens de dévotion les heures destinées à la récréation et au jeu. Il s'était fait un talent particulier pour tourner la conversation sur des discours de piété, sans qu'on s'aperçût qu'il eût dessein de le faire; et chacun suivait en cela son inclination avec d'autant plus de facilité, qu'il parlait de tout agréablement et avec un air de gaieté qui réjouissait et qui édifiait tout ensemble; de sorte que, quoiqu'il parlât toujours de Dieu, il n'ennuyait jamais.

Il ne donnait néanmoins à l'entretien des hommes que ce que les règles du séminaire ne lui permettaient pas de passer avec Dieu; car, quelque douceur qu'il trouvât à converser avec ses saints amis, il trouvait toujours incomparablement plus de plaisir à entretenir Notre-Seigneur, hors duquel il ne voyait rien d'aimable ni qui méritât d'occuper son cœur.

La vie que Stanislas avait menée dans le séminaire était pleine de vertus, comme nous venons de le voir; mais elle était trop paisible pour durer beaucoup. Dieu ne laisse jamais les saints longtemps en repos. Comme la perfection à laquelle il les appelle consiste dans la conformité qu'ils doivent avoir avec Jésus-Christ crucifié, qui est leur modèle, son premier soin est de leur donner une croix à porter, et de disposer tellement tous les événements de leur vie, qu'ils y trouvent toujours quelque chose à souffrir.

Le premier déplaisir que Stanislas ressentit lui fut causé par le désordre que la mort de l'empereur Ferdinand apporta aux affaires du séminaire ; car Maximilien, qui lui succéda à l'Empire, n'ayant pas le même zèle que lui pour l'éducation de la jeunesse, voulut retirer une maison que son père avait prêtée aux jésuites pour loger leurs pensionnaires, ce qui obligea les jeunes gentilshommes, ou à se retirer chez eux, ou à se mettre en pension dans la ville pour achever leurs études.

On ne peut dire combien ils versèrent de larmes en se séparant les uns des autres ; car, quoiqu'ils fussent de différentes nations, ils s'aimaient tous beaucoup, et vivaient ensemble comme s'ils eussent été frères. Mais ce fut un surcroît d'affliction pour Stanislas, qu'il eut bien de la peine à supporter, lorsque, sortant de cette sainte maison, il se vit contraint d'aller demeurer chez un luthérien, dont son frère et son gouverneur avaient préféré le logis à ceux de beaucoup d'honnêtes gens d'entre les catholiques, parce qu'il était dans un beau quartier de la ville. Ce choix peu judicieux toucha si fort le cœur de Stanislas et lui parut de si mauvais exemple, qu'il ne put s'empêcher d'en dire son sentiment et d'en témoigner le déplaisir qu'il en avait ; mais son frère, qui était son aîné, et qui commençait déjà à exiger de lui une soumission aveugle à toutes ses volontés, ne voulut point l'écouter là-dessus, et il fallut lui obéir.

La vie que Paul Kostka commença à mener en cette maison était bien différente de celle qu'il avait menée dans le séminaire. C'était un jeune homme plein de vanité, qui aimait le monde et le plaisir, et qui, n'étant plus retenu de rien, s'abandonna à son penchant et ne pensa plus qu'à se divertir [1]. Bilinski, son gouverneur, qui était aussi fort jeune et assez de l'humeur de son disciple, s'accommodait fort bien de cette manière de

---

[1] Paul Kostka revint plus tard à de meilleurs sentiments, et mourut dans les dispositions les plus édifiantes, au moment où il se disposait à entrer en religion.

vivre, et y conformait aisément la sienne. Il n'y eut que
Stanislas qui ne put voir le désordre de son frère sans une
extrême douleur. Il fit tout ce qui lui fut possible pour le
porter à une vie plus retenue et plus réglée ; mais, voyant
qu'il n'y gagnait rien et que tout ce qu'il faisait pour cela
ne servait qu'à l'irriter contre lui, il prit la résolution de
vivre en particulier, et de n'avoir de commerce avec son
frère qu'autant que la nécessité et la bienséance l'y obli-
geraient.

Quand il n'était pas à l'église ou au collège, on le trouvait dans son cabinet, occupé à la prière, qu'il continuait
quelquefois jusqu'à manquer de force et à tomber en
défaillance. Il ne voyait qu'un fort petit nombre de personnes, qu'il avait choisies parmi les plus fervents de
ses condisciples, pour parler quelquefois de Dieu avec
eux. Ceux de la maison ne le voyaient qu'aux repas ;
encore y tenait-on d'ordinaire des discours peu édifiants,
qui l'obligeaient de sortir de table longtemps avant les
autres.

Cette manière de vivre était trop contraire à celle de
Paul Kostka pour ne pas lui déplaire. Il ne regardait plus
Stanislas que comme un censeur incommode, dont la
conduite si réglée était une condamnation secrète de son
libertinage. Le chagrin qu'il en conçut contre lui fut si
grand, qu'il le porta à lui faire toutes sortes d'outrages
et à le persécuter sans relâche. Il prenait plaisir en toutes
rencontres à lui faire de la confusion et à le tourner en
ridicule sur tout ce qu'il faisait. Quelquefois il lui reprochait sérieusement qu'il avait trop peu de déférence pour
son aîné, et l'accusait de manquer de naturel ; mais
enfin, voyant que tout cela ne lui réussissait pas et que
Stanislas ne relâchait rien de sa ferveur, il s'emporta
avec tant d'excès contre le saint enfant, qu'il le frappa
bien des fois très rudement, même avec le bâton.

Stanislas souffrait ces traitements indignes avec la
constance d'un petit martyr. Quelque chose qu'on lui
eût fait, on lui voyait toujours un visage égal, et, pendant deux ans que dura cette persécution cruelle, on ne
l'entendit jamais murmurer contre son frère ni se plaindre
de sa personne. Il est vrai qu'il eût bien voulu que Dieu
se fût servi d'un autre que de son frère pour exercer sa
patience, car il l'aimait beaucoup, et était fâché de le

voir si emporté; mais il adorait en cela même l'ordre de la divine Providence, et acquiesçait toujours sans peine à la volonté de Dieu.

Là fermeté d'âme que Stanislas fit paraître durant tous les orages que la mauvaise humeur de son frère excitait contre lui n'était point l'effet d'un naturel fier et opiniâtre, comme on le lui reprochait quelquefois très injustement. Quelque violent que fût le procédé de ce frère peu raisonnable, il lui était très complaisant, quand il le pouvait être sans blesser sa conscience et sans préjudice de son devoir. Ainsi, quoiqu'il eût de l'aversion pour la danse, et qu'il la considérât comme un amusement dangereux, il se relâcha pour le contenter à en prendre des leçons. Outre cela, il lui rendait tous les jours mille petits services; car, bien que Stanislas ne fût âgé que de deux ans moins que Paul, il ne refusait jamais de lui obéir, et il le faisait avec un empressement qui étonnait ceux qui savaient de quelle manière il en était traité.

Si Bilinski eût été tel qu'il devait l'être, Stanislas aurait eu moins à souffrir de l'humeur violente de son frère; mais le désir qu'il avait de mettre le cadet dans un train de vie plus libre et plus du monde faisait qu'il ne s'opposait guère aux emportements de l'aîné, à moins qu'il n'en appréhendât quelque accident, et alors même il donnait toujours le blâme au petit Stanislas. Il l'appelait opiniâtre; il lui disait que c'était par sa faute qu'il s'attirait ces mauvais traitements; il lui faisait honte de sa manière de vivre, qu'il appelait sauvage et indigne d'un homme de qualité. A quoi le saint enfant ne répondait rien, sinon *qu'il ne se sentait pas né pour le monde, qu'il n'y était pas propre, et que Dieu ne l'avait fait que pour lui.*

Dieu avait gravé ces vérités si avant dans le cœur de Stanislas, que ni la violence ni l'artifice des hommes ne les purent effacer; plus on le pressait de changer de vie, plus il se tenait sur ses gardes, de peur que la crainte ou la complaisance ne le fissent relâcher en quelque chose de ce qu'il croyait devoir à Dieu : car en ces temps-là même il communiait tous les dimanches et les fêtes les plus solennelles, il entendait tous les jours deux messes, et n'entrait jamais en classe qu'il n'eût été saluer le saint Sacrement à l'église; toutes les fois qu'il communiait, il jeûnait la veille pour se préparer; il portait souvent le cilice, ne dormait que fort peu, et se levait à minuit pour prier ; après sa prière, qui durait toujours fort longtemps, il prenait une rude discipline et se déchirait le corps si impitoyablement, que son valet de chambre trouvait toujours son linge taché du sang qu'il répandait ; de sorte que le saint enfant pouvait alors dire comme David : *Ceux qui me devaient aimer médisaient de moi, et je priais pour eux ; quand ils me faisaient du mal et qu'ils me persécutaient le plus , je me revêtais d'un cilice et je jeûnais pour m'humilier.*

Les mauvais traitements que Stanislas recevait de son frère, joints à l'austérité de sa vie, lui causèrent une maladie dont il faillit mourir. Le démon, qui prévoyait bien qu'elle serait dangereuse, fit les derniers efforts, dès qu'il en vit le commencement, pour abattre le courage du serviteur de Dieu ; car, un jour qu'on l'avait laissé tout seul, cet esprit malin lui apparut sous la figure d'un mâtin horrible, et se jeta trois fois sur lui pour l'étrangler ; mais le saint enfant ne s'en effraya point ; il eut recours à Notre-Seigneur, et, faisant le signe de la croix avec beaucoup de foi et de confiance, il chassa le démon.

Depuis l'apparition du fantôme, la maladie de Stanislas alla toujours en augmentant, et devint si violente, que l'on appréhenda qu'il n'en mourût. Le malade s'aperçut bien lui-même du danger où il était ; mais, comme il n'avait point d'attache à la vie, il ne craignait pas de mourir. Une seule chose lui donnait de la peine en cette extrémité : c'était la difficulté qu'il prévoyait bien qu'il aurait à recevoir le saint viatique dans la maison d'un luthérien très attaché à sa secte. Il déclara l'inquiétude qu'il en avait à son frère et à son gouverneur, et les pria de vouloir bien employer leur crédit auprès de leur hôte pour obtenir de lui la permission de faire venir un prêtre qui lui administrât les sacrements. Paul et Bilinski furent embarrassés de cette proposition. Ce que Stanislas demandait leur paraissait très juste, et ils eussent bien voulu le pouvoir contenter en cela ; mais ils ne croyaient pas que la chose se pût faire, et ils savaient bien que l'hérétique n'était pas d'humeur à rien relâcher là-dessus : de sorte que, ne jugeant pas qu'ils dussent s'exposer à un refus qui pouvait les brouiller avec un homme auquel ils avaient souvent affaire, ils prirent le parti de persuader au malade que rien ne le pressait de recevoir les sacrements, qu'il n'en était pas encore là, que les médecins commençaient à bien espérer de son mal, et qu'il devait plutôt penser à bien prendre les remèdes qu'on lui donnait pour rétablir sa santé qu'à se préparer à la mort. Le saint enfant, qui sentait ses forces diminuer de jour en jour, redoublait incessamment ses prières à tous ceux qui l'approchaient, pour les obliger de parler à son hôte en sa faveur; mais enfin, voyant que personne n'osait le faire, il se résolut de ne demander plus qu'à Dieu ce qu'il désespérait d'obtenir des hommes.

Il y avait déjà longtemps qu'il invoquait sainte Barbe, à laquelle il était très dévot, pour obtenir la grâce de ne point mourir sans obtenir le saint viatique; car c'est particulièrement pour cela que la dévotion à cette sainte martyre est célébrée parmi les peuples du Nord. Il s'adressa donc à elle en cette occasion, et la conjura avec beaucoup de larmes de ne pas l'abandonner dans une nécessité si pressante. Sa prière fut accompagnée de tant de ferveur et de confiance envers la sainte, qu'il mérita d'être exaucé. Une nuit que la violence du mal empêchait le saint enfant de dormir, il vit paraître la sainte à côté de son lit, suivie de deux anges, dont l'un portait le saint Sacrement. A ce spectacle, Stanislas se leva plein de joie et se mit à genoux sur son lit. En cet état il eut assez de présence d'esprit pour avertir son gouverneur, qui le veillait, d'adorer Notre-Seigneur; puis il dit tout bas la prière qu'on a coutume de dire avant de communier; et, après avoir reçu la sainte hostie, il se remit au lit, où il demeura longtemps dans un silence et dans un recueillement qui marquaient assez qu'il se passait en lui quelque chose de fort extraordinaire.

Depuis que Stanislas eut reçu le viatique, il ne pensa plus qu'à se disposer à mourir. Il s'affaiblissait tous les jours, et son mal ne diminuait point, de sorte que les médecins, voyant que tous les remèdes étaient inutiles, désespérèrent enfin de sa guérison et l'abandonnèrent. Il était en cet état, et l'on croyait même qu'il allait entrer en agonie, lorsque la sainte Vierge lui apparut avec un visage plein de douceur; et, l'ayant consolé par des paroles fort tendres, elle mit sur son lit Notre-Seigneur, qu'elle tenait entre ses bras, sous la figure d'un petit en-

fant, et lui laissa le temps de le caresser. Stanislas était
si transporté de joie et d'amour, qu'il ne pensait qu'à
posséder en paix son Jésus; mais la sainte Vierge lui fit
connaître, en le retirant d'entre ses mains, que le temps
de la jouissance n'était pas encore venu pour lui. « Votre
heure n'est pas venue, mon fils, lui dit-elle en le regardant tendrement; il faut mériter la possession de Jésus
par une obéissance fidèle à sa volonté. Entrez dans la
compagnie qui porte son nom; il veut cela de vous, et je
vous l'ordonne de sa part. » Après avoir dit ces paroles,
elle disparut, laissant Stanislas si consolé et si soulagé de
son mal, qu'en fort peu de temps il fut en état d'aller à
l'église pour rendre grâces à Dieu de tant de faveurs qu'il
en avait reçues durant sa maladie.

Il y avait déjà près d'un an que Stanislas se sentait appelé à la compagnie de Jésus lorsque la sainte Vierge lui
commanda d'y entrer; mais, quoiqu'il eût toujours été
disposé à suivre la vocation de Dieu, il n'avait encore osé
s'en ouvrir à personne; car, comme il était fort humble,
il croyait avoir trop peu de mérite pour être reçu dans
une compagnie que tant de personnages éminents en doctrine et en sainteté rendaient célèbre; et d'ailleurs il prévoyait assez que, quand on eût bien voulu l'y recevoir,
ses parents, qui l'aimaient et qui étaient puissants, y
mettraient de grands obstacles. Ces considérations avaient
si bien flatté en lui la timidité naturelle qu'ont les enfants à cet âge de découvrir ces sortes de desseins, qu'il
estimait la retenue dont il usait en cela raisonnable, et il
n'en eut de scrupule que depuis que la sainte Vierge lui
eut parlé; mais alors son silence lui parut une si grande
faiblesse, qu'il le pleura toujours depuis comme un des
plus dangereux égarements de sa vie. Il disait que c'était
une infidélité à la grâce pour laquelle Dieu pouvait l'a-
bandonner, et que, s'il ne l'avait pas fait, c'était un effet
de sa miséricorde infinie, qui avait voulu confondre son
ingratitude par de nouveaux bienfaits.

Pour réparer cette faute, dès qu'il fut en état de sortir
de la maison, il alla retrouver le père Nicolas Doni, son
directeur, et lui déclara tout ce qui s'était passé là-dessus
dans son âme depuis la première inspiration qu'il avait
eue d'entrer en religion jusqu'à l'apparition de la sainte
Vierge, estimant que, dans une affaire où il avait besoin

d'un conseil sûr et de beaucoup d'assistance, il y aurait eu plus d'imprudence que de vraie humilité à celer cette faveur.

La vocation de Stanislas était accompagné de tant de circonstances qui marquaient qu'elle venait de Dieu, que le père n'en put douter; car, outre qu'il ne trouvait rien dans la vision dont le saint enfant lui parlait qui la pût rendre suspecte de tromperie, il savait bien qu'indépendamment de tout cela il était très propre au genre de vie qu'il voulait embrasser, non seulement par sa vertu, mais encore par son esprit, et la disposition qu'il avait pour les lettres, dans lesquelles il surpassait tous ses compagnons, quoiqu'il étudiât très peu et qu'il donnât presque tout son temps à la prière. Ainsi le père n'eut point d'autre conseil à lui donner que d'être fidèle à la grâce et d'avoir du courage. Durant cet entretien, Dieu avait rempli le cœur de Stanislas d'une consolation si douce, qu'il avouait lui-même que tout ce qu'il en avait ressenti jusqu'alors n'avait rien de comparable à celle-là; si bien qu'il sortit d'avec le père Doni tout plein d'ardeur, et résolu à mettre tout en usage pour faire réussir son dessein.

Il ne perdit point de temps; il alla voir ceux qu'il jugea pouvoir lui servir dans cette affaire, et les pria de vouloir se joindre à lui pour solliciter sa réception auprès du provincial. Le père Laurent Magius, personnage célèbre dans la compagnie par les emplois qu'il y a eus, faisait alors cette charge dans la basse Allemagne : il demeurait d'ordinaire au collège de Vienne, parce qu'avec la charge de provincial il avait encore celle de supérieur particulier de cette maison; ainsi il connaissait bien Stanislas. Il n'aurait pas eu de peine à le recevoir s'il eût eu l'agrément de son père; mais cet obstacle lui parut si considérable, qu'on ne put jamais le faire condescendre à passer par-dessus. Il crut qu'il ne devait pas donner cet exemple aux autres supérieurs de son ordre, de faire une chose si contraire à la coutume que leurs pères y avaient établie très sagement, de ne point recevoir parmi eux les enfants de cet âge sans le consentement de leurs parents. Il savait bien qu'outre les raisons générales de bienséance, et souvent même de justice, qui doivent empêcher toutes les communautés d'en user avec cette violence, la com-

pagnie avait encore des mesures à garder en cela plus
particulièrement 'que les autres, à cause de l'éducation
de la jeunesse qui lui était confiée. Il avait de plus l'expérience que cela ne réussirait pas. Il se souvenait que,
peu de temps auparavant, les supérieurs s'étant relâchés
là-dessus en faveur de quelques enfants de qualité, s'é-
taient attiré une persécution très forte en Allemagne ;
de sorte qu'il avait sujet de craindre d'exciter dans la
Pologne une semblable persécution, qui eût été d'autant
plus dangereuse, que la compagnie ne commençait qu'à
s'établir dans ce royaume.

Il fallait des raisons aussi fortes que l'étaient celles-là
pour empêcher le père Magius de se laisser gagner par
les sollicitations pressantes que Stanislas employa auprès
de lui ; car ce courageux enfant, voyant que ses larmes
et les prières de ses amis avaient été inutiles, eut la hardiesse d'aller lui-même trouver le cardinal Commendon ,
légat du pape Pie V à la cour de l'Empereur, pour le
prier de vouloir user en sa faveur de l'autorité du saint-
siège, qu'il avait entre les mains, pour obliger les pères
à le recevoir. Ce grand homme admira tant de ferveur
dans un enfant, et, quoiqu'il fût alors occupé à de très
grandes négociations, il ne laissa pas de parler pour
lui, étant persuadé qu'il ne pouvait employer plus utilement pour l'Église le crédit que lui donnaient sa dignité
et son caractère qu'en contribuant à lui donner un saint.
Néanmoins ce sage prélat, ne voulant pas se servir en
cette occasion de toute son autorité, pour ne pas exposer
les pères à une nouvelle persécution, sa recommandation
n'eut pas l'effet que Stanislas s'en était promis ; et le
serviteur de Dieu demeura alors dépourvu de tout secours
humain, afin qu'il mît toute son espérance en Dieu seul.

Stanislas, voyant que toutes les mesures qu'il avait
prises pour venir à bout de son dessein ne lui réus-
sissaient pas, se résolut de n'en plus traiter qu'avec Dieu :
Il se mit en prière, et levant les yeux au ciel, d'où il
attendait tout son secours, il conjura ardemment Notre-
Seigneur de lui donner les moyens de lui obéir. Ce fut
dans la ferveur de cette oraison qu'il se sentit fortement
inspiré de quitter Vienne et de s'éloigner davantage de
son pays, dont il voyait bien que le voisinage serait toujours un obstacle à ses desseins. Il communiqua cette

pensée à un jésuite portugais de ses amis, nommé le père François Antoni, que l'impératrice avait fait venir en Allemagne pour être son prédicateur.

Ce père, que Stanislas entretenait souvent de son intérieur avec assez de confidence, avait remarqué une conduite de Dieu sur lui si peu ordinaire, qu'il ne douta point que cette inspiration n'en fût une suite; de sorte que, bien qu'il ne crût pas devoir lui conseiller d'y obéir, il n'osa pas l'en dissuader. Il lui promit seulement que, s'il en venait là, il lui donnerait des lettres de recommandation pour le provincial de la haute Allemagne, qu'il trouverait à Augsbourg, et pour le père général, s'il était obligé d'aller jusqu'à Rome.

Stanislas n'était point de ces esprits à qui la jeunesse ou l'ardeur d'un tempérament trop vif ôte la connaissance des difficultés qui se trouvent dans l'exécution de leurs entreprises. Il voyait bien, lors même qu'il formait le dessein de sa fuite, que le succès en était mal assuré; qu'il était impossible qu'il couchât seulement une nuit hors de la maison sans que l'on s'en aperçût tout de suite, et que, n'ayant ni chevaux ni argent, il serait facile à son frère et à son gouverneur de le faire arrêter en chemin. De plus, il prévoyait aussi que, quand il échapperait de leurs mains, son voyage serait long, et que la raison qui empêchait qu'on ne le reçût à Vienne étant la même pour toute l'Allemagne, il serait obligé d'aller trouver le père général à Rome. Il savait encore que, si son entreprise ne lui réussissait pas, comme les hommes ne jugent des choses que par l'événement, tout le monde le blâmerait et ferait passer sa ferveur pour une légèreté. Mais Dieu avait prévenu le cœur de Stanislas d'une si forte grâce et l'avait rempli de tant de confiance, que, bien loin d'être détourné de son dessein par ces considérations, il s'obligea même par un vœu exprès de ne point finir son voyage jusqu'à ce qu'il eût trouvé quelqu'un des supérieurs de la compagnie qui l'y voulût recevoir.

Le serviteur de Dieu, ayant affermi son courage contre tout ce qui pouvait faire obstacle, arrêta le jour de son départ vers le milieu du mois d'août de l'année 1567. Il passa en prière une grande partie de la nuit qui le précéda; s'étant levé de bon matin, il donna ordre à son valet de chambre de dire à son frère et à son gouverneur qu'ils ne l'attendissent point à dîner, qu'il était invité à manger ailleurs. Ayant dit cela, il sortit de la maison sans vouloir être suivi de personne, et s'en alla aux Jésuites, où il entendit la messe et fit ses dévotions. Il vit ensuite le père Antoni, pour lui demander les lettres de recommandation qu'il lui avait promises, et pour recevoir sa bénédiction; après quoi il sortit de la ville sans que personne de ceux qui l'avaient vu ce matin-là eût remarqué aucune émotion sur son visage ni aucun empressement dans ses actions qui pussent faire soupçonner qu'il eût quelque dessein extraordinaire.

Aussitôt qu'il fut sorti de Vienne, il se dépouilla de son habit pour le donner à un pauvre, et se revêtit d'un habit de toile qu'il avait fait faire exprès; puis, s'étant ceint d'une corde et y ayant attaché son chapelet, il prit un bâton à la main, et en cet équipage il continua son chemin vers Augsbourg.

On ne s'aperçut à Vienne de la fuite de Stanislas que bien avant dans la nuit, quand on vit qu'il ne revenait pas coucher à la maison. Son frère se ressouvint alors que le saint enfant lui avait dit, quelques jours auparavant, certaines paroles ambiguës, par lesquelles il jugeait qu'assurément il avait voulu marquer qu'il avait dessein de le quitter; sur quoi chacun venant à faire ses réflexions, comme il arrive en semblables rencontres, il n'y eut personne qui ne fût persuadé que l'enfant avait pris la fuite, et qu'il s'était allé jeter dans quelque maison religieuse.

Cependant, comme on crut ou qu'il pouvait être encore à Vienne, ou qu'on y trouverait quelqu'un qui pourrait donner des indices sur la route qu'il avait prise, on envoya des gens dans tous les lieux où il avait quelque habitude d'aller; mais on ne put rien découvrir. Quelques-uns ont écrit que l'on consulta là-dessus une magicienne fameuse, et que l'on apprit d'elle en quel lieu Stanislas devait coucher cette nuit-là; mais Paul Kostka n'a jamais avoué cette action, non pas même durant la retraite qu'il fit quelque temps après, où il racontait volontiers ses fautes pour s'humilier; et il fut mortifié de la voir rapportée dans une Vie de son frère qui fut imprimée de son vivant, assurant toujours que ni lui ni Bilinski n'en avaient jamais eu la pensée; si bien que, si la chose est

arrivée comme on le dit, on ne la peut attribuer qu'à
l'hérétique chez lequel ils demeuraient. Quoi qu'il en
soit, il est certain qu'aussitôt que le jour parut, Paul et
Bilinski montèrent en carrosse avec leur hôte, et suivirent Stanislas sur la route d'Augsbourg. Ils marchèrent
avec tant de vitesse, qu'en peu d'heures ils le joignirent;
mais Dieu permit qu'ils ne le reconnussent que longtemps
après qu'ils l'eurent passé, ce qui lui donna le temps de
s'écarter dans la campagne par des chemins de traverse
et de se dérober à leur vue. Aussitôt qu'ils se furent
aperçus qu'ils l'avaient passé et que c'était lui qu'ils
avaient trouvé sur le grand chemin, habillé en pauvre,
ils retournèrent sur leurs pas et s'informèrent si bien
des routes qu'il avait prises, qu'ils n'avaient plus qu'un
champ à traverser pour le joindre, lorsque leurs chevaux
semblèrent perdre insensiblement toute leur force, et
s'arrêtèrent enfin tout court, sans que le cocher les pût
jamais faire avancer d'un pas plus avant de ce côté-là.
Cet incident étonna si fort ceux qui étaient dans le carrosse, qu'ils se trouvèrent tous en même temps dans le
sentiment de ne plus suivre Stanislas, puisque Dieu avait
bien voulu faire un miracle si visible pour favoriser sa
fuite; et ce qui les confirma davantage dans la pensée
que c'en était un, c'est qu'aussitôt que le carrosse fut
tourné et qu'on eut repris le chemin de Vienne, les chevaux recommencèrent à marcher avec la même vitesse
qu'auparavant.

Le bruit de cette merveille se répandit dans Vienne
peu d'heures après que Paul Kostka fut retourné; il la
racontait lui-même à ses amis, et ce qui la rendait plus
croyable, c'était le témoignage qu'en donnait l'hérétique
qui l'avait accompagné en ce voyage. Il avait même alors
avec lui un valet de chambre qui assurait avoir vu le saint
enfant marcher sur les eaux en traversant une rivière,
pendant que le cocher qui le poursuivait allait gagner un
pont.

Ces miracles par lesquels Dieu avait favorisé la fuite de
son serviteur ne permettaient pas de douter que ce ne fût
quelque dessein de piété qui la lui eût fait entreprendre;
mais on n'en savait rien de positif, lorsqu'un Hongrois,
intime ami de Stanislas, vint avertir Bilinski que le saint
enfant avait laissé une lettre pour lui dans son cabinet,

qui l'instruirait de tout, et lui marqua l'endroit où il l'avait mise. Bilinski, plein d'impatience d'apprendre quelque chose de Stanislas qu'il pût mander à son père, alla incontinent chercher cette lettre, qu'il trouva dans un livre. Voici ce qu'elle contenait :

« Ne cherchez pas d'autre raison de ma fuite que le dessein où je suis de me retirer du monde et de suivre la vocation de Dieu, qui m'appelle dans la compagnie de Jésus. Si mon père et mon frère m'aiment comme ils doivent m'aimer, ils ne trouveront pas mauvais que je me sois éloigné d'eux pour chercher la seule chose qui puisse faire le bonheur de ma vie. Quand mon père fera réflexion qu'il a souvent témoigné qu'il ne souffrirait jamais que j'entrasse dans aucun ordre religieux, il jugera bien que, ne pouvant lui découvrir mon dessein sans me mettre dans l'impuissance de l'exécuter, je devais le tenir secret, et je m'assure qu'il me saura un jour bon gré de lui avoir ôté, par mon éloignement, l'occasion de s'opposer à mon bien et à la volonté de Dieu. »

Bilinski trouva cette lettre si judicieuse et si pleine de bons sentiments, qu'il ne se contenta pas de l'envoyer en Pologne : il la montra encore à beaucoup de personnes dans Vienne même, qui en furent très édifiées ; si bien qu'étant enfin devenue publique, elle fit de grands fruits en ceux qui la lurent, particulièrement parmi la jeunesse, à qui cette action si courageuse d'une personne de leur âge était un exemple illustre d'un parfait mépris du monde et d'une obéissance fidèle à la vocation de Dieu.

Pendant qu'on s'entretenait à Vienne de la fuite de Stanislas, et que Bilinski en donnait avis en Pologne, le serviteur de Dieu continuait son voyage et faisait de si grandes journées, qu'en très peu de temps il arriva à Augsbourg. Il alla demander d'abord le père provincial, et, ayant appris qu'il était à Dillingen pour quelques jours, il aima mieux l'y aller trouver que de perdre du temps à l'attendre.

Ce fut entre ces deux villes que Stanislas reçut encore une fois la communion d'une manière miraculeuse. Un jour qu'il avait fait dessein de communier, il trouva dans un village qui était sur son chemin une église ouverte et des paysans qui y priaient Dieu. Le saint enfant ayant cru que c'était là une occasion commode pour entendre la messe et pour faire ses dévotions, entra dans cette église, et se mit en prière comme les autres ; mais il n'y eut pas été longtemps qu'il reconnut, à la manière dont on y faisait l'office divin, que c'était un temple de luthériens. Il eut une douleur incroyable de voir les saints mystères profanés par ces ministres impies, et de ne pouvoir satisfaire la dévotion qu'il avait de recevoir ce jour-là Notre-Seigneur. Il pleura amèrement, et se plaignit à Dieu d'une manière si touchante, qu'il mérita d'en être consolé ; car, pendant qu'il était en cet état, il vit paraître une troupe d'anges, dont l'un, qui portait le saint Sacrement en ses mains, s'étant avancé vers lui avec un air plein de majesté, le communia et le laissa comblé de joie dans la possession de son bien-aimé.

Stanislas, fortifié par cette nourriture céleste, arriva enfin à Dillingen, où, ayant trouvé le père provincial, il en fut reçu avec de grands témoignages de tendresse ; car ce père, qui était un homme de beaucoup de vertu, l'aima dès qu'il le vit, et se sentit porté à l'aider dans l'exécution de son dessein, jugeant bien que tant de courage et de résolution dans un enfant ne pouvait être que l'effet d'une forte inspiration. Cela n'empêcha pas néanmoins qu'il ne voulût encore éprouver sa vocation lui-même et s'assurer de sa vertu par l'exercice de l'humilité et de l'obéissance. Ce fut dans ce dessein qu'il le mit au séminaire de Dillingen, où il y avait alors un fort grand nombre de pensionnaires, qu'il lui donna pour emploi de les servir à table et dans leurs chambres, selon qu'ils auraient besoin de lui.

Quelque nouvelle que fût pour Stanislas une fonction si peu conforme à sa naissance, il s'en acquittait avec un soin très exact. Il pourvoyait à tout ; il ne s'épargnait en rien ; les choses les plus pénibles et les plus humiliantes étaient toujours celles qu'il faisait le plus volontiers. Il imitait autant qu'il pouvait dans ses actions les manières d'agir des personnes de basse condition, afin de cacher la sienne ; mais, quelque soin qu'il y apportât, il avait un air de qualité dans le maintien qu'il ne pouvait effacer ; de sorte qu'on se doutait déjà bien qu'il y avait quelque chose d'extraordinaire dans sa personne, quand les pères, qui étaient bien aises que la jeunesse de leur séminaire profitât d'un si bel exemple, déclarèrent qui il était et à quel dessein il avait quitté son pays.

Si ces enfants avaient été bien édifiés de ce qu'ils avaient vu dans Stanislas durant les premiers jours qu'il avait été parmi eux et avant de le bien connaître, ce qu'ils en apprirent alors et ce qu'ils en virent dans la suite leur donna de l'admiration. Ils étaient particulièrement surpris de sa mortification. Ils ne pouvaient comprendre comment un enfant qui paraissait faible et d'une complexion délicate pouvait jeûner aussi continuellement et avec autant d'austérité qu'il le faisait, parmi les fatigues d'un emploi très rude; et on leur entendait souvent dire, en parlant de lui : « Comment peut faire Stanislas? Il ne boit ni ne mange, et il travaille toujours. »

La vertu que le serviteur de Dieu fit paraître dans le séminaire de Dillingen, durant trois semaines qu'il y demeura, fit juger aux pères qui en avaient le soin qu'il était très digne d'être admis dans leur compagnie et qu'il y serait un parfait religieux. Le provincial, qui l'avait observé de plus près que les autres et qui le connaissait à fond, le regardait comme un saint que Dieu envoyait à son ordre encore naissant pour en être un jour une des plus vives lumières. Cette pensée lui fit prendre la résolution de l'envoyer à Rome, afin de l'éloigner davantage de ses parents et de leur faire perdre l'envie de le leur retirer, par la difficulté qu'ils y trouveraient quand ils le sauraient si loin d'eux. Il appela donc Stanislas, et lui dit qu'il ne voyait point de meilleure mesure à prendre pour faire réussir son dessein que de l'envoyer à Rome; qu'il y serait indubitablement reçu par le père général, et que l'on trouverait là mille moyens de le délivrer des persécutions de son père que l'on n'aurait point partout ailleurs. Il n'en fallut pas davantage pour résoudre le serviteur de Dieu à entreprendre encore ce voyage. Il ne considéra point qu'il avait déjà fait près de deux cents lieues et qu'il en avait encore quatre cents à faire : l'espérance que le père lui donna qu'on le recevrait à Rome occupa tellement tout son esprit, qu'il ne se trouva capable d'aucun autre sentiment que d'une extrême impatience de partir.

Le père, qui désirait aussi bien que lui de le voir bientôt dans un lieu où sa vocation fût en assurance, disposa aussitôt toutes choses pour son voyage; il l'obligea même à prendre un habit qu'il lui avait fait faire, parce que ce-

lui qu'il avait apporté de Vienne était tout usé et ne lui
pouvait plus servir.

Il se trouva heureusement pour Stanislas que deux
jeunes jésuites sortaient en même temps que lui de Dillingen pour aller aussi à Rome. Le provincial le joignit
à eux, et, leur ayant recommandé d'en avoir soin, il les
fit partir tous trois. Si la compagnie de ces deux bons religieux fut un soulagement pour Stanislas, la conversation de ce saint enfant ne fut pas pour eux une moindre
consolation. Toutes ses actions étaient édifiantes : il passait une grande partie de la journée en prière, et, malgré
les fatigues de son voyage, il s'acquittait tous les jours des
exercices de piété qu'il avait coutume de pratiquer à la
maison. Il ne trouva point d'image de la sainte Vierge dans
son chemin qu'il ne s'y arrêtât quelque temps pour prier.
Tous ses discours étaient de Dieu, et il en parlait avec tant
d'amour, qu'il en eût inspiré aux moins dévots. Il joignit
à cela une égalité d'humeur, une complaisance pour ses
deux compagnons qui le leur rendit si aimable, qu'ils en
conservèrent toujours depuis très chèrement le souvenir.

Comme ils marchaient tous trois fort bien, ils firent le
voyage en assez peu de temps : car, étant partis de Dillingen au mois de septembre, ils arrivèrent à Rome avant
la fin du mois d'octobre.

La première chose que fit Stanislas, aussitôt son arrivée à Rome, fut de s'aller jeter aux pieds du père général, qui était alors saint François de Borgia, et de renouveler auprès de lui les instances qu'il avait faites aux
supérieurs de l'Allemagne pour être reçu dans la compagnie. Le saint, qui avait déjà été informé par les lettres
de Vienne et d'Augsbourg que Stanislas était en chemin
pour le venir trouver, l'accueillit avec un visage plein de
douceur ; et, après avoir lu la lettre qu'il lui avait présentée de la part du père Antonin, il lui dit, en l'embras-
sant tendrement, ces paroles qui lui remplirent le cœur
de la plus sensible consolation qu'il eût jamais ressentie :
« Je vous reçois avec joie, Stanislas ; j'ai trop de preuves
que Dieu vous veut dans notre compagnie pour vous en
refuser l'entrée. On dit que vos parents exciteront un
grand orage contre nous. Dieu aura soin de le calmer :
n'ayez plus que celui de lui plaire, et soyez aussi saint
jésuite que vous avez été vertueux écolier. »

Tout ce qu'il y a de beau à voir dans Rome ne fut pas capable de toucher Stanislas de curiosité, ni de retarder d'un seul jour son entrée au noviciat. Aussitôt qu'il eut été reçu par le père général, il alla se présenter au maître des novices, et lui témoigna l'impatience qu'il avait de prendre parmi eux la place qui venait de lui être accordée.

Il y aurait eu de l'injustice à lui faire attendre plus longtemps une chose qui lui avait coûté tant de fatigues et un si long voyage. On voulut seulement qu'il se reposât deux ou trois jours avant de commencer les exercices que l'on fait à l'entrée du noviciat pour se préparer à prendre l'habit, ce qui fut cause que, bien qu'il fût entré dans la maison le vingt-cinquième d'octobre, on ne marqua le commencement de son noviciat qu'au vingt-huitième du même mois, jour auquel on fait la fête de saint Simon et de saint Jude.

Stanislas trouva dans sa retraite des douceurs qu'il n'avait point encore éprouvées. Dieu, qui l'avait conduit dans la solitude pour lui parler au cœur, se communiquait à lui avec un si grand épanchement de lumières et de consolations intérieures, que celui à qui le maître des novices avait donné le soin de sa conduite durant ses premiers exercices était tout confus qu'on l'eût obligé de prendre la direction d'une personne dont il aurait dû être le disciple. Mais ce fut un grand redoublement de joie pour le saint novice lorsque, le temps de sa retraite étant expiré, on lui donna une soutane et on le mit avec les autres. Jusque-là il n'avait encore osé se croire entièrement libre. Tandis qu'il avait porté l'habit séculier, il s'était considéré comme un esclave, auquel il était resté une partie de la chaîne qu'il venait de rompre en se sauvant, et cette pensée avait pour lui quelque chose de désagréable qui l'attristait, car il n'avait jamais rien tant souhaité que de se voir affranchi de tout ce qui pouvait lui donner quelque liaison avec le monde : si bien que, quand il en fut venu là, il abandonna son cœur à la joie. Il avait l'esprit si plein de l'idée de son bonheur, qu'il ne pouvait se lasser d'en parler; et c'était un des plus ordinaires sujets de ses conversations avec les autres novices.

Pendant que Stanislas jouissait du bonheur de sa vocation dans un profond repos, il reçut de son père une lettre qui eût été capable de le troubler, s'il n'eût pas eu une fermeté et une confiance en Dieu à l'épreuve des plus grands orages. En voici à peu près les termes :

« Il faudrait que j'eusse l'âme aussi basse que vous l'avez pour n'être pas sensible au déshonneur que vous avez fait à ma maison. Il y va de ma réputation de faire éclater le ressentiment que j'en ai, et de faire voir à toute l'Europe que, si je suis assez malheureux pour avoir un fils qui ait couru l'Allemagne et l'Italie en habit de gueux, afin d'embrasser une profession indigne de sa naissance, je n'ai pas la faiblesse de laisser impunies des actions si lâches et si honteuses à mon nom. C'est à quoi vous vous devez attendre, et c'est l'unique marque par laquelle vous connaîtrez désormais que je suis votre père. »

Peu de temps après que Stanislas eut reçu cette lettre, un chanoine de Cracovie qui venait de la Prusse lui dit qu'il en avait vu une à Elbing, entre les mains du cardinal Osius, par laquelle son père se plaignait à ce prélat, qui était un de ses amis, que les jésuites lui eussent enlevé son fils, protestant qu'il s'en vengerait, qu'il les ferait chasser de la Pologne, et qu'il empêcherait bien qu'ils n'y remissent jamais les pieds. Ces nouvelles n'épouvantèrent pas le serviteur de Dieu : il se tenait assuré que la Providence protégerait les pères, qui ne l'avaient reçu dans leur compagnie que sur les marques visibles qu'il leur avait données d'une vraie vocation ; et pour lui, outre qu'il se voyait assez à couvert de la violence de ses parents dans un lieu si éloigné d'eux, il se fût estimé heureux d'être le martyr de la vie religieuse. Mais il ne put s'empêcher de témoigner par ses larmes la compassion qu'il avait de l'aveuglement de son père, à qui le monde inspirait des maximes si opposées à celles de l'Évangile et à l'esprit de Jésus-Christ, et ce fut dans ce sentiment qu'il fit cette réponse à la lettre qu'il en avait reçue :

« Je serais inconsolable si j'eusse mérité par quelque méchante action votre colère et les reproches que vous me faites ; mais je vous avoue que je ne puis avoir honte de celles dont vous me blâmez, et par lesquelles vous vous plaignez que j'ai déshonoré votre nom. Il y a longtemps que j'ai mis toute ma gloire à obéir à Dieu et à embrasser la croix de Jésus-Christ. J'y ai trouvé tant de douceur, que je ne puis me persuader qu'aimant vos enfants comme vous faites, vous voulussiez me priver d'un bien que je ne changerais pas pour toutes les couronnes du monde. »

Cette réponse, portée en Pologne, fit assez comprendre au père de Stanislas que ses menaces étaient de faibles moyens pour faire changer de dessein à son fils; mais elle ne lui ôta pas la volonté d'en employer de plus efficaces, et peut-être que le temps lui en eût fait naître l'occasion si la mort de son fils, qui arriva peu de temps après, n'eût désarmé sa colère et ne l'eût fait changer de sentiments. En quoi il est aisé de voir combien peu raisonnables sont les pères qui disposent à leur fantaisie, et sans consulter Dieu, de la destinée de leurs enfants, croyant trouver dans l'exécution des desseins qu'ils ont sur eux un moyen infaillible de soutenir l'éclat de leurs familles. Si le bienheureux Stanislas eût suivi les intentions de son père dans le choix d'un état de vie, on ne se souviendrait peut-être plus de cette maison, qui est éteinte il y a déjà longtemps dans la Pologne : c'est lui seul qui en a immortalisé la mémoire et qui a rendu le nom de Kostka célèbre, comme nous le voyons aujourd'hui, dans toutes les parties du monde.

On se trompe quand on dit que la ferveur est la vertu des novices; on la devrait plutôt appeler la vertu des parfaits, puisqu'elle n'est rien autre chose que la charité, à laquelle on donne le nom de ferveur quand elle est parfaite et qu'elle est devenue maîtresse de tous les mouvements du cœur. Cette erreur vient de ce que l'on confond assez souvent la ferveur avec une certaine impétuosité naturelle par laquelle les commençants se sentent portés à entreprendre beaucoup de choses, bien moins pour plaire à Dieu que pour contenter leur amour-propre, qui leur inspire un désir secret de se faire remarquer par des actions que d'autres ne font pas, et dans lesquelles la nouveauté leur fait trouver quelque sorte de plaisir. De là vient que, s'ils n'ont bien soin d'épurer cette ardeur de ce qu'elle a d'imparfait, ils négligent d'ordinaire les choses communes, parce qu'ils ne les distinguent pas des autres : ils sont toujours inégaux, parce qu'ils n'agissent que par humeur, et ils deviennent enfin fort tièdes dans la

pratique de la vertu, lorsqu'elle a cessé d'avoir pour eux
la grâce de la nouveauté.

Comme la ferveur de notre saint novice avait un principe bien plus noble et bien plus pur que celle-là, elle
avait aussi des caractères et des effets bien différents. Son
premier soin était toujours de faire les choses ordinaires
et communes avec toute la perfection dont il était capable.
Il était persuadé de cette maxime si importante dans la
vie intérieure, que la sainteté ne consiste ni à faire de
grandes choses, ni à en faire beaucoup, mais à bien faire
celles que Dieu demande de nous, et l'on peut dire que
sa vie en était une preuve sensible : car il paraissait dans
toutes ses actions je ne sais quoi d'animé et de fervent
qui le distinguait des autres, lors même qu'il ne faisait
rien de plus qu'eux, et quand il n'y aurait que cela de
remarquable dans sa vie, c'en eût été assez pour le faire
estimer un grand saint.

Mais Stanislas donnait une bien plus grande étendue
à sa ferveur. Il s'était proposé d'imiter tout ce qu'il re-
marquerait de plus parfait en chacun des frères ; et l'on
eût dit, à voir avec quelle ardeur il se portait aux œuvres
de la pénitence, qu'il avait pris à tâche d'en faire lui seul
autant que tous les autres. Il jeûnait souvent, se donnait
rudement la discipline, portait le cilice et des ceintures
garnies de pointes qui lui entraient dans la chair ; et il
ne se prescrivait point de bornes dans ces rudes exercices
que la volonté de son directeur, auquel il avait laissé tout
le soin de régler le mouvement de sa ferveur, croyant qu'il
ne le pouvait faire lui-même sans s'exposer à se tromper.

Par cette conduite il évita deux pièges dangereux que
l'amour-propre tend aux personnes religieuses, en leur
persuadant ou qu'elles sont trop faibles pour faire beaucoup de mortifications, ou qu'elles ont assez de force pour
en faire plus qu'on ne leur permet. Car, d'un côté, il savait bien qu'il ne faut pas écouter là-dessus la prudence
de la chair, ni en croire même toujours ses amis. L'expérience lui avait appris qu'on ne manque jamais de raisons plausibles pour se persuader le relâchement, que la
délicatesse, la crainte de ruiner sa santé et de se rendre
inutile, servent de prétexte aux jeûnes ; les emplois, à
ceux qui sont plus avancés en âge ; la caducité et les in-
commodités, aux vieillards ; que ceux mêmes de nos amis

qui désirent le plus notre perfection aident aussi quelquefois à nous tromper en cela ; et que, comme l'amitié leur inspire pour nous je ne sais quelle compassion qu'ils n'ont pas pour eux-mêmes, ils nous donnent des conseils là-dessus qu'ils ne voudraient pas suivre. D'ailleurs il n'ignorait pas qu'on a toujours sujet de se défier des choses qui ne sont pas réglées par l'obéissance ; que le même amour-propre qui force les faibles à s'épargner par délicatesse porte les personnes vaines à faire des pénitences indiscrètes pour satisfaire leur vanité ; qu'il est à craindre que des actions qui nous coûtent beaucoup ne soient encore un jour punies de Dieu, et qu'il ne nous reproche, comme il le fit autrefois aux Israélites par le prophète Isaïe, que nous faisons notre propre volonté dans notre jeûne.

Ces deux considérations maintenaient également Stanislas dans la ferveur et dans la soumission : la première le rendait ingénieux à trouver de nouvelles manières de se mortifier, et la seconde le rendait très religieux à ne pratiquer que celles dont son directeur lui permettait l'usage.

Il avait la même obéissance pour ses supérieurs en toute autre chose, et il s'était rendu si parfait en cette vertu, que le maître des novices disait qu'il ne croyait pas que l'on y pût rien ajouter. Il gardait les règles et l'ordre de la discipline domestique avec une exactitude très exemplaire. Il était toujours prêt à tout et ne s'excusait point, ne trouvant rien de difficile : de sorte que son supérieur l'appelait quelquefois en riant le tout-puissant. Sa conduite était bien éloignée de celle de ces personnes imparfaites qui s'imaginent qu'il est de la prudence d'avoir toujours quelque difficulté à opposer à ce qu'on leur commande, lors même qu'elles sont en disposition de l'exécuter, afin de faire valoir leur obéissance et qu'on leur en ait obligation. Stanislas, au contraire, témoignait toujours à ses supérieurs, par la manière respectueuse et pleine de gaieté avec laquelle il écoutait leurs commandements, qu'il s'en tenait honoré et qu'il les recevait avec plaisir, parce qu'il considérait Dieu en leur personne. C'était l'unique réflexion qu'il se permît de faire sur ce qu'ils lui ordonnaient ; car il avait toujours le jugement conforme au leur, et il leur obéissait aveuglément.

Un jour qu'il était allé servir aux offices par humilité

avec un autre novice, un des officiers les envoya tous deux chercher du bois; et, de peur qu'ils ne se blessassent, il leur marqua ce qu'ils en devaient apporter, et leur ordonna de l'apporter ensemble. Le compagnon de Stanislas, ne faisant peut-être pas réflexion qu'il y avait une règle qui l'obligeait d'obéir aux moindres officiers lorsqu'on travaillait sous eux, comme au supérieur de toute la maison, et se laissant emporter par une ferveur assez pardonnable à un novice, fit la charge de bois bien plus grosse que l'officier ne l'avait ordonné; et, quand il eut mis ce qu'il jugeait que deux personnes pouvaient bien porter sans se faire de mal, il avertit Stanislas de la lever par un côté et se mit en devoir de la prendre par l'autre; mais Stanislas, au lieu de faire ce que son compagnon lui disait, commença à le regarder en souriant, et lui dit qu'à moins qu'il ne voulût diminuer la charge et n'y laisser que ce que l'officier leur avait dit de porter, il ne lui aiderait point; l'autre y consentit volontiers, demeurant également édifié de l'exacte obéissance de son saint confrère, et charmé de la manière honnête avec laquelle il lui avait fait reconnaître sa faute.

Il ne faut pas s'étonner que Stanislas se fût rendu si parfait dans l'obéissance, puisqu'il avait dans un très haut degré les deux vertus dont saint Ignace dit que celle-là tire son origine, l'humilité et la douceur. Il avait de très bas sentiments de lui-même, et faisait tout ce qu'il pouvait pour les inspirer aux autres. Il était toujours le premier à s'accuser de ses fautes; il avait de l'adresse pour les faire remarquer, afin d'en recevoir de la confusion : ses compagnons disaient qu'il était un grand calomniateur de lui-même, parce qu'il en disait quelquefois des choses auxquelles il n'y avait que l'humilité qui pût donner un sens véritable. Il ne faisait rien avec plus de plaisir que ce qui était sans éclat; il aimait les emplois humiliants, et se plaisait à se faire voir dans des habits pauvres et qui le pussent faire prendre par ceux du dehors pour une personne peu considérée dans la maison.

Un jour que le cardinal Commendon l'était venu voir à son retour d'Allemagne, il fut sur le point d'aller se présenter à lui vêtu d'une robe de toile qu'il avait prise pour servir à la cuisine, avec un tablier et ses manches retroussées, si son supérieur ne l'eût obligé de prendre un autre habit, croyant qu'il devait avoir plus d'égard au respect qui était dû à un prélat de cette considération qu'à la ferveur d'un novice. On ne pouvait faire un plus grand déplaisir à Stanislas que de le louer : quand il se trouvait en conversation avec des personnes qu'il voyait disposées à cela, il tâchait de détourner tous les discours qui leur en pouvaient donner l'occasion ; mais il le faisait avec adresse et sans qu'on s'en aperçût, car il était humble sans le vouloir paraître, et il ne croyait pas être moins obligé à cacher son humilité que ses autres vertus.

Il ne pouvait néanmoins si bien prévenir tout le monde, qu'on ne lui parlât quelquefois de sa naissance et de la grandeur de sa maison ; et Dieu le permettait ainsi, afin que ce saint novice nous laissât les beaux sentiments qu'il avait sur ces sortes d'avantages dont les hommes font tant de cas, et qu'il nous apprît à les mépriser. « C'est peu de chose, disait-il, que d'être grand en ce monde, où tout est petit. Il n'y a de vraie grandeur que celle qui vient de la grâce de Jésus-Christ, par laquelle nous sommes faits enfants de Dieu et héritiers de son royaume. C'est un faible avantage d'être né avec des biens que l'on n'emporte point en mourant ; rien ne nous fait riches que ce que l'on ne peut nous ôter. »

Stanislas faisait voir par ses discours qu'il n'était pas touché des louanges qu'il recevait des hommes, et il marquait même, par la rougeur qu'elles lui causaient, qu'elles ne lui plaisaient pas ; mais il prenait bien garde à ne pas faire en cela comme certaines personnes d'une vertu sauvage et chagrine, querellant ceux qui les louent, et qui offensent par des rudesses et des rebuts désagréables ceux qui leur disent des choses obligeantes ; car il ne croyait pas qu'il fût plus permis de blesser la charité pour éviter la louange que pour repousser une injure.

Toutes ces vertus avaient le même caractère de douceur qui le rendait aimable à tout le monde. On s'estimait heureux quand on pouvait avoir une heure de conversation avec lui. Il ne méprisait personne, et supportait patiemment les défauts des imparfaits ; il s'entretenait volontiers avec les plus simples, et s'accommodait à l'humeur de chacun avec une condescendance dont on ne pouvait assez se louer. Il aimait sincèrement tous ses frères : et ils en étaient tous si persuadés, qu'il n'y en avait point qui ne lui eussent volontiers ouvert leur cœur et confié leurs plus secrètes pensées. Celui d'entre eux qui avait le plus de part à sa confidence était un jeune Italien natif de Rège, nommé Étienne Augustini, que les supérieurs lui avaient donné pour lui apprendre la langue. C'était une âme pleine de candeur, et qui avait des inclinations très conformes à celles de Stanislas. Aussitôt qu'ils se connurent, ils commencèrent à s'aimer et prirent insensiblement tant de confiance l'un pour l'autre, qu'ils ne se cachaient rien. Ce fut à cet ami fidèle que Stanislas confia le secret de ses révélations, et c'est de lui qu'on en apprit le détail après la mort du saint novice, auquel il ne crut pas manquer de fidélité en découvrant les choses qui devaient contribuer à sa gloire.

Stanislas n'avait pas seulement pour Dieu cet amour de préférence qui fait l'essence de la charité et qui demeure dans la partie supérieure de l'âme, il avait encore cet amour de tendresse qui est un effet de la charité fervente et se fait sentir au cœur. Les transports en étaient si violents, qu'il fut souvent en danger d'en mourir. Le supérieur, l'ayant un jour trouvé au jardin dans une saison très froide, lui demanda ce qu'il y faisait. Le saint novice lui répondit avec simplicité qu'il y était venu prendre l'air, parce qu'il s'était senti le cœur si enflammé de l'amour de Dieu pendant l'oraison, qu'il avait besoin de ce petit rafraîchissement pour se soulager. D'autres fois il lui fallut appliquer des serviettes mouillées sur la poitrine pour tempérer l'extrême ardeur qui s'y était allumée, ce qui obligea le supérieur de lui retrancher quelque chose du temps qu'il avait coutume d'employer à l'oraison. Mais ce fut inutilement. Toute la vie du saint novice était une oraison continuelle; et quelque effort qu'il fît pour s'empêcher de penser à Dieu, il en était toujours occupé malgré lui, particulièrement sur la fin de sa vie, Dieu paraissant moins épargner cette victime de son amour à mesure qu'elle approchait de la consommation de son sacrifice. On lui voyait toujours les yeux tout baignés de larmes; et le cardinal Bellarmin a écrit, dans son livre intitulé le *Gémissement de la colombe*, qu'il en versait des torrents lorsqu'il était en prière; car son oraison était un exercice continuel d'un amour très tendre, que ses directeurs ont assuré n'avoir jamais été interrompu par aucune distraction.

Cette union si intime qu'avait Stanislas avec Dieu, et les grâces visibles qu'il en recevait, donnaient tant de confiance en ses prières à ceux qui le connaissaient, qu'il n'y avait point de tentation si rude et si opiniâtre dont on ne se tînt assuré d'être délivré quand on lui avait fait promettre qu'il le demanderait à Notre-Seigneur. Un novice nommé Mario Franchi, se trouvant accablé de tristesse et de peines intérieures qui lui donnaient du dégoût de la vertu et qui lui causaient un grand trouble, se sentit un jour inspiré de découvrir à Stanislas ce qui se passait dans son cœur, et de le prier de s'employer auprès de Dieu pour lui faire obtenir la délivrance de cette tentation. L'ayant donc rencontré dans un lieu propre à lui faire cette confidence, il lui dit l'état où il était et le conjura de demander à Notre-Seigneur qu'il lui plût de l'en retirer. Stanislas, touché de compassion pour ce pauvre affligé, le consola le mieux qu'il put, et, l'ayant conduit à l'heure même dans l'église, il se mit en prières avec lui, et supplia ardemment Notre-Seigneur de donner quelque soulagement à cette âme. Pendant qu'il priait, Franchi sentit tout à coup les agitations de son cœur calmées, et les nuages qui l'avaient rempli de tant de trouble entièrement dissipés.

On a appris cette merveille de la personne même à qui elle est arrivée, par un témoignage authentique qu'elle en a donné; et l'on a su de plusieurs autres qu'elles avaient été délivrées de dangereuses tentations d'impureté en le regardant seulement, et depuis sa mort en jetant les yeux sur son image.

Ce privilège était sans doute un effet de la ressemblance qu'il avait avec la Reine des vierges, ayant conservé son corps pur et son âme exempte de péché mortel jusqu'au dernier soupir de sa vie. Ses compagnons estimaient le pouvoir qu'il avait auprès d'elle si grand, qu'on leur a souvent ouï dire qu'ils ne savaient point de moyen plus sûr d'obtenir de la sainte Vierge ce que l'on en souhaitait que d'employer l'intercession de Stanislas. Il était si passionné pour sa gloire, qu'il avait fait une étude particulière de tout ce que les auteurs en ont dit de plus sublime et de plus propre à donner de hautes idées de sa grandeur. C'était un des plus ordinaires sujets de ses conversations, non seulement avec les autres novices, mais encore avec les pères les plus graves de la maison, qui prenaient à tâche de le mettre là-dessus, parce qu'il mêlait à ce qu'il avait appris par son étude sur cette matière des pensées si pleines d'esprit et des expressions si vives, qu'il ne donnait pas moins de plaisir à ceux qui l'écoutaient qu'il ne leur inspirait de dévotion. La tendresse qu'il avait pour la mère de Dieu était égale à son zèle : il l'appelait sa mère, et il prononçait ce nom si doux d'une manière si affectueuse, qu'un grand homme en fut un jour tout surpris, et dit à saint François de Borgia qu'il lui avait apparu quelque chose de plus qu'humain dans l'air dont Stanislas lui avait parlé de la sainte Vierge.

Parmi les pratiques de piété par lesquelles le saint novice lui marquait sa dévotion, une des plus remarquables était qu'au commencement de ses actions il se tournait vers quelque église où il savait qu'elle était particulièrement honorée, pour lui offrir ce qu'il allait faire. Et c'est de là qu'est venue la coutume, que les novices de la compagnie observent si religieusement à Rome, de se tourner vers l'église Sainte-Marie-Majeure, le matin aussitôt qu'ils sont levés, et le soir avant qu'ils se couchent, et de saluer la sainte Vierge en s'inclinant profondément pour lui demander sa bénédiction dans toutes leurs actions, et pour la prier de les protéger pendant le repos de la nuit.

On ne peut appliquer plus justement à personne qu'au bienheureux Stanislas ce que Salomon dit en général d'un homme vertueux qui meurt jeune : *Il s'est rendu parfait en peu de temps, et, dans le petit nombre d'années qu'il a vécu, il s'est avancé à l'égal de ceux qui ont une plus longue vie. Dieu s'est hâté de le retirer de ce lieu de misère et de péché, parce que son âme lui était agréable.*

Il n'y avait pas encore dix mois accomplis que Stanislas était au noviciat, lorsqu'il se sentit intérieurement averti que la fin de sa vie approchait. Il en eut les premiers pressentiments au commencement du mois d'août. Après avoir entendu une exhortation où l'on avait parlé de la fragilité de la vie humaine, et de quelle importance il est de se tenir prêt à mourir, il s'en ouvrit le même jour à ceux qui se trouvèrent avec lui en conversation. « C'est à moi, leur dit-il, mes frères, que l'exhortation d'aujourd'hui s'adresse; la préparation à la mort dont on nous a parlé est pour nous une précaution utile, parce que l'on peut mourir en tout temps; mais elle est de nécessité pour moi, qui mourrai ce mois-ci. » Il dit la même chose quatre jours après au père Emmanuel Sa, dans un entretien qu'il eut avec lui touchant l'Assomption de la sainte Vierge, dont la fête était proche ; après s'être étendu sur les louanges de la Mère de Dieu avec son zèle ordinaire, il ajouta ces paroles, qui marquaient encore plus précisément le temps de son trépas que celles qu'il avait dites auparavant : « Ah! mon père, que ce fut un heureux jour pour les saints que celui auquel la sainte Vierge entra dans le paradis! Je suis persuadé qu'ils en renouvellent tous les ans la mémoire, ainsi que nous, par quelque réjouissance, et j'espère que je verrai la première fête qu'ils en feront. »

Ces discours ne firent pas beaucoup d'impression sur l'esprit de ceux qui les entendirent. Personne ne pouvait croire que Stanislas, qui était si jeune et qui se portait si bien, parlât sérieusement lorsqu'il disait qu'il n'avait plus que quelques jours à vivre ; mais le saint novice, qui avait des lumières bien sûres là-dessus, commença dès lors à se préparer à mourir. La préparation qu'il y apporta fut bien différente de celle qu'y apportent ordinairement les autres hommes, qui ont coutume d'employer ce qui leur reste de temps et de raison dans la dernière extrémité à se résoudre à quitter la vie et à se fortifier contre la crainte de la mort. Stanislas se trouvait dans une disposition d'esprit toute contraire à celle-là ; car, comme il aimait Dieu de tout son cœur, il n'aimait point la vie qu'il l'en séparait, et ne pouvait s'empêcher de désirer la mort, qui le devait unir à lui pour jamais. Aussi la demanda-t-il continuellement à Dieu dans ses prières, et il employa pour l'obtenir l'intercession du bienheureux martyr saint Laurent, qu'on lui avait donné pour patron ce mois-là : car la coutume d'en donner un à chacun tous les mois avait déjà été introduite dans la compagnie par saint François de Borgia, qui la tenait de ses ancêtres et qui l'avait toujours fait pratiquer dans sa maison avec beaucoup de fruit. Stanislas se prépara à la fête de son saint par des pénitences extraordinaires, dont la dernière fut une rude discipline qu'il prit la veille au réfectoire en présence de tous les autres.

Le jour de la fête étant venu, il s'avisa, à l'exemple du bienheureux Herman Joseph, d'écrire une lettre à la sainte Vierge, par laquelle il la conjurait de lui obtenir la grâce de mourir avant la fête de l'Assomption, afin qu'il pût assister à la solennité qui s'en ferait dans le ciel. Il porta cette lettre à la communion, et pria très ardemment la Mère de Dieu, dans la ferveur de cette action, de ne pas le laisser plus longtemps dans son exil. Après quoi il descendit aux offices pour aider au cuisinier à apprêter le dîner, où Dieu l'occupa de grands sentiments touchant le martyr de son patron.

Sur la fin du jour, le saint novice se trouva mal, et, quoiqu'il n'eût encore qu'un assez petit commencement de fièvre, le supérieur jugea à propos de le faire mettre au lit.

Cette première marque qu'il plut à Dieu de donner à Stanislas que ses prières étaient exaucées lui causa une joie qu'il fut aisé de remarquer sur son visage. Ceux qui le conduisirent à l'infirmerie en furent surpris, et ils ne purent s'empêcher d'en témoigner de la tristesse lorsqu'il leur dit en faisant le signe de la croix sur le lit où il allait se mettre : *Je ne me lèverai jamais de là,* ajoutant quelque temps après : *s'il plaît à Notre-Seigneur,* pour donner quelque sorte de consolation à ses frères, auxquels il s'était aperçu que les premières paroles qu'il leur avait dites avaient serré le cœur ; puis il dit ensuite fort affirmativement au supérieur qu'il croyait avoir obtenu de la sainte Vierge, par le moyen de son saint patron, de mourir avant la fête de l'Assomption, pour se trouver au ciel en cette sainte journée. Mais, comme il n'avait encore qu'une fièvre tierce fort légère, dont les médecins ne témoignaient craindre aucune mauvaise suite, on crut que ses discours étaient plutôt des effets du désir qu'il avait de mourir que de véritables prédictions de sa mort.

Il passa en cet état jusqu'au quatorzième du mois, qui était le cinquième de sa maladie, sans que sa fièvre eût augmenté ; et on le croyait si peu en danger, qu'un frère auquel il avait dit ce matin-là même qu'il mourrait la nuit suivante, lui avait répondu en riant qu'il ne pouvait mourir d'un si petit mal sans miracle, et à moins que la sainte Vierge ne voulût, par l'amitié qu'elle avait pour lui, qu'il allât célébrer dans le ciel la fête de son Assomption. Mais un peu après midi il tomba tout à coup dans une défaillance qui commença à faire craindre que ce qu'il avait dit de sa mort ne fût que trop vrai. On le fit néanmoins revenir de cet évanouissement à force de l'agiter, et ceux qui l'avaient secouru lui ayant dit qu'il se laissait trop abattre à son mal, il repartit avec sa douceur ordinaire : *Il est vrai que j'ai bien peu de courage; mais, quand j'en aurais davantage, il me serait inutile dans une maladie de laquelle je dois assurément mourir.* Peu de temps après cet incident, il lui prit une sueur froide et un si grand abattement, qu'il perdit en un moment toutes ses forces, ce qui fit juger à celui qui l'assistait qu'il ne lui restait que fort peu de temps à vivre, et qu'il fallait se presser de lui donner les derniers sacrements.

Le saint malade, en ayant été averti, demanda la permission à son supérieur de le recevoir couché sur la terre et de mourir en cette posture de pénitent. Le père fit d'abord difficulté de la lui accorder; mais enfin, ayant considéré que de grands saints avaient pratiqué cette dévotion à la mort avec beaucoup de consolation pour eux et d'édification pour les autres, il fit étendre une couverture de lit au milieu de la chambre, et ordonna que l'on mît le malade dessus. En cet état, Stanislas reçut le viatique et l'extrême-onction avec des sentiments de joie que la grande faiblesse où il était ne put l'empêcher d'exprimer par le feu qui parut alors dans ses yeux et sur son visage, et par un tressaillement visible de tout son corps.

Après qu'il eut reçu les sacrements, on lui demanda s'il était bien résigné à la volonté de Dieu. Il répondit d'un air tranquille par ce verset des psaumes : *Mon cœur est prêt, Seigneur, mon cœur est prêt.* Il passa ensuite quelque temps à s'entretenir avec Dieu, tenant en sa main une image de la sainte Vierge, qu'il baisait souvent avec dévotion, ayant son chapelet passé autour de son bras. Un père qui l'était venu voir dans la maison professe, s'en étant aperçu, voulut prendre occasion de là de lui parler de la Mère de Dieu. « Que signifie ce chapelet, lui dit-il, Stanislas? Apparemment vous n'êtes pas en état de le dire. — Il est vrai, mon père, lui repartit le malade en souriant; mais c'est toujours une consolation pour moi que de le regarder, parce qu'il me fait souvenir de ma bonne mère. — Ah! mon cher frère, reprit alors le père, attendri par ces paroles, que vous allez donc avoir de joie quand vous verrez cette mère aimable dans le ciel, où elle vous attend pour vous faire part de sa gloire! » A ces mots, le malade sembla prendre de nouvelles forces : il leva les mains au ciel avec une vigueur qui étonna ceux qui savaient à quel point sa maladie l'avait affaibli, et donna beaucoup de témoignages d'une joie extraordinaire.

Il était déjà plus de minuit lorsque Stanislas, sentant que sa fin approchait, pria qu'on lui fît voir quelques novices auxquels il voulait dire adieu; alors il rendit grâce à la compagnie des bontés de mère qu'elle avait eues pour lui, et demanda pardon à tous les assistants des mauvais exemples qu'il pouvait leur avoir donnés; puis, se tournant vers le supérieur, il lui dit ce mot de saint Paul : *Le temps est court;* le père voulut achever le passage en disant : *Il ne reste plus qu'à nous préparer,* mais le malade le prévint, et ne lui en laissa dire que les deux premiers mots, après quoi il prit son crucifix à la main; et les assistants s'étant mis en prière autour de lui, il les pria d'invoquer particulièrement les saints patrons de chaque mois, dont il avait écrit les noms dans un petit livre. Ensuite de cela il fit quelques actes de contrition et d'amour de Dieu, qui furent ouïs de tous ceux qui étaient présents; puis il demeura assez longtemps dans le silence et dans un recueillement profond, pendant lequel la mère de Dieu s'était présentée à lui, suivie d'une nombreuse troupe de vierges, comme on l'apprit à l'heure même par sa propre bouche. Il rendit l'esprit entre les mains de sa bonne maîtresse, un peu après trois heures du matin, le quinzième jour d'août de l'année mil cinq cent soixante-huit, sur la fin de la dix-huitième de son âge, et dans le dixième mois depuis son entrée au noviciat.

L'Écriture attribue à la vertu des saints une sorte d'odeur qui la fait découvrir et qui donne envie de la suivre, selon cette parole de saint Paul : *Nous sommes la bonne odeur de Jésus-Christ.* Cette odeur a quelque chose de semblable à celle des parfums, qui ne se font jamais mieux sentir qu'au moment où ils se consument et cessent d'être; car les saints cachent leur vertu pendant leur vie, et ne font confidence de ce que la grâce opère de plus admirable en eux qu'aux directeurs de leur conscience, ou tout au plus à un fort petit nombre de leurs amis. Mais à la mort, ni les directeurs ni leurs amis ne se tenant plus obligés au secret sur des choses que la gloire de Dieu les oblige de révéler, ils publient les vertus et découvrent les trésors de la grâce que ces âmes saintes tenaient cachés par humilité.

La même chose arriva à la mort du bienheureux Stanislas. Peu de temps après qu'il eut rendu l'esprit, ceux que nous avons dit avoir eu part à sa confidence apprirent aux autres ce qu'ils en savaient de particulier ; et ces choses miraculeuses, jointes à la haute idée que l'on avait déjà conçue de sa vertu, le firent considérer de tout le monde comme un très grand saint.

Le concours de ceux qui voulurent assister à ses funérailles fut extraordinaire. On y vint en foule de toutes les maisons que les jésuites avaient à Rome, et chacun s'empressait pour le voir : si bien que la cérémonie de ses obsèques ressemblait plutôt à un appareil de triomphe qu'à un convoi funèbre. Aussi voyait-on bien moins les vestiges de la mort sur le corps du serviteur de Dieu, que des marques de la vie bienheureuse dont son âme jouissait déjà dans le ciel. On ne remarquait point de changement en lui ; ses traits n'étaient point effacés ; il n'avait rien perdu de la vivacité de sa couleur ; on voyait sur son visage le même air de douceur qui le rendait aimable à tout le monde pendant sa vie, de sorte que, bien loin de sentir en approchant de lui cette horreur secrète que nous cause naturellement la vue des morts : plus on le regardait, plus on se sentait rempli d'une suavité toute céleste. Chacun lui baisait les pieds et les mains, et il y en avait qui recueillaient avec respect les fleurs dont on avait parsemé son corps ; ce qui fit dire au père François Tolet, qui fut depuis cardinal, ces paroles, que beaucoup de personnes remarquèrent : « Cela est admirable : un jeune enfant vient de mourir, et il attire tout le monde à lui ; chacun le veut voir, chacun veut lui baiser les pieds. Hélas ! nous mourrons peut-être bien vieux, nous autres ; en fera-t-on autant pour nous ? »

Quelque superbes que soient les tombeaux que les hommes érigent à leurs amis, ce sont toujours des marques de la mort et de la destruction de ceux qui y sont enfermés; et si l'on y voit quelquefois gravés quelques vestiges de leur grandeur, c'est pour faire connaître aux autres hommes combien elle a été vaine, puisqu'elle a sitôt fini et qu'il en reste peu de chose. Il n'y a que Dieu qui puisse rendre glorieux les tombeaux de ses amis et en faire des autels où l'on n'y voit que des marques de la vie bienheureuse dont ces âmes saintes jouissent dans le ciel, et du pouvoir que leur donne sur la terre l'union qu'elles ont avec la Divinité.

C'est ce qui est arrivé au sépulcre du bienheureux Stanislas; car, comme il a plu à Dieu d'honorer la mémoire de son serviteur par de grands miracles, les peuples se sont crus obligés de reconnaître par un culte public les grâces qu'ils en ont reçues; mais, comme ils ne lui ont pu rendre ce culte sans l'aveu du souverain pontife, ils en ont demandé en divers temps la permission à Sa Sainteté avec tant d'empressement, qu'ils l'ont enfin obtenue.

Clément VIII a été le premier qui l'ait honoré du titre de bienheureux, dans un bref qu'il envoya en l'année 1604, aux habitants de Pultovie, par lequel il leur permettait d'en célébrer tous les ans la fête dans leur ville. Quelque temps après, Sigismond III, roi de Pologne, entreprit d'obtenir du saint-siège la même grâce pour tout son royaume. Il en écrivit au pape Paul V en l'année 1618, et Sa Sainteté fit aussitôt expédier à ce prince un bref par lequel non seulement elle lui donnait permission de faire célébrer la fête du bienheureux Stanislas dans toutes les églises des jésuites qui se trouveraient sur les terres de son obéissance, mais elle donnait encore de grandes indulgences à ceux qui les visiteraient ce jour-là et qui y feraient leurs dévotions. Ce bref fut reçu dans la Pologne et dans la Lithuanie avec une joie inexprimable.

Clément X fixa la fête du serviteur de Dieu au 13 novembre, jour auquel son corps, trouvé sans aucune marque de corruption, fut transféré de l'ancienne chapelle dans l'église du noviciat, fondée par le prince Panfili.

Saint Stanislas est, conjointement avec saint Casimir, patron du royaume de Pologne. Il est patron particulier des villes de Varsovie, de Posna, de Lublin et de Léopold.

Les Polonais attribuent à son intercession le bonheur qu'ils ont eu d'être délivrés une fois de la peste, ainsi que plusieurs victoires remportées sur les Turcs, les Tartares et les Cosaques. On compte aussi plusieurs guérisons miraculeuses opérées par les mérites du saint.

FIN

TABLE

———

TABLE   215

19602. — Tours, impr. Mame.

11

FORMAT IN-12 — 3ᵉ SÉRIE

- - -

BIBLIOTHÈQUE ÉDIFIANTE

Anecdotes chrétiennes, par l'abbé Reyre.

Clergé de France (le), par Édouard Hocquard.

Déposition de sainte Chantal pour la canonisation de saint François de Sales, suivie d'une lettre sur ses vertus, par la même sainte.

Histoires édifiantes et curieuses, par Baudrand.

La Grotte de Lourdes (histoire de), par l'abbé A. Aubert, du diocèse d'Angers.

Léon XIII (notre saint Père le Pape), par Charles Buet.

Les SS. Patrons de l'agriculture, par le comte de Grimouard de Saint-Laurent.

Les saints Patrons de l'enfance, par le comte de Grimouard de Saint-Laurent.

Marie Leckzinska (vie de), par A.-B. de la Chanluc.

Montagne de la Salette (hist. de la), par l'abbé Aubert, du diocèse d'Angers.

N.-S. Jésus-Christ (vie de), par M. l'abbé Arnaud.

Sagesse chrétienne (la), par l'abbé Arvisenet, vicaire général de Troyes.

Sainte Adélaïde (vie de), impératrice d'Allemagne, par D. S.

Saint Ambroise (hist. de), par D.S.

Sainte Clotilde (vie de), reine de France, par M. l'abbé D***.

Sainte Élisabeth de Hongrie (histoire de), par D. S.

Saint François d'Assise (vie de), par l'abbé Berthaumier.

Saint François de Sales (vie de), par M. l'abbé D***.

Saint François-Xavier (vie de), apôtre des Indes et du Japon.

Sainte Geneviève (vie de), patronne de Paris, par D. S.

Saint Louis (histoire de), par de Bury.

Saint Louis de Gonzague et saint Stanislas Kostka.

Saint Martin, évêque de Tours (histoire populaire de), par MM. N. Cruchet et A.-H. Juteau.

Sainte Monique (vie de), par D.S.

Saint Paul (histoire de), apôtre des Gentils, par D. S.

Saint Pierre (histoire de), prince des Apôtres et premier pape, par M. l'abbé Janvier.

Sainte Thérèse (vie de), par M. de Villefore.

Saint Vincent de Paul (vie de), par Collet.

Salle des Martyrs (la), par le P. Perny.

Vies des Saints de l'atelier, 1ʳᵉ série.

Vies des Saints de l'atelier, 2ᵉ série.

Visites des Anges (les); traduit de l'anglais par W. Fitz Gerald.

Tours. — Imprimerie Mame.

www.ingramcontent.com/pod-product-compliance
Lightning Source LLC
Chambersburg PA
CBHW051526050726
47503CB00014B/1875